Zum Buch:

Schnitzeltag, und das Kalbfleisch wurde nicht geliefert – für Rosa Fröhlich fängt die Woche gar nicht gut an. Aber sie weiß, was zu tun ist, und sorgt beherzt für Ersatz. Dass sie dann mitten in einen Mordfall stolpert, hätte Rosa sich nie erträumt. Andererseits findet sie am Ende sogar Gefallen daran, zu überlegen, wer den Schlachter ihres Vertrauens auf dem Gewissen haben könnte. Unauffällig hört sie sich um und horcht auf jeden Hinweis, der in ihrem Kneipenrestaurant *Onkel Theo* fällt … Bis sie selbst in Gefahr gerät! *Allet wird jut*, sagt Rosa sich unverzagt und hofft das Beste.

Zur Autorin:

Frieda Mohn ist das Pseudonym einer deutschen Autorin. In Berlin geboren und aufgewachsen, hat sie eine Hotel-Ausbildung absolviert und Journalismus studiert. Ihre freie Zeit verbringt sie mit dem Schreiben von humorvollen Romanen, die vorzugsweise in der Landeshauptstadt spielen. Wenn sie nicht liest oder schreibt, probiert sie leidenschaftlich gern neue Rezepte aus und teilt sie auf ihrem Foodblog.

FRIEDA MOHN

Rosa Fröhlich

DER TOD WIRD KALT SERVIERT

Kriminalroman

HarperCollins

1. Auflage 2024
Originalausgabe
© 2024 by HarperCollins in der
Verlagsgruppe HarperCollins Deutschland GmbH, Hamburg
Umschlaggestaltung von buxdesign, München
Umschlagabbildung von buxdesign | Lisa Höfner
unter Verwendung von Motiven von AdobeStock und buxarchiv
Gesetzt aus der Stempel Garamond
von GGP Media GmbH, Pößneck
Druck und Bindung von CPI books GmbH, Leck
Printed in Germany
ISBN 978-3-365-00757-0
www.harpercollins.de

Kapitel 1

DIT JEHT RUNTER WIE ÖL

Die Ellbogen auf die Theke gestützt, atmete Rosa tief ein und genoss einen Moment lang, dem regen Treiben um sich herum lediglich zuzusehen. Der herrliche Duft nach Rindergulasch zog von der Küche durch den Gastraum. Am Rande nahm sie auch den Geruch nach schalem Bier wahr, das störte Rosa jedoch nicht weiter, gehörte eben auch dazu. Manchmal, wenn so wie jetzt das Stimmengewirr und das Klappern vom Geschirr um sie herum sie einlullten, sah sie Theos Gesicht so klar vor sich, als wäre er eben erst aus der Tür gegangen. Seinen verwuschelten dunklen Haarschopf, seine blitzenden Augen, seinen Schnurrbart, der stets ein bisschen auf und ab gewippt hatte, wenn er sprach, und sein ansteckendes Lachen. Und das, obwohl ihr Mann jetzt schon seit acht Jahren tot war. Doch ihre Erinnerungen an ihn waren derart stark mit dem Restaurant verknüpft, dass sie manchmal das Gefühl hatte, er würde jeden Moment mit einem Stapel schmutziger Teller um die Ecke biegen und ihr auf seine typisch schelmische Art zuzwinkern.

Mannomann. Seufzend schüttelte Rosa den Kopf und fuhr dann damit fort, das Sektglas in ihrer Hand zu polieren. Währenddessen schaute sie auf, ihr Blick huschte hin und her, damit ihr kein Wunsch der Gäste entging.

Von ihrem Platz hinter dem massiven Tresen aus poliertem Mahagoni hatte sie den Eingang gut im Blick. Die Gäste an den drei Tischen gegenüber der Theke waren bereits versorgt. Die Einrichtung war schon in die Jahre gekommen, aber das sah man nur, wenn man genau hinschaute. In letzter Zeit hatte sie öfter über eine Renovierung nachgedacht. Seit Theos Eltern das Restaurant vor gut sechzig Jahren eröffnet hatten, hatte sich nicht viel verändert. Doch beim Blick auf die dunkelrote Barocktapete mit goldenen Ornamenten, die in all der Zeit verblasst war, und auf die Deckenverkleidung aus quadratischen Holzpaneelen wurden nostalgische Gefühle in ihr wach und ihr Herz schwer. Das urige Ambiente kam gut bei den Gästen an und der Laden hätte durch eine Modernisierung sicherlich einiges an Charme und heimeliger Atmosphäre eingebüßt. Selbst von den Bierkrügen und dem fröhlichen Sammelsurium von aus der Mode gekommenen Gläsern konnte sie sich nicht trennen. Wenn sie ehrlich war, dienten sie nur als Staubfänger, die schnellstens entsorgt werden mussten. Andererseits gehörten sie zum *Onkel Theo* genau wie Eisbein zu Erbspüree oder Kassler zu Sauerkraut. Also verdrängte Rosa den Gedanken schnell wieder.

Ihr Blick fiel auf Helmchen, einen ihrer Stammgäste, der friedlich vor ihr auf einem Barhocker an der Theke saß. Er fixierte seinen halb leer getrunkenen Bierkrug, als versuchte er, ihn zu hypnotisieren oder durch reine Willenskraft aufzufüllen.

Gelächter drang vom zweiten Gastraum herüber, Rosa blickte nach links. Über ausbleibende Gäste konnte sie sich wirklich nicht beklagen. Alles lief wie am Schnürchen.

Rosa liebte solche Tage, an denen ohne großes Zutun alles wie von selbst ging. Na ja, wenn sie ehrlich war, stimmte das nur halb. Zugegebenermaßen wünschte sie sich schon ab und an, etwas Aufregendes würde passieren und ein wenig Schwung in die Bude bringen.

Das genießerische Ausatmen eines Gastes nach dem letzten Schluck Bier riss Rosa aus den Gedanken. Geräuschvoll stellte er den leeren Bierhumpen auf dem Tresen ab und strich sich mit dem Handrücken den Schaum vom Schnauzer.

Rosa hob die Augenbrauen und wandte sich ihm zu. »Na, noch 'n Pils, Günter?«

»Nee, lass mal, Rosa, ich muss los. Hannelore macht mir sonst wieder die Hölle heiß.« Er rutschte vom Barhocker, zog einen Zehneuroschein aus seiner Brieftasche und schob ihn über die Theke. »Stimmt so.« Zum Abschied klopfte er mit den Fingerknöcheln auf den Tresen. »Mach's jut, man sieht sich.«

»Du auch, mein Lieber. Halt die Ohren steif.« Rosa stellte das leere Bierglas in die Spüle und wischte mit dem Lappen energisch über die Theke.

Marion trat heran und stellte ein Tablett mit leeren Gläsern auf die noch feuchte Fläche. In vertraulicher Geste lehnte sie sich zu Rosa hinüber. »Der Gast an Tisch vier möchte sich *persönlich* von dir verabschieden«, sagte sie und riss die Augen dabei so übertrieben auf, wie es ihre Art war, wenn ihr etwas nicht in den Kram passte.

Marion gehörte zum Inventar, Theo hatte sie eingestellt, als er den Laden von seinen Eltern übernommen hatte. Dass sie bereits stramm auf die sechzig zuging, sah man ihr nicht an. Sie hatte noch immer eine jugendliche Ausstrahlung und flitzte flink von einem Tisch zum anderen. Wenn Rosa mal ausfiel, war Marion als Vertretung die erste Wahl. Sie zeigte stets vollen Einsatz und man sah ihr an, dass Kellnern nicht nur ein Job für sie war, sondern auch ihre Passion, weshalb die Gäste an Trinkgeld bei ihr nicht sparten.

»Bin schon unterwegs.« Rosa legte den Lappen zur Seite und eilte in den Gastraum nebenan. Langsam gehen konnte sie nämlich nicht. Das war so eine Marotte von ihr, die sie der Arbeit im *Onkel Theo* zu verdanken hatte. In ihrer Anfangszeit als Kellnerin war sie permanent auf dem Sprung gewesen, war von einem zum anderen gefegt und immer auf Zack gewesen. Heute fiel es ihr durch ihre korpulente Figur jedoch zunehmend schwer, weil sie schnell aus der Puste geriet.

»Es war mal wieder ein Fest, Rosa«, empfing der grau melierte Herr an Tisch vier sie und seine Frau pflichtete ihm kopfnickend bei.

»Na, dit is doch, wat ick hören will. Ihr könnt wiederkommen.« Rosa grinste und zwinkerte dem Mann zu. Beide Gäste mussten schmunzeln. Sie wusste, dass viele es schätzten, wenn sie von ihr persönlich bedient wurden. Sie wollten sich die Wirtin mit der Berliner Schnauze nicht entgehen lassen, denn Rosa eilte ihr Ruf voraus. Sie galt als typisches Berliner Unikum, das ihre Gäste stets mit einem launigen Spruch erheiterte. Dabei war sie im Norden von Berlin aufgewachsen, wo das Deutsch nur wenig durch Berliner Dialekt verfärbt wurde. Doch mit ihrer Statur entsprach sie perfekt den Vorstellungen einer Berliner Pflanze. Und da Rosa eine gute Gastgeberin war, gab sie sich so, wie man sie haben wollte. Der Gast war König. Durch Theo hatte sie in eine Altberliner Familie eingeheiratet, bei der das Berlinern nicht nur zum guten Ton gehörte, sondern auch notwendig war, um den akut gefährdeten Dialekt zu retten. Heute war es ihr ein Leichtes, in den Dialekt zu wechseln, und es bereitete ihr immer noch großes Vergnügen.

»In ganz Berlin habe ich kein besseres Eisbein gegessen«, fuhr der ältere Herr fort. »Und dann dieses urige Ambiente.« Seine Stimme hatte einen schwärmerischen Klang angenommen, während er den Blick über die Heinrich-Zille-Kunstdrucke und die rustikalen Wandleuchten aus dunklem Messing gleiten ließ. »*Onkel Theo* ist Berlin, wie es leibt und lebt. Eine echte Bereicherung für den Bezirk Charlottenburg.«

»Dit jeht runter wie Öl. Dann kann ick nur wünschen, det Se uns bald wieder beehren.«

Der ältere Gast nickte schmunzelnd. »Aber klar, so bald wie möglich.«

»Na denn … Bis dahin allet Jute, und bleiben Se jesund!«, verabschiedete Rosa sich mit einem Lächeln auf den Lippen.

»Machste noch zwei Guinness für Tisch zwei?«, fragte ihre Kellnerin Celine, als Rosa an die Bar zurückkam.

Rosa nickte und stellte sich hinter den Zapfhahn. Ihr Blick blieb an Helmchen hängen. »Wat kieksten so? Hab ick irjendwat uf der Nase, oder wat?«

»Hat dir schon mal jemand jesacht, dass de schöne Oogen hast?«, gab er die Frage mit verwaschener Aussprache zurück. »Dieses himm…himmlisch… Blau passt jut zu denen dunklen Haarn …«

»Lass jut sein, Helmchen«, erstickte Rosa seine Charmeoffensive im Keim. »Für heute is Feierabend. Du hast jenuch jetankt. Kiekst schon mit dem rechten Ooge in die linke Westentasche.« Rosa seufzte. Sie hätte besser aufpassen und ihn schon vorher in die Schranken weisen müssen. Sie hatte gar nicht gemerkt, wie schnell er durch das letzte Bier abgebaut hatte. Nun hatte sie den Salat.

»Find ick nich nett von dir.« Helmuts Stimme nahm einen weinerlichen Klang an. »Jar nich nett.«

»Bin ich nich imma nett, dit sollteste langsam wissen.« Rosa füllte ein Glas mit Leitungswasser und stellte es vor Helmut ab. »Trink dit aus, eh se dich noch vom Bürgersteig auflesen müssen. Ick ruf dir 'n Taxi.« Rosa griff nach ihrem

Handy und wählte die Nummer des Würfel-Funks. »Ein Taxi nach Charlottenburg zum *Onkel Theo*, bitte. Und schnell, wenn's geht.« Danach verschwand sie in die Küche. »Macht mal bitte eine große Portion Bratkartoffeln, damit Helmchen wieder geradeaus gucken kann«, rief sie in die Runde.

Matze, einer ihrer Köche, nickte. »Wird erledigt, Chefin.«

Helmchen sah Rosa mit treuherziger Miene an, als sie wieder hinter den Zapfhahn trat. Sein rechtes Auge driftete dabei ab, das andere fixierte sie. »Sei ma keen Unmensch und mach ma wenigstens noch 'n Kurzen.«

Rosa warf einen Blick auf sein Wasserglas. Bisher hatte er es noch nicht angerührt. »Ick wer dir wat husten. Dit zieht bei mir nich. Da kannste ma noch so schöne Oogen machen.«

»Jib deinem Herzen ma 'n Stoß«, bettelte er.

»Nüscht für unjut, Helmchen, aber guck dich ma an. Du kannst dich kaum jrade halten und kippst ma gleich vom Hocker.«

»Ollet Brummeisen«, grummelte er. »So 'n Saftladen hier.«

»Dit hab ick jehört. Hör uff zu stänkern, sonst fliejste raus«, ermahnte Rosa ihn in strengem Tonfall.

»Pass uff, sonst verlierstenochdeentreusten Jast«, hielt Helmut lallend dagegen.

Ach du liebe Güte! Rosas Mundwinkel zuckten, obwohl ihr gar nicht nach Lachen zumute war. Helmut tat ihr leid. Seit seine Frau vor einem halben Jahr gestorben war, kreuzte er fast jeden Abend im *Onkel Theo* auf und ertränkte seinen Kummer im Alkohol. »Is schon jut.« Sie tätschelte seine Hand und nickte ihm beschwichtigend zu.

»Der hat ja schon wieder seinen Panoramablick drauf«, sagte Marion kopfschüttelnd, als sie sich hinter Rosa an die Essensausgabe stellte. »Langsam ist der nicht mehr tragbar. Verscheucht uns die gut zahlenden Gäste.«

»Tut er doch gar nicht«, nahm Rosa ihn in Schutz.

Marion ignorierte ihren Einwand. »Dies ist ein gutbürgerliches Restaurant und keine Kneipe, in der man sich jeden Abend volllaufen lassen kann.«

»Wo soll er denn sonst hin? Hat doch niemanden, der arme Teufel.« In Rosa regte sich langsam Unmut über Marions Kaltschnäuzigkeit. Helmut tat keiner Fliege etwas zuleide. Und wenn er wieder nüchtern war, bezahlte er auch jedes Mal seine Zeche. »Lass das mal meine Sorge sein.« *Das ist immer noch mein Restaurant*, ergänzte Rosa in Gedanken. *Und ich bestimme, wen ich als Gast haben will und wen nicht.*

Marion zuckte mit den Schultern. »Musst du wissen«, erwiderte sie in leicht beleidigtem Tonfall. »Einen Gefallen tust du ihm jedenfalls damit nicht.«

»Wenn er nicht hier säuft, säuft er woanders. Mir ist es lieber, ich hab ihn im Blick.« Als Wirtin hatte man schließlich auch eine gewisse Verantwortung zu tragen, fand Rosa.

Marion ging nicht weiter auf ihre Worte ein, sondern reichte ihr stattdessen die Bratkartoffeln, die Matze gerade durch die Durchreiche geschoben hatte.

Helmut machte große Augen, als Rosa den Teller vor ihm abstellte.

»Hier, iss. Dit Fett saugt allet uff. Danach wird's dir besser jehn. Du brauchst mal wieder wat Ordentlichet uf de Rippen.«

Helmut verzog das Gesicht, nahm Rosa dann aber doch die Gabel aus der Hand und stocherte missmutig in den dampfenden Bratkartoffeln mit Speck herum. Nach ein paar zögerlichen Bissen kam er offenbar auf den Geschmack.

Rosa musste schmunzeln, als sie sah, wie gierig er plötzlich das Essen in sich reinschaufelte. »Schmeckt's? Haust ja janz schön rin!«

»Hab lang nich mehr so jut jespeist«, sagte er mit vollem Mund und ohne vom Teller aufzusehen.

Rosa nickte. »Jeht aufs Haus, meen Lieba.« Nach einer kurzen Pause beugte sie sich zu ihm hinüber und legte eine Hand auf seinen Unterarm. »Du solltest mit dem Trinken kürzertreten. Das bringt Gretel auch nich zurück. Sie hätte nich jewollt, dass du dich zu Tode säufst, sondern dem Leben auch noch etwas Schönes abjewinnst.«

Helmut schob brüsk den halb leeren Teller von sich. Das Thema schien ihm den Appetit verschlagen zu haben. »Ohne sie is meen Leben sowieso nischt wert.« Seine Aussprache war jetzt klar und deutlich, seine Stimme klang rau und tat Rosa in der Seele weh.

Sie seufzte tief. »Ick kann dir jut verstehen. Nach Theos Tod jing es mir ähnlich. Aber irgendwann muss dit Leben wieder weiterjehn.«

»Du hattest wenigstens deene Tochter. Da blieb dir nich viel anderet übrich, als dit Stehufmännchen zu spieln. Ick hinjegen …«

Rosa schwieg ertappt, denn mit dem Hinweis auf Marie hatte ihr langjähriger Stammgast ins Schwarze getroffen.

»Taxi ist da!«

Rosas Blick schweifte zur Tür, wo der Fahrer sich durch Winken bemerkbar machte.

Helmut rutschte vom Hocker und geriet kurz ins Schwanken.

Himmel! Rosa schnappte nach Luft und eilte um die Theke. »Mann, Helmchen, mach keene Fisimatenten!«, sagte sie und stützte ihn am Arm. »Bezahlen kannste dit nächste Mal. Soll ick dir die Bratkartoffeln einpacken?«

Helmut schüttelte den Kopf. »Bringst' ma noch zur Tür?«

Rosa musste unwillkürlich lächeln. »Na klar, hak dich bei mir unter.«

Als Rosa ihren Gast wohlbehalten ins Taxi befördert hatte, sah sie bei ihren Jungs nach dem Rechten. Wenn Not am Mann war, griff sie ihnen in der Küche unter die Arme oder half auch mal im Service. Ansonsten stand sie die meiste Zeit hinter der Theke und war Gastgeberin, Kummerkasten und Ratgeberin in einer Person.

»Kommt ihr klar oder braucht ihr Hilfe?«, richtete sie das Wort an Freddy, ihren Küchenchef.

Während er sich mit einem Tuch den Schweiß von der Stirn wischte, briet er Schnitzel in der Pfanne. Matze, der zweite Mann in der Küche, kam meist nur abends zum Arbeiten und war heute fürs Anrichten zuständig. Gerade bestückte er vier Teller mit Petersilienkartoffeln und Salat.

»Wir schwimmen ein bisschen«, sagte Freddy, ohne aufzublicken, während das Fleisch in der Pfanne zischte. »Haben gerade noch eine Bestellung reinbekommen. Drei Eisbein und vier Schnitzel. Und das ausgerechnet vor Küchenschluss.«

Rosa warf einen Blick auf die Wanduhr. Es war kurz vor zehn. »Nicht zu ändern. Sag mir, was ich machen soll.«

»Pommes, bitte. Das würde uns schon helfen.«

Rosa band sich ihre Schürze um und holte die gefrorenen Pommes aus dem Kühlfach. Als Nächstes machte sie sich daran, sie in den Korb der Fritteuse zu füllen. Im Hintergrund klapperte ihr Spüler Han mit dem Geschirr, das er in die Kästen der Spülmaschine ordnete.

Während die Pommes im heißen Fett brutzelten, drifteten Rosas Gedanken ab. Ihre Füße taten weh vom langen Stehen und sie freute sich schon auf ihr Bett. Wieder einmal war sie froh, dass sie es bis nach Hause nicht weit hatte, denn ihre Wohnung lag genau über dem Restaurant. Nach dem Tod ihrer Schwiegermutter hatten Theo und sie deren 3-Zimmer-Wohnung geerbt und waren direkt dort eingezogen. Eine glückliche Fügung, wie Rosa nach wie vor fand. Im Notfall musste sie nur die Treppe runterlaufen und war im Restaurant.

Es lag am Savignyplatz, um den das Leben nur so pulsierte. Ein blühendes Kleinod im Großstadttrubel. Rosa liebte ihren Kiez, wo man einander kannte, gemeinsam alt wurde und nicht gleichgültig dem Leben des anderen gegenüberstand. Die facettenreiche Gastronomie, die idyllischen Grünflächen und die Nähe zum Ku'damm gefielen ihr ebenfalls gut. Vieles war noch so wie vor hundert Jahren, zum Beispiel der kleine ovale Kiosk mit dem kupfernen Kegeldach. Eingerahmt von alteingesessenen Geschäften wie dem Bücherbogen war der Platz ein allabendlicher Treffpunkt für Jung und Alt. In milden Sommernächten fühlte man sich fast wie nach Paris versetzt.

Morgen war ihr freier Tag, denn das *Onkel Theo* hatte geschlossen. Sie hatte noch keine Pläne, aber faulenzen war auch nicht ihr Ding. Ausschlafen konnte sie sowieso nicht, dafür war sie viel zu umtriebig. Obwohl Rosa vor Mitternacht nie ins Bett kam, liebte sie die frühen Morgenstunden, in denen sie die Welt ganz allein für sich hatte. Abgesehen von den Vögeln, die sie mit lautem Zwitschern begleiteten. Oft ging sie spazieren oder setzte sich am Savignyplatz auf eine Bank und sah der Sonne beim Aufgehen zu.

Sie nahm sich vor, über den Wochenmarkt in Wilmersdorf zu schlendern, der hatte montags geöffnet. Ein bisschen frisches Gemüse kaufen ... Ihre Gedanken wanderten zu Artus. Von dem hatte sie schon seit ein paar Tagen nichts gehört. Nein, den Wochenmarkt konnte sie vergessen. Morgen musste sie ihrem Vater einen Besuch abstatten.

Kapitel 2

ALTER MIESEPETER

Wo steckt der alte Griesgram denn nur wieder? Ein beunruhigendes Gefühl machte sich in Rosas Brust breit. Auch nach fünfmaligem Klingeln hörte sie noch keine Geräusche von drinnen. *Und wenn ihm etwas passiert ist …?* Nein, sie sollte nicht gleich vom Schlimmsten ausgehen.

Trotzdem … wir sind doch verabredet!

Na gut, sie waren vielleicht nicht direkt verabredet. Aber sie hatte ihrem Vater ihren Besuch durch einen kurzen Anruf in der Früh angekündigt, so wie immer. Sie klappte den Deckel ihrer antiken Taschenuhr auf, die sie an einer langen Kette um den Hals trug. Das vergoldete Medaillon hatte sie zum zwanzigsten Hochzeitstag von Theo geschenkt bekommen. Er hatte in die Innenseite des Deckels *In Liebe, Theo* eingravieren lassen. Rosa liebte es heiß und innig und nahm es nur zum Schlafen ab.

Kurz vor drei, nur zehn Minuten zu früh. Es war doch gar nicht seine Art, so knapp vor einer Verabredung aus dem Haus zu gehen.

Rosa seufzte aus tiefster Seele und stellte das mitgebrachte Kuchenpaket vor der Haustür auf dem Boden ab. Umständlich kramte sie in ihrem Jutebeutel nach dem Ersatzschlüssel, den Artus ihr vor einiger Zeit zähneknirschend ausgehändigt hatte. Für seine einundachtzig Jahre wirkte ihr Vater zwar noch relativ rüstig, war aber nicht mehr in der Lage, das große Haus alleine instand zu halten. Ständig ging etwas kaputt, das Dach war undicht oder die Heizung fiel aus. Wie oft hatte sie sich schon den Mund fusselig geredet? Doch Artus wollte einfach nicht einsehen, dass es besser war, das Haus zu verkaufen, um sich mit dem Geld einen bequemen Lebensabend in einem Seniorenheim zu ermöglichen.

Mit ihren vierundfünfzig Jahren fühlte Rosa sich trotz aller Aktivitäten manchmal schon so antriebslos wie ein ausgewrungener Waschlappen, nach einem langen Tag im *Onkel Theo* erst recht. Wie sollte es ihrem Vater da erst gehen?

So ein Käse aber auch … Das Schloss klemmte, Rosa zog und rüttelte an der Tür, doch der Schlüssel bewegte sich weder vor noch zurück. Es hätte schon längst mal geölt werden müssen, doch ihr Vater hatte seinen eigenen Kopf und ließ sich ungern ins Handwerk pfuschen. Gut gemeinte Ratschläge prallten an ihm ab wie Projektile auf dickem Stahl.

»Na endlich!«, murmelte Rosa vor sich hin und atmete erleichtert durch, als das Schloss ächzte und sie es geschafft hatte, den Schlüssel herumzudrehen. Die rostigen Scharniere knarzten, während sie die Tür öffnete.

Sie betrat den Flur. Und sogleich stieg ihr der vertraute Geruch von altem Holz, Staub und Bienenwachs in die Nase. Unzählige Erinnerungen wurden lebendig, und so etwas wie Geborgenheit überkam sie. Doch seit einiger Zeit war alles anders … Rosa musste schlucken. Rasch versuchte sie das beklemmende Gefühl zu verdrängen, das jedes Mal von ihr Besitz ergriff, wenn sie dieses Haus betrat. Es erzählte von der Einsamkeit eines alten Mannes und schnürte ihr die Kehle zu.

Sie hätte ihn zu sich genommen. Er hätte in Theos Arbeitszimmer ziehen können. »Einen alten Baum verpflanzt man nicht«, hatte Artus nur lapidar zu ihrem Angebot gesagt. Damit war das Thema vom Tisch gefegt. Rosa schnaubte bei der Erinnerung daran. Das Argument hätte ihr vielleicht eingeleuchtet, wenn von einem Umzug nach Shanghai die Rede gewesen wäre. Aber was an Charlottenburg auszusetzen war, erschloss sich ihr nicht ganz. Schließlich gab es dort genauso viele grüne Ecken wie in seinem heiß geliebten Frohnau. Irgendwann konnte er nicht mehr mit seinem Fahrrad den Zeltinger Platz unsicher machen. Und wie wollte er dann seine Einkäufe erledigen? Wenn er sich wenigstens eine Haushaltshilfe geleistet hätte, die so etwas für ihn übernehmen würde. Aber nein, dazu war der alte Knochen zu geizig, und fremde Leute ließ er sowieso nicht gerne in seine heiligen Gemächer. Bei ihm war wirklich Hopfen und Malz verloren.

»Vati, ich bin's, Rosa«, rief sie laut durch den Flur, von dem eine Treppe in den ersten Stock führte. »Wo bist du denn?«

Das alte Haus antwortete mit leisem Knacken. Als Kind hatten ihr die Geräusche oft Angst bereitet, besonders nachts, wenn alles schlief. Sie hatte sich dann jedes Mal vorgestellt, es würde atmen wie ein asthmakranker alter Mann, und war schnell unter Muttis Bettdecke geschlüpft. Dabei war es nur das Holz, das arbeitete, wenn nicht sogar die Würmer, die sich durch das alte Gebälk fraßen.

Über die ausgetretenen Stufen hinweg schaute Rosa nach oben. *Mmh ... Vielleicht ist der alte Miesepeter im Schlafzimmer und hört mich nicht?* Seit dem Hörsturz vor einem Jahr war er etwas schwerhörig. Doch zuerst wollte sie in der unteren Etage nach ihm sehen und lief in den Flur des Wohnbereichs. Im Vorbeigehen warf sie einen flüchtigen Blick in den Garderobenspiegel und hielt inne. Blitzblaue Augen, umrahmt von unzähligen Lachfältchen, blickten ihr aus einem pausbäckigen Gesicht entgegen. Fahrig klemmte sie sich eine verirrte Strähne ihres dunkelbraun gefärbten Haares zurück, das sie nachlässig mit einem Haargummi zurückgebunden hatte. Dann ging sie weiter.

Rosa rümpfte die Nase. Ein süßlicher Geruch nach überreifen Früchten und Bratfett hing in der Luft. Ihr Blick schweifte in die Küche und blieb an der Pfanne auf dem Herd haften, in der ausgelassener Speck zu Schmalz ausgekühlt war. Ihre Mutter hatte darauf geschworen, es half gegen Falten und trockene Haut. Ihr Vater schmierte es sich lieber ordentlich dick aufs Brot, den Warnungen seines Hausarztes zum Trotz. Aber das war typisch für ihn.

Schmutziges Geschirr türmte sich im Spülbecken, über der Obstschale mit Aprikosen und Pfirsichen schwirrten Fruchtfliegen so ausgelassen, als gäbe es was zu feiern. »Mann, Mann, Mann …«, murmelte Rosa vor sich hin und schüttelte seufzend den Kopf. *Wenn er bei der Hausarbeit mal so eine Sorgfalt an den Tag legen würde wie bei seiner Japanischen Zierkirsche, wäre hier alles blitzblank*, ging es ihr durch den Kopf. Am liebsten hätte sie sich gleich über den Abwasch hergemacht, aber erst musste sie wissen, wo ihr Vater sich herumtrieb.

Rasch schlüpfte sie aus ihrer Strickjacke und hängte sie am Garderobenständer auf. Die Tür zum Wohnzimmer war geschlossen. Behutsam drückte Rosa die Klinke hinunter, kühl und glatt fühlte sie sich unter ihren Fingern an, und öffnete die Tür.

Ihr Blick glitt durch den Raum. Durch das vordere Fenster fiel fahles Licht auf die rustikale Eckbank. Einige Staubkörner schwebten umher, etliche lagen auf dem Esstisch. Die Luft war abgestanden, es musste dringend gelüftet werden.

Die uralten Holzdielen knarrten unter ihren Sandalen, als sie schnurstracks durchs Wohnzimmer lief. Sie nahm den üppigen Bubikopf von der Fensterbank, der schon einigen Staub angesetzt hatte, aber wacker die Stellung hielt, und stellte ihn auf dem Esstisch ab. Gerade als sie das Fenster aufziehen wollte, entdeckte sie ihren Vater.

Eine Hand an den Stamm gestützt, stand er unter der Japanischen Zierkirsche im Garten und führte Selbstgespräche. Die herabhängenden Zweige wogten sanft im Wind, der Baum stand in voller Blüte und war wunderschön.

Sie hob den Arm, um mit den Handknöcheln an die Scheibe zu klopfen, ließ ihn aber direkt wieder sinken. Sein Anblick rührte sie zutiefst. Ein schweres Gefühl legte sich auf ihre Brust und verengte ihre Kehle. *Nach einem Jahr ist er noch immer nicht über Muttis Tod hinweg.* Nur mit Mühe würgte sie den Kloß in ihrem Hals hinunter, als er die Augen schloss und seine Wange an den herabhängenden rosa Kirschblütenzweig schmiegte.

Seufzend lehnte sie die Stirn ans Fenster, spürte das kühle Glas auf der Haut, während ihr Atem die Scheibe beschlug. Nicht nur ihm fehlte sie. Ihre fröhliche Art und die Fähigkeit, jeder Situation etwas Gutes abzugewinnen. Selbst auf dem Sterbebett hatte sie noch versucht, alle aufzumuntern. Rosa löste die Stirn von der Scheibe und ertappte sich dabei, wie sie an einem Fingernagel kaute. Rasch schüttelte sie die traurigen Gedanken ab und ließ den Blick über das Grundstück wandern.

Der Mai zeigte sich dieses Jahr von Beginn an von seiner großmütigen Seite und sorgte bereits für sommerliche Temperaturen. Die Sonne stand hoch am Himmel und tauchte den Garten in warmes Licht. Der war mittlerweile so verwildert, dass man sich den Weg zum hinteren Gartenzaun mit einer Machete freischlagen musste. Das Unkraut wucherte in voller Pracht und hatte sich sein ganz eigenes Paradies erschaffen. Die Zierkirsche hingegen wirkte wie aus dem Katalog, so viel Liebe steckte darin.

Rosas Blick fiel auf das Baumhaus, das nach all den Jahren nach wie vor erhaben zwischen den Ästen der alten Linde thronte, und bei der Erinnerung musste sie lächeln. Artus hatte es selbst entworfen, um seiner Enkelin eine Freude zu machen. Das musste über zwanzig Jahre her sein, damals war Marie acht Jahre alt gewesen.

Seit ihr Vater alleine lebte, war er unausstehlich. Keiner hielt es längere Zeit mit ihm aus. Nur Rosa kannte sein Geheimnis und wusste, warum er so sehr an diesem Kirschbaum hing und lange Gespräche mit ihm führte.

Im Gegensatz zu ihrem jüngeren Bruder hatte sie auch nicht vergessen, wie Artus früher gewesen war. In ihrer Erinnerung sah sie ihren Vater lachen und wie er die kleine juchzende Marie unermüdlich in die Höhe geworfen hatte. Oft hatten die beiden sich mit allerlei Proviant ins Baumhaus zurückgezogen. Auf bunt durcheinandergewürfelten Kissen, die allesamt nach nassem Hund rochen, machten sie es sich damals oft gemütlich. Jack, der kleine schwarze Pudel, war immer mit dabei gewesen und hatte sie durch seine freche Art zum Lachen gebracht. Ihr Vater erzählte Geschichten und zeigte Marie, wie man Pfeil und Bogen schnitzte. Einmal brachte er ihr bei, wie man Feuer machte. Marie hatte eine Ewigkeit gebraucht, bis es ihr ebenfalls gelungen war.

All diese Erinnerungen bewahrte Rosa wie einen kostbaren Schatz in ihrem Herzen auf. Er war ein besserer Opa als Vater gewesen. Als sie ein Kind gewesen war, hatte er nie Zeit für sie gehabt. Als Kriminalhauptkommissar hatte es ständig einen Mord gegeben, den es aufzuklären galt, und einen Tatort, an den er gerufen worden war und der ihn davon abgehalten hatte, mit seinen Kindern herumzutollen. Irgendein Fall war immer wichtiger gewesen.

Als habe er gespürt, dass ihn jemand beobachtete, blickte ihr Vater auf und sah zu ihr. Tiefe Falten gruben sich in seine Stirn, ehe er zögerlich die Hand zum Gruß erhob. Natürlich trug er auch heute wieder sein Standardoutfit: eine abgewetzte braune Cordhose mit einem hellgrauen Hemd, unter dem sich ein geripptes Unterhemd abzeichnete, und seine verdrießliche Miene.

Um Heiterkeit bemüht, winkte Rosa lächelnd zurück.

Artus' Brust hob und senkte sich unter einem tiefen Atemzug, ehe er sein Haar zurückstrich und widerwillig auf die Terrasse zulief. Wie immer gab er ihr das Gefühl, ihr Besuch könnte nicht unpassender sein.

Nachdem er seine Schuhe kräftig auf dem Vorleger ausgetreten und abgestreift hatte, schlüpfte er in seine Filzpantoffeln und schlurfte an Rosa vorbei. »Du bist schon da?« Er ließ die Terrassentür hinter sich offen stehen und Rosa sog erleichtert die frische Luft ein, die den Raum flutete.

Eine Begrüßung, wie sie herzlicher nicht sein könnte, ging es Rosa durch den Kopf. »Hallo, Vati. Ja, ich bin heute gut durchgekommen, es gab zur Abwechslung mal keinen Pendelverkehr bei der S-Bahn.« Die Frage, wie es ihm ging, verkniff sie sich. Begleitet von einem verbitterten Zug um die Lippen war die Antwort ohnehin stets dieselbe: *Wie soll's mir schon gehen.* »Ich habe Bienenstich und Mohnkuchen mitgebracht, den magst du doch so gerne.«

»Ich bin doch noch kein Pflegefall, den man mit Kuchen bei Laune hält«, brummte er.

Rosa unterdrückte ein Seufzen. Heute war also einer seiner ganz schlechten Tage. »Ich mach dann mal Kaffee«, ging sie über seine Bemerkung hinweg, nahm den Bubikopf vom Esstisch und stellte ihn zurück auf die Fensterbank.

Er nickte. »Ich geh mir mal die Hände waschen.« Erneut strich er sich die silbergrauen Haare nach hinten, die ihm lang und glatt ins Gesicht hingen und einen ordentlichen Schnitt vertragen würden. Eine Rasur schien er ebenfalls nicht für nötig zu befinden. Durch die noch dunklen Bartstoppeln, die unterschiedlich stark sprossen, sah er vernachlässigt aus. Ihr Vater war immer eine stattliche Erscheinung gewesen, von großer Statur und dichtem Haar, sogar heute noch. Doch bei seinem Äußeren ließ er sich genauso gehen wie bei seinem Haushalt.

Fünf Minuten später schenkte Rosa Kaffee in die zierlichen Rosenthal-Tassen, die ihre Mutter nur bei besonderen Anlässen hervorgeholt hatte. Artus scherte sich nicht um deren Wert, einige von ihnen waren kaputtgegangen, angeschlagen oder hatten mindestens einen Sprung an den Rändern.

Unauffällig hatte Rosa vorher mit einem Lappen über den Wohnzimmertisch gewischt, um den Staub zu entfernen. Sie wollte ihm nicht das Gefühl geben, er käme nicht mehr alleine zurecht. Das nämlich war sein wunder Punkt, auf den er besonders empfindlich reagierte und sie vermied es, darauf zu sprechen zu kommen.

Der Duft des Kaffeearomas erfüllte den Raum, während ihr Vater Kondensmilch in seine dampfende Tasse füllte und zwei großzügig gehäufte Teelöffel Zucker hineinschaufelte. Mit geräuschvollem Schlürfen nahm er einen Schluck, dann fielen seine von Natur aus gutmütigen braunen Augen auf Rosa, als würde er sie erst jetzt richtig wahrnehmen. »Siehst abgekämpft aus.«

»Momentan ist viel zu tun im Lokal.« Eine längere Pause entstand, denn ihr Vater fragte nicht weiter nach. Die sich ausdehnende Stille wurde untermalt von seinen Kaugeräuschen.

»Den habe ich bei deinem Lieblingsbäcker gekauft. Schmeckt gut, nicht?«

Er nickte knapp, ehe er seine Kuchengabel erneut in den Bienenstich stach und in den Mund schob. Dabei fielen Rosa die dunklen Ränder unter seinen Fingernägeln auf. Offenbar hatte er wieder in der Erde gewühlt, seine momentane Lieblingsbeschäftigung. Genau genommen war es seine einzige. Seit er das kleine Gewächshaus hatte, verbrachte er die meiste Zeit mit dem Anbauen von Gemüse. Rosa hätte es nicht gewundert, wenn er sich ein Nachtlager darin eingerichtet hätte.

»Welche Sommerkulturen hast du dieses Jahr gepflanzt?«, wollte Rosa wissen, um endlich ein Gespräch in Gang zu bringen.

»Aubergine, Bohnen und Paprika«, erwiderte ihr Vater wortkarg und ohne von seinem Teller aufzublicken.

»Toll, ich freue mich schon auf die Ernte. Dann mache ich uns ein leckeres Ratatouille, wenn du magst.«

»Ich vermisse ihren Bohneneintopf.« Artus sah auf, sein Blick verlor sich in der Ferne. »Es gab nichts Besseres.«

»Da hast du wohl recht«, stimmte Rosa ihm zu und stellte gleich die nächste Frage, um ihn auf andere Gedanken zu bringen, weg von Mutti, das machte ihn nur traurig. »Was machen deine Tomaten?«

»Es hat sich gelohnt, die Hummelkästen aufzustellen. Die kleinen Brummer haben die Tomatenpflanzen bestäubt und sie gedeihen nun prächtig.« Ein leicht verunglücktes Lächeln hob seine Mundwinkel, das er sogleich durch ein Räuspern zunichtemachte und einen weiteren Schluck von seinem Kaffee nahm.

»Das freut mich, dadurch tust du noch zusätzlich was für die Umwelt und hilfst den gefährdeten Arten beim Nisten.«

Artus stellte geräuschvoll seine Tasse auf der Untertasse ab und zog die Nase hoch. Ein sicheres Zeichen, dass das Thema für ihn beendet war.

»Bist du mal wieder unter Leute gegangen?«, versuchte Rosa das Gespräch am Leben zu halten.

Artus runzelte die Stirn und sah sie an, als hätte Rosa ihn gefragt, ob er ihr ein Fieberzäpfchen in den Po schieben und danach eine Runde Samba tanzen wolle. »Wozu?«

Um nicht vollkommen zu vereinsamen, lag ihr auf der Zunge, doch stattdessen sagte sie: »Um soziale Kontakte zu pflegen.«

Er brummte etwas Unverständliches. Und nach einer kurzen Pause: »Eberhart ist auf ein Bier vorbeigekommen.«

Erfreut hob Rosa die Augenbrauen. »Das ist der, der im Krematorium arbeitet und Muttis Urne vor der Beisetzung entwendet hat, nicht?«

»Ach, Unsinn.« Unwirsch winkte ihr Vater ab. »Er hat nur die Asche umgefüllt. Die Urne ist in der Erde vergraben, da, wo sie hingehört. Wen interessiert schon, was mit der Asche einer Verstorbenen passiert. Bei mir ist sie in besten Händen.«

Rosa musste lächeln und sparte sich die Bemerkung, dass eine eigenmächtige Naturbestattung nach wie vor verboten war. Artus hatte das damals einfach selbst in die Hand genommen, indem er die Asche ihrer Mutter in der Erde unter diesem wunderschönen Kirschbaum beigesetzt hatte – Muttis Lieblingsbaum und ganzer Stolz –, damit seine Wurzeln die Asche absorbierten und sie so dem ewigen Kreislauf des Lebens zugeführt wurde.

Rosa hatte ihn mal gefragt, ob er glaubte, dass ein Teil ihrer Seele in den Baum übergegangen war. Er hatte leise gelächelt und gesagt, dass er es nicht nur glaubte, sondern wüsste. *Aber woher?*, hatte sie gefragt. *Weil der Baum mir kleine Zeichen gibt, wenn ich mit ihm spreche*, hatte er geantwortet.

Die Vorstellung rührte Rosa jedes Mal aufs Neue. Etwas kauzig war es schon, aber wenn ihm das half, seine Trauer besser zu bewältigen, sollte ihr das nur recht sein.

»Wann warst du mich das letzte Mal besuchen?«

»Mmh, da muss ich überlegen.« Ihr Vater strich sich müde über eine seiner dicht gewachsenen Augenbrauen, nachdenklich wanderte sein Blick zur Decke, ehe er mit gerunzelter Stirn wieder zu ihr sah. »Wieso fragst du?«

»Na ja, ich könnte mir vorstellen, es würde dir guttun, mal einige Zeit hier rauszukommen«, tastete Rosa sich vorsichtig vor.

»Und wozu soll das gut sein?« Die Falte zwischen seinen Augenbrauen vertiefte sich.

»Es würde dich vielleicht auf andere Gedanken bringen.« *Und bei mir wirst du nicht ständig mit Muttis Tod konfrontiert*, fügte sie im Stillen hinzu.

»Was für Gedanken?«, fragte er angriffslustig. »Ich kann doch mein Gewächshaus nicht einfach alleine lassen. Wer soll sich denn bitte schön um das Gemüse kümmern?«

Meine Güte … Heute ist er in etwa so umgänglich wie ein gereiztes Flusspferd, dachte Rosa resigniert. Um Gleichmut bemüht, zuckte sie mit den Achseln. »Nur für ein Wochenende. In der Zeit könnte Paul einen Blick drauf w…«

»Pah!«, fiel Artus ihr unwirsch ins Wort und schob demonstrativ seinen vollgekrümelten Teller von sich weg. »Dein Bruder hat doch keine Ahnung. Wenn der hier aufkreuzt, wählt mein Gemüse lieber den Freitod, als dass es elendig durch ihn verkümmert.«

Rosa presste die Lippen aufeinander, dennoch entwich ihr ein leises Prusten. Auch wenn sein beißender Sarkasmus manchmal verletzend war, entlockte er ihr diesmal ein Lächeln. Ihren Bruder, der in Waidmannslust fast um die Ecke

wohnte, hatte Artus mit seiner grantigen Art schon lange ver-
grault. Nur selten ließ er sich noch blicken, und wenn, nur
um sein schlechtes Gewissen zu beruhigen.

Die Arme vor der Brust verschränkt, lehnte ihr Vater sich
zurück und streckte seine langen Beine aus. »Lass mal, mich
muss keiner auf andere Gedanken bringen, ich komme gut
allein zurecht.«

Kapitel 3

KOMMSE RIN,
KÖNNENSE RAUSKIEKEN

Herrlich, diese Ruhe! Nichts als das Klicken von Rosas Stricknadeln und das leise Ticken der Standuhr erfüllten den Raum. Sie hatte es sich in ihrem gelben Ohrensessel bequem gemacht und ließ gedankenverloren den Blick durch das Wohnzimmer wandern.

Rosa liebte ihre gemütliche Altbauwohnung mit den hohen, stuckverzierten Wänden, ihr Refugium, in das sie sich gerne zurückzog. Die bunten Kissen auf der grünen Samtcouch und der gerahmte Kunstdruck mit der Mohnblume, der die helle Wand darüber zierte, setzten lebendige Akzente. Drei tropische Zimmerpflanzen mit fächerartigen Blättern rundeten das Bild noch ab. Einen Moment lang hielt sie inne und ließ das Strickzeug in ihren Schoß sinken. Den cremefarbenen Teppich mit orientalischem Muster hatte sie damals mit Theo auf der Übersee-Messe gekauft. Er bedeckte den hellen Parkettboden, der bei jedem Schritt knarrte und Behaglichkeit verströmte. Vor dem Sofa stand ein runder Biedermeier-Couchtisch und gegenüber an der Wand befanden sich zwei antike Kommoden, alles Möbelstücke, die sie mit Theo auf einem ihrer Streifzüge über den Flohmarkt aufgestöbert hatte. Nichts passte wirklich zusammen, ergab aber dennoch ein harmonisches Gesamt-bild.

Rosa seufzte zufrieden. Ihre freien Montage genoss sie in vollen Zügen. Einfach mal fünf gerade sein zu lassen und an nichts denken zu müssen. Na ja, das mit dem Nichts-Denken stimmte nicht wirklich. Ihr Gehirn ratterte wie die alte Re-gistrierkasse im *Onkel Theo*. Es gab einfach zu viel, über das sie sich Sorgen machen musste. Allem voran über ihren Vater. Wenn er weiter so trauerte, würde er noch an gebrochenem Herzen sterben. Er musste unter Leute, wieder am Leben teilhaben! Sein Gemüse war ihm da auch keine große Hilfe. Ihr Blick fiel auf die Jugendstil-Standuhr aus Eiche. Eigent-lich passte sie gar nicht zu den restlichen Möbeln, sie war zu dunkel und zu wuchtig. Aber Rosa brachte es nicht übers Herz, sie wegzugeben. Schließlich war sie ein altes Erbstück von Theos Familie, an der viele Erinnerungen hingen. Es war gleich fünf. Artus hatte es gerade mal eine halbe Stunde mit ihr ausgehalten. Dann hatte er geräuschvoll den Stuhl nach hinten geschoben und in seiner gewohnt brummigen Art ge-sagt: *Muss wieder raus ins Gewächshaus.*

Rosa gähnte herzhaft und senkte die Arme mit den Strick-nadeln in ihren Schoß. Ihre Gedanken waren auf einmal blei-schwer. *Nur mal kurz die Augen schließen und …*

Ein Geräusch ließ Rosa hochschrecken. Ihr Herz machte ei-nen schmerzhaften Satz und wummerte ein paarmal kräftig in ihrer Brust. Sie musste wohl kurz weggedöst sein.

Schlüssel klimperten, die Wohnungstür wurde geöffnet.

»Mama, bist du da?« Die Tür schlug zu, Schritte näherten sich.

Rosa keuchte auf. *Marie! Und sie hat offenbar Besuch mit-gebracht.* Hastig legte sie das Strickzeug beiseite und fuhr sich durchs Haar, einige Strähnen hatten sich aus ihrem Zopf gelöst und hingen ihr wirr ins Gesicht.

»Wo soll ich denn sonst sein, wenn die Tür nicht abgeschlossen ist?«, antwortete Rosa mit vom Schlaf angerauter Stimme. Schnell räusperte sie sich.

Marie steckte den Kopf durch die angelehnte Wohnzimmertür, ein unverschämtes Grinsen spielte um ihre Lippen. »Na ja, so vertüddelt, wie du manchmal bist …«

»Nicht frech werden, junge Dame, sonst gibt es was hinter die Ohren.« Rosa wackelte gespielt drohend mit dem Zeigefinger.

Marie schmunzelte, ehe sie ihren typisch investigativen Blick aufsetzte. Den benutzte sie immer, wenn sie meinte, etwas herausgefunden zu haben. Musste wohl eine Berufskrankheit sein, denn sie war Ermittlerin bei der Mordkommission. »Hast du etwa geschlafen?«

Das amüsierte Blitzen in Maries Augen stachelte Rosas Stolz an. »Ach, Unsinn, hab nur kurz die Augen zugemacht«, winkte sie unwirsch ab und setzte sich aufrecht hin, bemüht, einen wachen Eindruck abzugeben. Was ihr zugegebenermaßen äußerst schwer gelang.

Mit hochgezogener Augenbraue sah Marie sie ungläubig an. Das konnte sie besonders gut. Eine kleine Falte grub sich in ihre sonst so glatte Stirn.

Rosa seufzte. Ihre Tochter konnte sehr kritisch sein. Nicht nur ihr, sondern auch allen anderen gegenüber. Marie hatte nichts von ihrer Gutmütigkeit geerbt, schon als Kind wollte sie andauernd ihren Kopf durchsetzen. Nicht zum ersten Mal fragte Rosa sich, ob Marie nach der Geburt vielleicht vertauscht worden war. *Nein, dazu ist sie Theo zu ähnlich.* Die dunklen, glatten Haare, die fast schwarzen Augen und die zierliche Figur.

»Das ist Rico«, unterbrach Marie ihren Gedankenstrom. »Aus der Ballistik.«

Rosa betrachtete den rotbärtigen Mann, der durch die Tür linste und salopp die Hand zum Gruß hob.

Aus der Ballistik? Wie sagt man so schön: Man scheißt nicht, wo man isst – aber dieses Sprichwort hatte für Marie noch nie einen Wert gehabt. Ihr letzter Freund – ein Forensiker – war gerade mal vor einem Monat forschen Schrittes und mit vorgestrecktem Arm auf Rosa zugekommen. *Der ist also schon wieder Geschichte.* Es wunderte sie nicht, denn für Marie war er viel zu dominant gewesen. Ihre Tochter bevorzugte Männer, die ihr nicht das Wasser reichen konnten. Ihre Beziehungen – wenn man sie überhaupt so nennen konnte – hielten nicht länger als ein paar Wochen, ehe es Marie zu langweilig wurde und ein neuer hermusste. *Lieber eine gute Affäre als eine schlechte Beziehung*, hatte Marie sich zur Devise gemacht. Dabei wünschte Rosa sich doch so sehr Enkelkinder, die sie verwöhnen konnte. Aber offenbar war ihr das nicht vergönnt.

Rosa nickte dem jungen Mann lächelnd entgegen. »Kommse rin, könnense rauskieken!«, scherzte sie im Berliner Jargon, erntete dafür aber nur einen irritierten Blick. Die Arme auf die Sessellehnen gestützt, hievte sie sich hoch. »Wollt ihr was trinken?« Hatte sie überhaupt Kekse da? Sie lüpfte den Deckel der Porzellandose und sah hinein. Darin herrschte gähnende Leere, abgesehen von ein paar übrig gebliebenen Krümeln.

»Lass nur, Mama, wir sind gleich wieder weg. Wollte mir nur Hans-Gustav leihen und mit Rico um den Schlachtensee laufen. Dort war er nämlich noch nie.«

Rosa ging durchs Wohnzimmer und auf Marie zu. »Lass dich erst mal drücken.« Sie zog ihre Tochter in eine kurze

Umarmung und gab ihr einen Kuss auf die Stirn. »Na, dann wird's aber Zeit, junger Mann«, sagte sie an ihren Begleiter gewandt, nachdem sie Marie wieder freigegeben hatte. Beim Vorbeigehen wackelte sie mit dem Zeigefinger vor Ricos Gesicht, der ihr leicht verstört entgegensah. »Ist dein Passat noch in der Werkstatt?« Sie bog nach rechts in den Flur und steuerte die Kommode an. Marie und ihr Begleiter folgten ihr.

»Ja, die Ersatzteile sind schwer zu beschaffen. Der Kotflügel muss komplett ersetzt werden. Bei dem Crash wurde der total verbeult.«

»Gütiger Himmel, Kind, dann kann man ja nur von Glück sagen, dass dir nichts passiert ist! Ich möchte mir gar nicht ausmalen, was gewesen wäre, wenn der Airbag nicht ausgelöst hätte. Du hast das Ganze natürlich wieder so verharmlost.« Rosa hatte sich nach all den Jahren noch immer nicht damit abgefunden, dass Marie in die Fußstapfen ihres Großvaters getreten und zur Kripo gegangen war. »Warum musstest auch gerade du die Verfolgungsjagd aufnehmen? Konnte das nicht einer deiner Kollegen an deiner Stelle übernehmen?«

Marie rollte mit den Augen. »Na klar, Mama.« Der Sarkasmus in ihrer Stimme war kaum zu überhören. »Wenn ich erst jemand angefunkt hätte, wäre der Typ längst über alle Berge gewesen. Wäre ich nicht an ihm drangeblieben, hätte ihn niemand dingfest machen können.«

»Ich hätte mir wirklich einen weniger gefährlichen Job für dich gewünscht«, sagte Rosa eher zu sich selbst.

Marie quittierte den Einwurf mit einem kurzen Seufzer. Diese Diskussion hatten sie schon zu oft geführt. »Gibst du uns jetzt deinen Wagen oder nicht?«

»Natürlich gebe ich ihn dir. Aber Wiedersehen macht Freude. Spätestens morgen früh brauche ich ihn zurück.«

»Klar, Mama, wird gemacht. Heute Abend steht er wieder vor deiner Tür.«

Rosa hielt in der Bewegung inne und runzelte die Stirn. »Wie kommst du eigentlich momentan zur Arbeit? Fährst du etwa mit den Öffentlichen? Na ja, wenn ich es genau bedenke … Bei dem Verkehr gelangt man manchmal schneller an sein Ziel als mit dem Auto. Nach Frohnau fahre ich auch meistens mit der S-Bahn, das geht schneller.«

»Wäre ich auf öffentliche Verkehrsmittel umgestiegen, wäre ich wohl erst um die Mittagszeit im Präsidium, so oft, wie da munter gependelt wird in letzter Zeit.« Ein Lächeln zupfte an Maries Mundwinkel. »Nee, denn ein Gutes hatte der Crash: Erik holt mich jetzt jeden Morgen vor der Haustür ab und drückt mir einen dampfenden *Coffee to go* in die Hand. Den Service will ich so schnell nicht missen.«

Rosa warf ihrer Tochter einen liebevollen Blick zu und lächelte. »Freut mich, dass ihr beide so gut klarkommt. Dein Kollege und du, ihr scheint ja wirklich ein gutes Team zu sein.«

»Wäre auch schlimm, wenn nicht, so viel Zeit, wie wir miteinander verbringen müssen.«

Rosa nickte, ehe ihr Blick zu Maries Begleiter hinüberwanderte. *Steht da wie Falschgeld mit den hochgezogenen Schultern und dem unsteten Blick*, schoss es ihr durch den Kopf. »Nun will ich euch mal nicht länger aufhalten«, beeilte sie sich zu sagen, um den jungen Mann aus der unbehaglichen Situation zu erlösen. Wie hieß er noch gleich? *Ach, schnuppe*, es lohnte sich sowieso nicht, sich seinen Namen zu merken. »Macht, dass ihr loskommt, solange es noch hell ist. Das schöne Wetter muss man ausnutzen.« Rosa zog die rechte Schublade der Kommode auf und nahm den Autoschlüssel ihres alten Käfers heraus. Klimpernd ließ sie ihn vor Maries Nase baumeln.

Die nahm ihn entgegen, ihr neuer Freund zupfte sich am Bart und trottete etwas verloren hinter ihr her.

Rosa fragte sich, ob er überhaupt der deutschen Sprache mächtig war. Bisher hatte er kein einziges Wort von sich gegeben. Vielleicht war er ein Praktikant aus England? Den roten Haaren und dem blassen Teint nach zu urteilen, wäre das gar nicht so abwegig.

Rosa nahm den Jutebeutel, den sie vorhin getragen hatte, vom Garderobenhaken, kramte darin nach ihrem Portemonnaie und reichte Marie einen Hunderteuroschein. »Hans-Gustav steht auf Reserve, kannst ihn gleich volltanken. Vom Rest geht ihr Kaffee trinken und esst ein leckeres Stück Kuchen für mich mit.«

Marie zog eine Schnute. »Ach, Mama, das ist doch nicht nötig, ich hab doch mein eigenes Geld.«

»Nun nimm schon. Ich will das jetzt so und basta. Macht euch einen schönen Tag und seht zu, dass ihr Land gewinnt, ehe die Dämmerung einbricht.«

Mit halbseitigem Lächeln zupfte Marie ihrer Mutter den Schein aus der Hand und schob ihn sich in die Gesäßtasche ihrer Jeans. Gegen die bemutternde Art kam selbst sie nicht an. »Danke, Mama.« Sie beugte sich hinunter und drückte Rosa einen dicken Schmatzer auf die Wange. »Und jetzt wollen wir dich nicht weiter von deinem Nickerchen abhalten.« Marie unterdrückte ein Grinsen, die kleine Stichelei hatte sie sich wohl einfach nicht verkneifen können.

Rosa winkte ab. »Ach was, Nickerchen … Dazu geht mir zu viel im Kopf herum. *Onkel Theo*, Opa, du …«

»Ich? Was soll denn das bitte schön heißen?« Marie war jetzt die personifizierte Empörung. Mit verschränkten Armen lehnte sie sich an den Türrahmen, Rosa sprühten regelrecht Funken aus ihrem Blick entgegen.

Ihr Begleiter – *Rico!*, jetzt fiel es Rosa wieder ein – sah von einer zur anderen, fühlte sich sichtlich unwohl. »Also, ich geh dann mal schon runter ...«

Oha!, dachte Rosa, *er kriegt also doch die Zähne auseinander.*

Das zaghafte Zuziehen der Tür war das Letzte, was er verlauten ließ.

»Du setzt dich tagtäglich Gefahren aus, da ist es doch normal, dass ich mir als Mutter Sorgen mache«, fuhr Rosa unbeirrt fort. Normalerweise umging sie dieses leidige Thema geflissentlich. Aber heute konnte sie sich einfach nicht zurückhalten. Sogar Artus war damals gegen eine Laufbahn bei der Kriminalpolizei gewesen. Wie oft war er niedergeschlagen nach Hause gekommen, weil einer seiner Kollegen tödlich verletzt worden war? Aber so stur, wie Marie nun mal war – von wem hatte sie das nur? –, hatte sie sich nicht davon abbringen lassen und ihr dreijähriges Studium beim Bundeskriminalamt knallhart durchgezogen. Offenbar lag ihr die Ermittlungsarbeit im Blut, denn sie hatte eine außergewöhnlich gute Spürnase und dank ihr glänzte ihre Abteilung mit einer hohen Aufklärungsrate.

Insgeheim hatte sich Rosa immer gewünscht, Marie würde bei *Onkel Theo* einsteigen, aber dieser Traum war bereits in seinen Anfängen an Maries unmotivierten Serviceauftritten gescheitert. Die paar Male, bei denen sie als Kellnerin hatte einspringen müssen, hatten gezeigt, dass Marie weder Talent noch Engagement für einen Dienstleistungsberuf mitbrachte.

»Mein Job ist genau das Richtige für mich. Er fordert mich, ich verhindere Verbrechen und schütze Menschen. Und einer Gefahr setze ich mich bereits aus, wenn ich morgens aus der Tür trete, wo ich bei Bauarbeiten der Hausfassade vom Steinschlag getroffen oder vom Auto überfahren werden kann.«

Auf den Mund gefallen war sie nicht. *Wie immer.* »Ist schon gut.« Kopfschüttelnd ging Rosa zur Tür und hielt sie auffordernd auf. »Ich kann dich ja sowieso nicht davon abbringen. Lass deinen Freund nicht so lange warten, raus mit dir jetzt.«

Kapitel 4

NÜSCHT, WOMIT SICH GELD VERDIENEN LÄSST

Am Vormittag des nächsten Tages betrat Rosa die Küche im *Onkel Theo*.

Freddy war schon da. Die Unterarme auf die blank polierte Arbeitsfläche aus Edelstahl gestützt, stand er über ein dickes Notizbuch gebeugt, sein Bleistift flitzte nur so übers Papier. Wie gewöhnlich, wenn er angestrengt etwas schrieb, steckte ein Zahnstocher in seinem Mundwinkel und wippte unablässig auf und ab.

»Na, Kleener, was schreibst du da Schönes?«, fragte Rosa leise. So vertieft, wie er war, wollte sie ihn nicht erschrecken.

Freddy blickte auf. Sein Gesicht erhellte sich. Er rückte seine Brille zurecht und zog den Zahnstocher aus dem Mund. »Hi, Chefin, ich habe mir da etwas überlegt …«

Grundgütiger! Rosa stöhnte innerlich. Diese Eröffnung verhieß nichts Gutes. Sie hatte eine dunkle Ahnung, dass das, was jetzt kam, wieder mal eine längere Diskussion nach sich ziehen würde.

Die Hände in die Taille gestemmt, machte er eine künstlerische Pause und zog kokett eine Augenbraue in die Höhe.

Ein Entertainer, wie er im Buche steht, dachte Rosa und

hatte Mühe, ein Schmunzeln zu unterdrücken. An seinen freien Abenden trat Freddy als Madame Chou Chou in einem Dragqueen-Theater auf. Einmal hatte Rosa sich einen seiner Auftritte angesehen und wäre vor Stolz fast geplatzt. Er war nicht nur ein hochkreativer Künstler am Herd, sondern auch eine echte Rampensau. Sein Pulled Eisbein war legendär und am Abend meist schon nach einer Stunde ausverkauft. Allerdings gingen seine Ideen manchmal mit ihm durch und er kreierte Speisen wie Bouletten mit Ingwer oder mit Schokolade überzogene Speckscheiben. Nein, dieser neumodische Kram kam für Rosa nicht infrage. Sie hatte nichts gegen ein paar Innovationen in der Küche, aber manchmal trieb er es mit seinen Vorschlägen wirklich auf die Spitze. *Onkel Theo* war schließlich für seine rustikale Küche bekannt, und solange sie das Sagen hatte, sollte das auch so bleiben. Ihr Mann Theo – *Gott hab ihn selig!* – hätte sich im Grabe umgedreht, wenn er gewusst hätte, was aus seiner gutbürgerlichen Speisenauswahl geworden war, die er in dreißig Jahren nie geändert hatte. Nun gut, die Königsberger Klopse, das panierte Schweineschnitzel und die Kartoffelsuppe hatte sie so gelassen, wie sie schon von Theos Mutter Lotte vor sechzig Jahren zubereitet worden waren. So lange gab es den Laden nämlich bereits. Es erfüllte Rosa auch mit einem gewissen Stolz, dass ihr Restaurant schon eine ganze Weile schwarze Zahlen schrieb. Zugegeben, sie war eine gute Gastgeberin, die für jeden, der sich zu ihr an die Theke setzte und ihr sein Herz ausschüttete, ein offenes Ohr und einen guten Ratschlag hatte. Teilweise kam sie sich vor wie ein Kummerkasten auf zwei Beinen. Manchmal ging das sogar so weit, dass ihre Mannschaft in die Bredouille geriet, weil sie ihr nicht unter die Arme greifen konnte.

Aber nicht nur Rosa war es zu verdanken, dass das Lokal

gut lief. Sie konnte sich wirklich glücklich schätzen, so fleißige und zuverlässige Mitarbeiter zu haben.

Rasch besann sie sich auf das eigentliche Thema zurück, lehnte sich mit dem Unterarm auf die Arbeitsfläche und schenkte Freddy ihre gesamte Aufmerksamkeit.

»Diese Butter Boards sind doch immer noch so im Trend. Und statt Butter könnten wir doch ein Leberwurst Board mit auf die Karte setzen, dass ich bestimmten Anlässen entsprechend dekoriere. Zu Weihnachten einen Tannenbaum, zu Geburtstagen ein Herz …«

Mann, Mann. An Kreativität mangelte es Freddy wirklich nicht. Nur an seinem wirtschaftlichen Denken musste er unbedingt noch arbeiten. »Im Grunde eine schöne Idee, aber nüsch, womit sich Geld verdienen lässt«, schnitt Rosa ihm das Wort ab, um ihm die Luft aus den Segeln zu nehmen, ehe er so richtig in Fahrt geriet. Wenn er einmal damit loslegte, seine Ideen vorzutragen, war er so schnell nicht mehr zu bremsen. Rosa hatte zwar ein großes Herz, aber gleichzeitig war sie eine Geschäftsfrau. Ein bisschen musste sie auch an den Profit denken. Ihre Mitarbeiter wollten ja schließlich am Monatsende bezahlt werden, denn die waren ihr heilig, jeder Einzelne von ihnen war so etwas wie ein Teil ihrer Familie.

»Du weißt, dass wir dafür keine Zeit haben, solange Viola noch wegen ihrer Schwangerschaft ausfällt.« Sie machte eine kurze Pause und setzte eine bedauernde Miene auf. Bei Freddy musste man mit Fingerspitzengefühl vorgehen, denn er reagierte empfindlich auf Kritik und konnte tagelang die beleidigte Leberwurst spielen. Das wollte Rosa auf keinen Fall riskieren. »Dein Einsatz in allen Ehren, aber du weißt, womit es geendet hat, als ich dir das letzte Mal freie Hand gelassen habe. Wir saßen auf fünf Kilo gebackenem Mettigel Hawaii, die keiner haben wollte.«

Freddy rollte theatralisch mit den Augen, ging aber auf Rosas Einwand nicht ein. »Ich würde auch eine halbe Stunde früher erscheinen, um mir die Zeit zum Vorbereiten zu nehmen.«

Rosas ließ den Blick einen Moment auf Freddy ruhen. *Ausprobieren kann man es ja mal. Wenn sein Herz doch so an der Idee hängt.* Sie seufzte leise. Er schaffte es doch jedes Mal, sie umzustimmen. Wie machte er das nur? »Ich denke drüber nach. Und jetzt ran an die Arbeit. Du kannst schon mal anfangen, die Schnitzel für den Mittagstisch zu portionieren.«

»Apropos Schnitzel ...« Freddy steckte sich den Bleistift hinters Ohr, wo er unter seinem vollen hellbraunen Lockenschopf verschwand. »Die Fleischlieferung ist noch nicht eingetroffen. Normalerweise kommt Keule jeden Montag um halb 10.« Freddy warf einen kurzen Blick auf die Küchenuhr an der Wand. »Jetzt ist es bereits halb 11.«

Rosa runzelte die Stirn. »Seltsam. Unpünktlichkeit ist doch sonst gar nicht Keules Art. Hast du schon mal bei ihm durchgerufen?«

»Ja, klar, kurz bevor du kamst. Geht aber nicht ran.«

Rosa kramte ihr Handy aus dem Jutebeutel über ihrem Arm, der die Aufschrift *Mir reicht's, ich geh schaukeln* trüg. Jutebeutel waren mittlerweile so eine Art Markenzeichen von Rosa geworden und aus diesem Grund bekam sie bei jedem Anlass mindestens einen mit lustigem Aufdruck geschenkt. »Ich probier's einfach noch mal. Ihm wird was dazwischengekommen sein. Normalerweise kann man sich auf ihn verlassen.«

Rosa scrollte auf ihrem Smartphone durch die Kontakte, bis sie auf den ihres Fleischlieferanten stieß und auf das Hörerzeichen tippte.

So ein Käse! Selbst nach zehnmaligem Klingeln nahm Keule den Hörer nicht ab. Hoffentlich war er nicht in einen Verkehrsunfall geraten. Langsam wurde Rosa unruhig. Am Abend fand das monatliche Treffen des *Goldenen Schlüssels* statt, bei dem sich alle Concierges der Berliner Fünf-Sterne-Hotels zu ihr zum Schnitzelessen trafen. Rosa zog die Stirn in Falten und kaute auf ihrer Unterlippe. *Wenn bis dahin das Fleisch nicht kommt, bin ick neese.* Ein tiefes Durchatmen vertrieb ihre Bedenken. Sie streckte sich zu voller Größe – wodurch sie Freddy gerade mal bis zur Schulter reichte, denn er maß ganze 1,90 Meter – und ging in den Gastraum.

Sehr schön. Die Tische waren bereits für den Mittagstisch eingedeckt, es fehlten nur noch die kleinen Vasen mit den einzelnen Nelken. Sie sollte den Teufel nicht an die Wand malen, sicherlich würde Keule gleich schwer atmend hier aufschlagen und um Verzeihung für seine Verspätung bitten.

Doch auch zwei Stunden später war von Keule noch nichts zu sehen oder zu hören, was bei Rosa schubweise Schweißausbrüche auslöste. Mittlerweile trudelten schon die ersten Gäste für den Mittagstisch ein. Ihr wurde ganz mulmig zumute. Keule war seit zehn Jahren ihr Lieferant für Bio-Fleisch, Rosa vertraute ihm, und Bio-Lieferanten waren in Berlin noch immer so rar gesät wie Parkplätze. Und wenn Rosa auf etwas Wert legte, dann auf die Herkunft und Herstellung ihres Fleisches. Schwarze Punkte kreisten vor ihren Augen. Sie musste sich kurz auf den Hocker setzen, der neben dem Durchgang hinter der Theke stand. Mit einer Hand stützte sie sich auf den Tresen. *Ich kann doch jetzt nicht zu einem x-beliebigen Metzger gehen, den ich nicht kenne!* Das verstieß gegen ihre Prinzipien. Doch heute war Schnitzeltag, ohne das Fleisch brauchte sie den Laden am Abend gar nicht aufzumachen.

»Hey, was ist denn mit dir los?«, riss Marion sie aus ihrem Gedankenstrom. »Du bist ja ganz blass um die Nase.«

»Ach, nicht der Rede wert«, winkte Rosa ab, »geht schon wieder, hab nur schlecht geschlafen heute Nacht.«

»Du Arme, wenn ich es nicht besser wüsste, würde ich denken, du befindest dich mitten in den Wechseljahren.«

»Ha!«, stieß Rosa aus. »Gott sei Dank haben wir die schon hinter uns, was Marion!«, fügte sie hinzu, doch die war mit ihrem Getränketablett schon außer Hörweite. *Keine lästigen Beschwerden mehr, keine plötzlichen Migräneattacken und Einschränkungen mehr*, ergänzte Rosa in Gedanken. Und dadurch resultierende Freiheit und Unabhängigkeit. Wenigstens etwas Positives hatte das Alter mit sich gebracht. So sah Rosa das. Außerdem waren ihre Selbstzweifel verblasst und an deren Stelle ein neues Selbstbewusstsein getreten. Sie konnte sich endlich mit allen Makeln so akzeptieren, wie sie war.

»Gegen deine Schlafstörungen solltest du etwas unternehmen«, sagte Marion, als sie das nächste Mal an ihr vorbeirauschte. »Ich nehme pflanzliche Tabletten, die helfen ganz prima, morgen bringe ich sie dir zum Probieren mit.«

Ihre älteste Mitarbeiterin war permanent in Bewegung. Rosa stellte ein ums andere Mal fest, wie froh sie sein konnte, sie zu haben.

Ein zarter Duft von Bratkartoffeln und Speck durchzog jetzt den Raum. Aufmerksam ließ Rosa den Blick durch die Gaststube wandern. *Das urige Berliner Lokal besticht durch rustikale Gemütlichkeit und versprüht eine heimelige Atmosphäre. Die Speisenauswahl überrascht durch eine Mischung aus gutbürgerlicher Berliner Küche und raffinierten, ungewöhnlichen Kreationen*, gingen Rosa die Worte durch den Kopf, die ein Restaurantkritiker erst vor Kurzem in der Gastronomie-Rubrik der Berliner Morgenpost geschrieben hatte. Von Stolz erfüllt, lächelte sie leise vor sich hin.

Eine ältere Dame mit weißem Dutt winkte ihr freundlich entgegen. Rosa grüßte ebenso freundlich zurück. Irmchen gehörte zu ihren Stammgästen und kam einmal die Woche mit ihrem Lesezirkel zum Mittagessen.

Rosa spürte einen Luftzug, als Marion das nächste Mal mit beladenden Tellern an ihr vorbeiflitzte. In ihr regte sich das schlechte Gewissen. Marion plagte sich und sie saß hier rum. Es wurde Zeit, ihr unter die Arme zu greifen. Gerade herrschte Hochbetrieb.

Flink rutschte sie vom Hocker und setzte sich in Bewegung. Kurz spürte sie einen Schwindel, doch den atmete sie kurzerhand weg. Für solche Belanglosigkeiten war jetzt keine Zeit.

»Und was ist, wenn du bei der Bio-Metzgerei hier um die Ecke nachfragst?«, schlug Freddy vor, während er seinen Kopf durch die Durchreiche steckte und Rosa einen Teller Bratkartoffeln mit Spiegeleiern zuschob.

»Du weißt doch, dass ich nichts kaufe, dessen Herkunft mir nicht bekannt ist. So viel Fleisch, wie wir brauchen, hat der sowieso nicht vorrätig. Außerdem kostet mich das ein Vermögen bei dem alten Halsabschneider. Ich habe mich vor einigen Jahren mal nach seinen Preisen erkundigt und bin am Telefon fast vom Stuhl gefallen.«

Freddy schob seine Brille zurecht und kratzte sich am Kopf. »Ich könnte den Argentinier nebenan fragen, ob er was von seinem Fleischbestand an uns abtreten kann.«

Rosa warf die Hände in die Luft. »Nur über meine Leiche!«

Ganz nach Freddy-Manie rollte er theatralisch mit den Augen. »Na, dann … weiß ich auch nicht weiter.«

»Ich verstehe immer noch nicht, warum in der Schlachterei niemand den Hörer abnimmt«, sagte Rosa mehr zu sich selbst. »Da muss doch etwas passiert sein!«

Kapitel 5

DAS SCHNITZELPROBLEM

Während Rosas Gedanken noch um eine annehmbare Lösung für das Fleischproblem kreisten, vibrierte neben ihr auf dem Tresen ihr Handy. Seufzend schloss sie den Zapfhahn, stellte den Bierkrug ab und nahm den Anruf entgegen.

»Spreche ich mit Frau Fröhlich?«

»Am Apparat.«

»Schwester Olga aus dem Dominikus Krankenhaus. Ihr Vater ist heute Morgen bei uns eingeliefert worden.«

Oh nein. Rosas Herz donnerte los, schlug ihr schmerzlich gegen die Rippen. »Was … ist denn passiert?« Sie schluckte trocken und schloss kurz die Augen, um sich mental gegen jede noch so schlimme Nachricht zu wappnen. *Komme, was wolle, ich muss stark bleiben.*

Mit drei Tellern beladen kam Marion so abrupt vor Rosa zum Stehen, dass ihr beinahe der Hackbraten vom Teller rutschte. Mit zusammengekniffenen Brauen warf sie ihr einen fragenden Blick zu.

»Ihr Vater ist vom Fahrrad gestürzt, ein Autofahrer hat ihn angefahren«, sagte die Krankenschwester am Ende der Leitung. »Er hat eine Unterarmfraktur, mehrere Schürfwunden und eine schwere Prellung an der Hüfte. Heute Nacht bleibt er hier, aber morgen muss ihn jemand abholen.«

Rosa atmete innerlich auf. *Es hätte schlimmer sein können. Er wird es überleben*, versuchte sie sich zu beruhigen. Es war schließlich nicht das erste Mal, dass er sich durch sein leichtsinniges Verhalten in Gefahr brachte. Manchmal war er schlimmer als ein kleines Kind. Letztes Jahr im Herbst war er beim Versuch, eine nestbauende Taube aus dem Kirschbaum zu verscheuchen, von der Leiter gekippt. Rosa konnte sich bildlich vorstellen, wie das abgelaufen war. Wie er mit ausufernden Armbewegungen oben auf der Leiter stand, schwankte und das Gleichgewicht verlor. Gott sei Dank war er damals mit einem blauen Auge – vielmehr mit ein paar blauen Flecken – davongekommen. Sie wollte gar nicht daran denken, was alles hätte passieren können. Armfraktur, komplizierter Beckenbruch oder gar Schädelbruch … Artus musste wirklich einen Schutzengel haben. Natürlich hatte er ihr nichts davon erzählt. Sie hatte es von seinem Nachbarn erfahren, der ihm zu Hilfe geeilt war, erst auf Nachfrage war Artus damit rausgerückt.

Oder als er in der Badewanne im Stehen seine Füße einseifen wollte und ausgerutscht war. Er hätte sich das Genick brechen können, dabei hatte er sich nur eine Prellung an Rücken und Gesäß zugezogen. Auch das hätte ihr Vater ihr verschwiegen, wenn Rosa nicht auf seinem Balkon gestanden und einen kurzen Schrei aus dem Bad gehört hätte. Des Weiteren hatte Artus sich kurz nach dem Tod ihrer Mutter beinah den Finger mit der Brotmaschine abgeschnitten. Diese Unachtsamkeit konnte sie in seiner Trauer noch nachvollziehen. Nichtsdestotrotz wurde Rosa immer unwohler, ihn allein in diesem großen Haus zu wissen. Bald musste es eine andere Lösung geben.

Mit einem kurzen Blinzeln gab sie Marion zu verstehen, dass alles gut war.

Die nickte und setzte ihren Weg fort, um das bestellte Essen zu servieren.

»Ja, gut, ich komme«, erwiderte Rosa. »Um wie viel Uhr soll ich da sein?«

»So früh, wie möglich, wir brauchen jedes Bett«, kam es schroff zurück. »Um 8 Uhr ist Visite, danach kann er abgeholt werden.«

»Geht klar. Kann ich ihn kurz sprechen?«

»Warten Sie.«

Es verging eine Ewigkeit, in der Rosa mindestens drei Bier hätte zapfen können. Unruhig ließ sie den Blick über die voll besetzten Tische wandern. Gerade als sie ihr Handy umständlich zwischen Schulter und Ohr quetschte, um das Bier fertig zu zapfen, ertönte ein Ächzen, abgelöst von einem Stöhnen am anderen Ende der Leitung. »Rosalinde?«

Rosa atmete erleichtert auf. »Vati, was machst du denn für Sachen?«

»Nicht meine Schuld. Das Auto hat mich einfach umgefahren, als ich vom Bürgersteig auf die Straße runtergefahren bin. Angeblich hat der Fahrer mich nicht kommen sehen.«

So renitent wie ein alter Esel, dachte Rosa kopfschüttelnd, verkniff sich jedoch eine Bemerkung über seine indirekte Anschuldigung. Ihr Herzschlag normalisierte sich langsam wieder. Typisch, dass er dem Fahrer die Schuld gab. Wie oft war Artus schon darauf hingewiesen worden, dass Radfahren auf dem Bürgersteig nicht erlaubt war. Einmal hatte ihn sogar ein Polizist verwarnt. Das wusste Rosa, weil der Nachbar ihres Vaters ihr brühwarm davon erzählt hatte. Doch jegliche Kritik sowie Ratschläge stießen bei Artus auf taube Ohren.

»Wie geht es dir?«

»Wie es schlechten Menschen halt so geht, wenn sie unter

die Räder kommen.« Seine Stimme war an Missmut nicht zu überbieten.

Rosa musste grinsen. »So schlimm kann es nicht sein, wenn du schon wieder zu zynischen Bemerkungen aufgelegt bist. Brauchst du irgendwas? Soll ich vorbeikommen und dir was bringen?«

»Lass mal. So weit zu fahren, ist unnötig.«

»Ich könnte Paul anrufen, damit er dir etwas zum Anziehen und deinen Kulturbeutel vorbeibringt.«

»Ach!« Die Verachtung, die Artus in dieses eine Wort legte, konnte Rosa fast körperlich spüren. »Der soll sich gar nicht hier blicken lassen. Der braucht das gar nicht zu erfahren. Schert sich doch sonst nicht um seinen Alten.«

Rosa verdrehte die Augen und unterdrückte ein Seufzen. »Du machst es ihm aber auch nicht grad leicht.« Sie musste dringend ein Wörtchen mit Paul reden. So ging das wirklich nicht weiter mit den beiden. Vielleicht konnte er ja noch mal über seinen Schatten springen und sich ihm annähern. »Morgen früh hole ich dich ab und dann sehen wir weiter. Einverstanden?«

Als Antwort drang ein leises Brummen durch den Hörer, ehe Rosa nur noch ein Tuten vernahm.

»Na, is denn dit die Möglichkeit?«, verfiel Rosa in Berliner Dialekt, was oft geschah, wenn sie sich aufregte, und starrte kopfschüttelnd auf das Display ihres Handys. »Legt einfach auf …«

»Der Herr an Tisch 7 meint, sein Schnitzel sei so trocken wie seine Schuhsohlen.« Marion wies mit dem Kopf auf den Tisch gegenüber der Theke.

»Auf die Meinung von jemandem, der seine Schuhsohlen verspeist, sollte man meines Erachtens nicht so viel Wert legen.« Rosa zwinkerte Marion zu, ehe sie den Blick zu dem älteren Herrn wandern ließ, der demonstrativ seinen Teller von sich schob. »Den habe ich hier noch nie gesehen.« *Auch das noch.* »Kümmer du dich bitte um den Gast und bring ihm ein neues Schnitzel oder etwas anderes als Ersatz. Ich fahr mal bei Rudi vorbei. Der nimmt das Telefon auch nicht ab, wahrscheinlich brennt mal wieder die Hütte bei ihm. Er ist der Einzige, der mir vielleicht mit Fleisch aushelfen könnte und dem ich diesbezüglich traue. Ihr haltet derweilen hier die Stellung.«

»Wird gemacht, Chefin«, sagte Marion und schwebte mit einem Tablett voller Gläser an ihr vorüber.

»Heute bleibt mir auch wirklich nichts erspart«, murmelte Rosa, während sie sich ihren Jutebeutel schnappte und eiligen Schrittes das Restaurant verließ.

*

Rudi war ein alter Freund von Theo. Die beiden hatten sich schon aus Kindertagen gekannt. Genau wie Rosas verstorbener Mann hatte Rudi den Laden seiner Eltern übernommen und noch erfolgreicher gemacht, als er gewesen war. Mittlerweile zählte Rudis Imbiss zu den besten Currywurst-Buden in Berlin, wo sowohl Prominente als auch echte Berliner und hauptsächlich Touristen verkehrten, denn seine zentrale Lage brachte ihm stets viel Kundschaft.

Wie Rosa vermutet hatte, brummte der Imbiss um die Mittagszeit. Alle Stehtische waren belegt und eine lange Schlange zog sich vom Ausschank den Bürgersteig entlang.

Rosa streckte die Hand in die Höhe und winkte, um auf sich aufmerksam zu machen.

Als Rudi aufsah und Rosa bemerkte, erhellte sich sein Gesicht. Kurz klopfte er Rudi junior auf die Schulter und sagte ein paar Worte zu ihm, dann verschwand er im Inneren der Bude und trat wenig später nach draußen.

»Na, kiek mal eener an.« Ein verschmitztes Lächeln umspielte seine Lippen. »Wat verschafft ma denn die Ehre dieses hohen Besuches, meene liebe Rosa?«

Rosa wusste, dass sie auf Rudi zählen konnte. Seit Theos Tod bemühte er sich sehr um sie. Ihr war nur bis heute nicht klar, ob er sie umwarb oder ob Theo ihm das Versprechen abgenommen hatte, ein Auge auf sie zu haben. Rudis Ehefrau Evelyn war schon früh bei einem Autounfall ums Leben gekommen und seit ihrem Tod hatte es keine Frau mehr an seiner Seite gegeben.

»Ich habe gehofft, dass du mir mit etwas Kalbfleisch aushelfen könntest. Heute ist Schnitzeltag und Keule hat nicht geliefert. Warum auch immer …« Seufzend warf sie die Hände in die Luft.

»Dann haste es also noch nich jehört …« Rudi ließ den Satz in der Luft hängen und machte ein betretenes Gesicht.

»Was denn?«, fragte Rosa alarmiert.

»Keule is heute Morgen tot in seinem Kühlhaus jefunden worden.«

Rosa fasste sich an die Brust und schnappte nach Luft. »Um Himmels willen, das ist ja furchtbar!«

Rudi nickte. »Ick hab es vor 'ner juten Stunde von Achim erfahn. Der holt seene Bestellung doch immer persönlich ab und heute Morgen war vor der Schlachterei so 'n Ufflauf von Uniformierten und Schaulustigen. Eener von der Polente, den er um drei Ecken kennt, hat ihm verraten, det es sich beim Toten um Keule handelt. Aber Jenaueres wusste man da noch nich.«

Rosa legte nachdenklich die Stirn in Falten. »Mmh … er war zwar nicht mehr der Jüngste, aber krank war er doch nicht, oder? Sah jedenfalls kerngesund aus.«

Rudi zuckte mit den Schultern. »Kann ick dir nich sagen. Seit er darauf bestanden hat, dass ick wöchentlich eene bestimmte Menge bei ihm bestell, hab ick mir enen anderen Schlachter jesucht. Wat soll ick mit dem janzen Fleisch? Bei mir jehn doch sowieso am besten die Würste.«

Einen kurzen Moment hingen die beiden ihren Gedanken nach, bis sie einen synchronen Seufzer ausstießen.

Ein kleines Lächeln schlich sich um Rudis Mundwinkel, ehe er den Gesprächsfaden wieder aufnahm. »Um auf deene Frage zurückzukommen, mit Kalbfleisch kann ick nich dien, aber Schweinekoteletts hätt ick noch in ausreichender Menge in ner Kühltruhe zu liejen. Beste Qualität. Wir bestellen online beim Bio-Bauern aus Brandenburg. Ick weeß doch, wie viel Wert du uff jutes Fleisch lejst.«

Rosa zuckte mit den Schultern. »Besser als gar nichts. Dann müssen sich die Herrschaften eben mal mit panierten Koteletts begnügen. Wenn du mir davon ein paar Kilo abgeben könntest, stünde ich zumindest nicht mit leeren Händen da. Heute ist Concierge-Stammtisch und du kennst doch den Jochen aus dem Adlon, da muss immer alles picobello sein.«

Rudi lachte auf. »Ach, du meene Jüte! Ja, det is so 'n Hundertfuffzigprozentiger, deshalb is der in seinem Job ooch so jut. Kannste alle haben. Sohnemann hat gleich zehn Kilo bestellt, die werd ick eh nich los«, fügte er mit einer wegwerfenden Handbewegung hinzu. »Komm mit, ick jeb dir dit Fleisch, und dann muss ick schnell wieder rin in meen Kabuff. Siehste ja, wat hier los is.«

»Nee, über nicht vorhandene Kundschaft kannst du dich wirklich nicht beschweren.« Rosa schüttelte belustigt den Kopf. »Ich will euren Betrieb auch gar nicht länger aufhalten, meine Bande braucht mich ja auch.« Ihr Blick wanderte zum Ausschank. »Aber wie ich sehe, schafft dein Sohn das auch gut ohne dich. Er hat sogar noch für jeden ein charmantes Lächeln übrig. Genau wie du. Das ist wohl euer Erfolgsgeheimnis.«

Rudi strich seinen Schnauzbart glatt und lächelte verlegen. »Na ja, een bisschen spielt ooch die Qualität der Wurst und unsere Spezialsauce 'ne Rolle, denk ick.«

Rosa lachte auf und buffte ihm in den Oberarm. »Nur nicht so bescheiden, Rudi! Natürlich ist die Wurst euer Steckenpferd, eine bessere findet man in der City-West nicht.« Sie zwinkerte ihm zu.

Rosa grinste in sich hinein, als Rudis Gesicht sich mit einer leichten Röte überzog. »Bin gleich wieder da«, sagte er und verschwand schneller, als sie gucken konnte.

Keine zwei Minuten später kam er ihr mit einer roten Kunststoffpalette entgegen. »Wo steht deen Wagen?«, fragte er.

»Gib schon her, das schaffe ich schon allein.«

»Quatsch mir keene Bulette ans Knie, ick komm mit und helf dir. Is doch Ehrensache.«

Rosa wollte Rudi nicht kränken und gab schließlich nach.

Lautes Hupen empfing sie.

»Jesus Maria, ist schon gut, bin ja schon da!« Im Eifer des Gefechts hatte Rosa verbotenerweise ihr Auto auf einer Auffahrt geparkt, denn um diese Zeit war es unmöglich, in Ku'damm-Nähe einen Parkplatz zu ergattern. Rosa eilte auf den BMW in der Hauseinfahrt zu, dessen Fahrer sich mächtig echauffierte.

»*Schon* ist gut. Ich wollt' grad' die Polizei rufen.« Seine Gesichtsfarbe tendierte bereits zu einem gefährlichen Tomatenrot.

Rosa plagte das schlechte Gewissen, doch Rudi zeigte sich unbeeindruckt. »Nun sehen Se mal nich gleich rot und atmen

Se erst mal tief durch. Dit tut nämlich nich jut, wenn man unentwegt in die Luft jeht wie 'n HB-Männchen. Dit führt zu hohem Blutdruck, der Puls …«

»Nun werden *Sie* mal nicht frech«, fiel ihm der Mann aufgebracht ins Wort. »Eine Entschuldigung wäre ja wohl das Mindeste. Ich habe einen wichtigen Term…«

»Verzeihen Sie vielmals«, unterbrach Rosa den Redeschwall des Mannes, »aber es handelte sich um einen Notfall. Was schulde ich dir?«, wandte sie sich an Rudi.

»Lass ma stecken«, sagte er.

Rosa schüttelte vehement den Kopf. »Kommt überhaupt nicht infrage. Das Fleisch hat einen Warenwert von mindestens 100 Euro!«

Rudi lachte leise auf. »Dit kann ick ma jerade noch leisten.«

Rosa nickte zögerlich. »Na gut. Aber komm mal wieder ins *Onkel Theo* und dort lässt du es dir richtig gut gehen, ja?«

»Du wirst lachen, dit mach ick ooch. Dann bring ick zehn Kumpels mit und bestell die Karte ruff und runter.« Er zwinkerte ihr spitzbübisch zu.

»Hey!«, brachte sich der BMW-Fahrer in aggressivem Tonfall in Erinnerung und drückte wieder auf die Hupe. »Langsam hab ich die Faxen dicke. Ich rufe jetzt die Polizei. Ich muss zu einem wichtigen Meeting. Andere müssen nämlich Geld verdienen, während Sie hier ein Schwätzchen auf meine Kosten halten.«

»Is ja juut«, rief Rudi ihm entgegen. »Nu plusta dir ma nich so uff. Gleich is se weg. Keene Haare uffn Kopp, aber 'n Kamm inner Tasche«, fügte er so leise hinzu, dass nur Rosa es verstehen konnte. »Blöder Fatzke.«

Rosa gluckste leise vor sich hin, während sie den Kofferraum öffnete.

Rudi stellte die Palette hinein und verabschiedete sich von ihr mit einer kurzen Umarmung. »Mach's jut, Kleene, halt die Ohren steif.«

»Danke, Rudi, bis bald«, sagte Rosa, während sie in ihren Wagen stieg. Dem BMW-Fahrer schenkte sie zum Abschied noch ein entwaffnendes Lächeln, ehe sie sich mit quietschenden Reifen vom Acker machte.

✻

»Gut, dass du kommst«, empfing Freddy sie, als Rosa völlig aus der Puste die Küche betrat. »Keules Bruder kam gerade mit der Lieferung. Das Fleischproblem hat sich somit erl…« Er brach mitten im Satz ab, als Rosa die Fleischpalette auf die Edelstahl-Arbeitsfläche knallen ließ. »Oh.« Sein betroffener Gesichtsausdruck sprach Bände. »Und jetzt?«

»Da wird doch der Hund in der Pfanne verrückt!« Rosa stöhnte laut auf. »Und nu' sitzen wir auf zwanzig Kilo Fleisch.«

»Scheiße!«, sagte Freddy inbrünstig. »Es gibt einen Grund, warum Keule heute Morgen nicht kam«, fuhr er nach einem kurzen Moment einträchtigen Schweigens fort. »Es ist nämlich was Furcht…«

Rosa nickte. »Ich hab's schon gehört. Rudi hat es mir erzählt. So kann es gehen. Eben noch mopsfidel und im nächsten Moment mausetot.«

»Die Polente macht wohl ordentlich Wirbel im Schlachthaus.«

»Warum denn das?«

Freddy nahm seine Brille ab und putzte sie hingebungsvoll mit dem Zipfel seiner Kochjacke. »Keules Bruder hat *zufällig*« – er betonte das Wort übertrieben und zog mit dem

Zeigefinger sein rechtes Augenlid ein wenig nach unten – »ein Gespräch zwischen der Gerichtsmedizinerin und dem Typen von der Spurensicherung mitbekommen.«

Gerichtsmedizinerin? Spurensicherung? Rosa horchte auf.

»An Keules Handballen hat man Hämatome gefunden. Er muss wie wild an die Tür des Kühlhauses geschlagen haben, um auf sich aufmerksam zu machen. Offenbar hat ihn jemand gestern Abend darin eingesperrt.«

»Doch nicht etwa mit Absicht?«

Freddy zuckte mit den Schultern. »Weiß man noch nicht. Aber die Polizei schließt das wohl nicht aus, sonst hätte sie nicht die Mordkommission mit ins Spiel gebracht.«

Mordkommission. Rosa schnappte nach Luft. »Du meinst … dass ihn jemand vorsätzlich …? Dass ihn jemand …?« Sie schluckte. Einen Moment lang fehlten ihr die Worte. »Dann ist er erfroren?«

»… oder vorher einem Herzinfarkt erlegen«, ergänzte Freddy. »Die genaue Todesursache ist noch nicht geklärt. Dafür muss die Leiche erst obduziert werden.«

»Es besteht also wirklich Verdacht auf ein Tötungsdelikt.« Betreten schüttelte Rosa den Kopf. »Das ist ja furchtbar! Wer macht denn so was?«

»Ich hab keine Ahnung. Leider gibt es genügend Irre unter uns, denen man es nicht ansieht.«

»Na, ich wunder mich langsam über jarnüscht mehr«, sagte Rosa kopfschüttelnd.

»Menschen sind grausam, die Welt ist schlecht. Neulich erst habe ich in der Zeitung gelesen, dass die Gewaltbereitschaft gestie…«

Ach du liebe Güte! Rosa blies die Backen auf und entließ geräuschvoll die angestaute Luft. *Fängt er einmal an, sich über die Grausamkeit unseres Planeten in all seinen Facetten auszulassen, hört er so schnell nicht wieder auf.* »Freddy, die Zeit rennt uns davon«, unterbrach sie ihn mit aller Entschiedenheit, die sie aufbringen konnte. »Ich helfe dir beim Panieren, damit wir heute Abend pünktlich mit den Schnitzeln rauskönnen. Derweilen können wir uns überlegen, was wir mit dem Fleisch von Rudi anfangen.«

Freddy folgte Rosas Blick zur Fleischpalette. Mit in Falten gelegter Stirn kratzte er sich am Hinterkopf, bis ein unternehmungslustiges Funkeln in seine Augen trat. »Ich habe eine Idee, wie wir das Fleisch verarbeiten können.«

Rosa schwante Schlimmes. »Dann leg mal los«, sagte sie seufzend. »Aber fass dich kurz, das Fleisch muss in die Kühlung.«

»Wir könnten einen Schweizer Motto-Abend machen und Zürcher Geschnetzeltes anbieten.«

Grundgütiger, den haben sie wirklich mit 'nem Klammerbeutel gepudert! »Das ist kein Kalbfleisch, sondern das sind Koteletts!«, entfuhr es ihr lauter als beabsichtigt. »Wir müssen eine andere Verwendung finden.«

»Wir schmoren es in Rotwein und bieten Polenta oder Rösti dazu an.«

Rosa dachte einen Moment lang darüber nach. *Gar nicht so schlecht, die Idee.* Sie gab ihm einen anerkennenden Klaps auf die Schulter. »Schreib es morgen mit auf die Karte. Und nun ran an die Buletten, sonst sind wir morgen noch nicht fertig.«

Kapitel 6

IMMA RINSPAZIERT,
DIE HERRSCHAFTEN

»Komm Se rin, hier war'n schon Schlimmere«, begrüßte Rosa die ersten beiden Concierges. Die Stammgäste liebten es, wenn sie einen lustigen Spruch auf den Lippen hatte, dabei war ihr heute gar nicht danach zumute. Rosa beschäftigte Keules Tod schon den ganzen Tag. Ständig kreisten ihre Gedanken um die Frage, wer ihn auf dem Gewissen haben könnte. Oder ob sein Tod nicht doch ein dummes Missgeschick gewesen war, weil ihn jemand versehentlich im Kühlhaus eingesperrt hatte. *Ein gewaltig schlechter Zeitpunkt, um sich darüber den Kopf zu zerbrechen*, das musste Rosa sich eingestehen. Heute war Großkampftag und es galt, ihre Kellner-Bande im Service zu unterstützen.

»Kann man hier och essen oder jibs hier nur zu saufen?«, flachste Bernd zurück.

Den Concierge aus dem Hilton mochte Rosa von allen am liebsten, denn ihm saß der Schalk im Nacken und er war nie um eine schlagfertige Erwiderung verlegen. Er trug noch seine Uniform mit den gekreuzten goldenen Schlüsseln am Revers und musste direkt von der Arbeit kommen.

»Wenn ick hier Wasser rinlasse, könnt ihr hier ooch schwümm«, konterte Rosa und erntete lautes Gelächter.

»Achim, biste in der U-Bahn jeborn?«, wandte sie sich an den anderen, der leger in Jeans und Polohemd gekleidet war. »Schließ doch die Tür hinter dir.«

Achim stieß ein heiseres Lachen aus und zeigte hinter sich. »Da kommen gleich noch zwei, die können wir noch reinlassen, oder?«

Im gleichen Moment traten zwei Concierges aus dem Grand Hyatt durch die Tür.

»Imma rinspaziert, die Herrschaften.«

Nachdem Achim brav die Tür hinter sich geschlossen hatte, führte Rosa ihre Gäste durch die Gaststube an der Bar vorbei in den länglich geschnittenen Raum, der dahinterlag. Dort fanden oft Feierlichkeiten statt und die Concierges nutzten ihn gerne für ihre Treffen. Die große Tafel war mit einem weißen Tischtuch, Besteck und Gläsern eingedeckt und bot Platz für zwanzig Personen.

Nach und nach trudelten alle ein und Celine, die für den Concierge-Tisch eingeteilt war, nahm die Getränkebestellung auf.

Rosa löste inzwischen ihre Küchenhilfe hinter der Bar ab. »Danke, Han, hast dich wacker geschlagen, die Bar steht noch.« Lobend klopfte sie ihm auf die Schulter. Den jungen Mann aus China hatte sie ursprünglich als Spülkraft eingestellt. Doch nach und nach wurde er in die Zubereitung von Speisen mit einbezogen. Anfangs musste Freddy ihm noch genau auf die Finger schauen, aber mittlerweile war er als Küchenhilfe an seiner Seite nicht mehr wegzudenken. Rosa hatte vor Kurzem erst sein Gehalt aufgestockt, denn sie wusste, zu Hause warteten eine Frau und zwei kleine Kinder auf ihn.

»Hat mir auch große Freude gemacht«, erwiderte Han mit chinesischem Akzent und lachte verlegen.

»Na bitte, dann kann ich dich ja jetzt öfters als Springer einsetzen«, erwiderte sie, während sie Stellung hinter dem Zapfhahn bezog. Dabei fiel ihr ein, dass sie Keules Witwe noch gar nicht kondoliert hatte. *Ach du liebe Güte!* Das war ja wohl das Mindeste. Sie sollte das so schnell wie möglich nachholen, sobald hier mal eine kurze Pause zum Atemholen entstand. Bei der Gelegenheit konnte sie vielleicht ein paar Informationen über den Stand der Ermittlungen rausbekommen. *Was in absehbarer Zeit wohl nicht der Fall sein wird*, schoss es Rosa eine Millisekunde später durch den Kopf, als Celine mit ihrem Kellnerblock auf sie zusteuerte. Momentan brannte die Hütte.

Rosa nahm einen tiefen Atemzug, um sich für die ellenlange Getränkeliste zu wappnen.

Celine war mit einem ordentlichen Vorbau ausgestattet, den sie durch freizügige Ausschnitte gerne zur Schau stellte, und sparte auch sonst nicht mit ihren Reizen. Ihre wasserstoffblonden Haare trug sie gewöhnlich zu zwei Zöpfen geflochten und auf den Lippen die Signalfarbe Rot. Es kam nicht selten vor, dass manch ältere Dame ihr pikierte Blicke zuwarf. Rosa konnte an Celine jedoch nichts Anstößiges finden und sah sie als Bereicherung für *Onkel Theo.* Den Herren der Schöpfung gefiel ihre Aufmachung und sie sparten nicht mit Trinkgeld, was allen zugutekam. Außerdem war sie stets freundlich und zuvorkommend. Seit zwei Monaten arbeitete sie jetzt für Rosa und war überwiegend in der Abendschicht eingeteilt.

»Vier Pils, fünf helle Weizen, ein dunkles, drei Mineralwasser, eine Cola …«, leierte Celine die Bestellliste runter.

»Bin ich Einstein, oder was?«, fiel Rosa ihr ins Wort. »Wie soll ich mir das denn alles merken? Reich mal deinen Zettel rüber.«

Celine schob schmunzelnd den Notizblock über die Theke.

»Mann, Mädchen, du hast vielleicht 'ne Klaue. Da kann man ja leichter Hieroglyphen entziffern«, brummte Rosa kopfschüttelnd, doch Celine war schon wieder weg und hörte sie nicht mehr.

Marion trat an die Theke, spießte einen Bon auf das Nagelbrett und sah ihrer Kollegin kopfschüttelnd hinterher, die hüftschwingend den Gastraum durchquerte. »Der kann man auch beim Laufen die Schuhe besohlen.«

»Sei froh, dass ich sie eingestellt hab, sonst müsstest du dich heute allein abmühen.«

»Bin ich ja auch. Ist ja auch ein drolliges Ding, aber ein bisschen mehr Gas geben könnte sie schon.«

»Kann ja nich jeder so 'ne Rakete sein wie du«, erwiderte Rosa augenzwinkernd. »Sei nicht so streng zu ihr, sie wuppt das alles ganz prima.«

»Ich bin ein Engel, kennst mich doch.« Marion zwinkerte zurück, ehe sie ihre Aufmerksamkeit einem Gast schenkte, der den Arm hob und offenbar zahlen wollte.

Als Rosa alle Getränke des Concierge-Tisches vorbereitet, einen Teil davon auf ein Tablett gestellt und Celine über die Theke geschoben hatte, schnappte sie sich selbst eins und verteilte die restlichen Bestellungen darauf. Ein bisschen konnte sie ihr ja auch im Service unter die Arme greifen. Das hier war nämlich nicht Celines einziger Job. Drei Tage in der Woche putzte sie noch spät am Abend ein Großraumbüro und half ihren Eltern in der Bäckerei, sowie es ihre knapp bemessene Zeit zuließ. Rosa hatte nur die allergrößte Hochachtung vor dem, was die junge Frau leistete. Sie hatte ein kleines Mädchen mit Downsyndrom, um das sie sich tagsüber liebevoll kümmerte, war alleinerziehend und abends auf die Hilfe ihrer Mutter angewiesen. Mit ihren 25 Jahren hatte sie schon einiges durchgemacht, ließ sich aber niemals unterkriegen. Ganz nach Rosas Geschmack.

»Ich bestelle immer ein helles Weizen und kein Pils. Das müsstest du doch langsam wissen, Rosa«, stichelte Jochen aus dem Adlon.

Rosa fasste sich an den Kopf und lachte laut auf. »Na klar!« Augenrollend winkte sie ab. »Watte nich im Kopp hast, haste inne Beene.«

»Das war für mich«, sagte Bernd, nahm den Bierkrug entgegen und trank sein Glas in einem Zug bis zur Hälfte leer.

»Mein lieber Scholli, du hast ja Durst, als hätteste grad 'nen Wüstenmarathon hinter dich jebracht«, sagte Rosa belustigt.

Mit einem breiten Grinsen im Gesicht stellte Achim den Krug auf dem Tisch ab und wischte sich den Bierbart von der Oberlippe. »Darauf hab ich mich schon den ganzen Tag gefreut.«

Schmunzelnd tätschelte Rosa seine Schulter. »Haste dir nach 'nem harten Arbeitstag och verdient, Achim.«

Zurück an der Bar, lehnte sich Celine zu ihr über den Tresen. »Wo bist du denn mit deinen Gedanken, Chefin?«, wollte sie wissen, die Rosas kleinen Fauxpas am Concierge-Tisch mitbekommen hatte. »So was passiert dir doch sonst nicht.«

»Bei ihrem Vater, nehme ich an.« Marion öffnete die Gläserspülmaschine, worauf sie einen Moment lang eine Dampfwolke einnebelte.

»Einmal Frontscheibe wischen, bitte«, sagte Rosa trocken, als sie Marions beschlagene Brillengläser bemerkte.

Mit zusammengepressten Lippen wich Celine ihrem Blick aus und hatte offenbar Mühe, nicht loszuprusten.

»Mir geht Keules Tod einfach nicht aus dem Kopf«, kam Rosa wieder zum Thema zurück.

Celine zupfte gedankenverloren an einem ihrer Zöpfe. »Tod im Kühlhaus. Das wünscht man ja wirklich niemandem. Schlimm für die Angehörigen.«

»Apropos Angehörige … Ich muss mal eben einen Anruf tätigen. Fünf Minuten kommt ihr ohne mich zurecht?«

»Kriegen wir hin«, antworteten Marion und Celine beinah synchron und tauschten einen einvernehmlichen Blick.

Rosa kramte ihr Handy aus dem Jutebeutel und verzog sich nach hinten in den Personalbereich. Als sie die Toilettentür öffnete, rümpfte sie angeekelt die Nase. *Pfui Teufel!* Trotz Rauchverbots hatte hier drinnen wieder mal jemand heimlich gepiept. Und sie wusste auch, wer dieser jemand war. Sie hatte Marion einmal dabei erwischt, wie sie ihrem Laster frönte. Aber Moralapostel zu spielen war nicht Rosas Ding. Marion musste selber wissen, was sie ihrer Gesundheit damit antat. Sie ließ die Toilettentür offen stehen, damit der Gestank abziehen konnte, und flüchtete in den Vorratsraum. Dort roch es um einiges besser, nach Kartoffeln und Putzmittel, denn Rosa legte viel Wert auf Sauberkeit. Ihr Blick fiel auf das Leergut, das sich links vom Eingang beinahe bis zur Decke stapelte. »Grundgütiger!«, murmelte sie kopfschüttelnd zu sich selbst. »Dafür muss schnellstens eine andere Lösung her.« Welche, war ihr allerdings noch schleierhaft, denn es fehlte definitiv an Stauraum.

Rosa drehte eine der Getränkekisten um und ließ sich mit einem leisen Ächzen darauf nieder. Sie hatte schon mal bequemer gesessen, aber darauf kam es jetzt nicht an. *Ich muss wissen, unter welchen Umständen mein Bio-Fleisch-Lieferant gestorben ist und wer ihn auf dem Gewissen haben könnte.* Es betraf sie ja auch irgendwie persönlich, also war auch ihr Einsatz gefragt. So sah Rosa das. Wer wusste schon, was jetzt aus der Schlachterei werden sollte? Sein Bruder hatte sich nach Keules Aussagen nie so für den Betrieb engagiert wie er. Vielleicht verkaufte er die Schlachterei und Rosa musste sich einen neuen Lieferanten suchen. *Also wenn ich es mir recht überlege … Das kommt gar nicht infrage!* Um Näheres zu erfahren, musste sie Keules Witwe unauffällig auf den Zahn fühlen. Sie kam öfters mit ihren russischen Freundinnen zum Essen ins *Onkel Theo* und hatte Rosa vor Kurzem erst das Du angeboten. Ja, man könnte schon sagen, sie gehörte mittlerweile zu ihrer Stammkundschaft. *Tatjana Keule* – erst jetzt fiel Rosa auf, dass Vor- und Nachname der Witwe ungefähr so gut zusammenpassten wie Kaviar und Königsberger Klopse. Ein kurzes Kichern entfuhr ihr, dann besann sie sich wieder auf den Ernst der Situation. Mittlerweile kannte Rosa ihre ganze Lebensgeschichte, denn Tatjana war ihr gegenüber so redselig wie Manni und Charly zusammen, Rosas leider schon verstorbene Wellensittiche. Gebürtig kam sie aus Belarus, lebte aber schon über dreißig Jahre in Berlin. Mit Keule war sie seit drei Jahrzehnten verheiratet. Das hatte Rosa sich gemerkt, weil der Altersunterschied der beiden so weit auseinanderlag. Bei der Eheschließung war Tatjana erst zweiundzwanzig und er schon an die vierzig.

Sie scrollte durch ihre Kontakte bis zu Tatjanas Namen und tippte auf das Hörersymbol. Gott sei Dank hatte sie die Nummern ihrer Stammgäste alle gespeichert, um sie über Motto-Abende und besondere Öffnungszeiten zu informieren.

Ihr kam die erste Begegnung mit Keules Witwe in den Sinn. Rosa hatte nicht schlecht über ihre auffällige Erscheinung gestaunt. Tatjana war eine große Frau, die viel Wert auf ihr Äußeres legte. Ihr Make-up, bestehend aus einer dicken Puderschicht, Wangenrouge, einem starken Lidstrich und knalligem Lippenstift, war immer perfekt aufgetragen. Mithilfe eines kleinen Spiegels überprüfte sie nach jedem Essen ihre Schminke und zog ihre Lippen nach. Das hatte Rosa schon des Öfteren beobachtet. Und in ihrer kunstvoll hochtoupierten Hochsteckfrisur hätte problemlos eine ganze Vogelfamilie nisten können.

Auf einmal regte sich Nervosität in Rosa. Mit Angehörigen von gerade Verstorbenen musste man feinfühlig umgehen. Rosas Gedanken schweiften zu Marie. Wie sollte sie sich erst fühlen, wenn sie Todesnachrichten überbringen musste? Sie hatte sich schon oft gefragt, wie ihre Tochter das schaffte. Besuche bei den Angehörigen eines Mordopfers mussten eine unschöne Sache sein. *Das ist eine der schlimmsten Aufgaben an meinem Job*, hatte Artus einmal gesagt. Aber auch Angehörige zum Mord an ihrem Liebsten zu verhören, war sicher kein Zuckerschlecken, ging es Rosa durch den Kopf. Irgendwie musste man ja seine Befangenheit abschütteln und einen passenden Übergang zu seiner Befragung finden. Doch so wie sie ihre Tochter kannte, hatte die sich schon längst ein dickes Fell zugelegt. Sie konnte wirklich einiges ab. Jemanden ins Kreuzverhör zu nehmen und provokante Fragen zu stellen, lag ihr bestimmt. Sie hatte Rosa mal erzählt, dass sie immer die Rolle des bösen Bullen zugeschustert bekam, während ihr Partner Erik den Guten mimte.

Am anderen Ende der Leitung wurde endlich abgenommen.

»Guten Abend, Tatjana. Ich hoffe, ich störe nicht. Aber ich wollte dir mein herzliches Beileid aussprechen.«

»Danke, Rosa. Es ist lieb, dass du an mich denkst.«

Eine kurze Pause entstand, in der Rosa überlegte, was sie als Nächstes sagen könnte. Doch Tatjana kam ihr zuvor. »Kommst du zur Beerdigung?«, fragte sie, ihr russischer Akzent war dabei unüberhörbar.

»Selbstverständlich«, antwortete Rosa, ohne auch nur einen Moment zu zögern. »Wie geht es dir?«

»Es geht. Ich habe es wohl noch nicht realisiert, dass er tot ist.«

»Das glaube ich dir. Das Ganze ist auch schwer vorstellbar. Man denkt immer, so was trifft nur die anderen, aber nicht einen selbst.«

»Ich habe erst am nächsten Morgen bemerkt, dass Harald nicht da war. Er kam manchmal sehr spät, weil er noch Bürokram zu erledigen hatte. Ich bin am Abend früh ins Bett gegangen und schon so gegen 22 Uhr eingeschlafen.«

Rosa bemerkte, wie gefasst die Witwe wirkte. Doch jeder Angehörige reagierte anders auf eine Todesnachricht. Von ihrem Vater wusste sie, dass es jede Art von Reaktion gab. Manchmal verursachte der Schock unangebrachte Handlungsweisen, die nur den Zweck hatten, das Entsetzliche zu verdrängen und einfach weiter zu funktionieren. Was man als gefühlloses Verhalten deuten konnte, war nur ein Schutzmechanismus, der erst später durch Trauer und Verzweiflung ersetzt wurde.

»Stimmt es, dass die Polizei auch Mord in Betracht zieht?«, hakte sie so diskret wie möglich nach.

»Das stimmt. Aber wer sollte das getan haben? Was gäbe es für ein Motiv?«

Na, wenn sie es noch nicht mal weiß … »Ich kann mir auch wahrlich nicht vorstellen, dass Keule Feinde hatte«, sagte Rosa, um die Stille zu füllen, doch sicher war sie sich dabei nicht. »Oder steckte er in irgendwelchen Schwierigkeiten?«

»Nicht dass ich wüsste.«

Rosa bezweifelte, dass Keule sich ihr anvertraut hätte, wenn er finanzielle Probleme gehabt hätte. Tatjana führte einen kostspieligen Lebensstil und legte viel Wert auf teure Klamotten.

»Er machte seine Probleme lieber mit sich selbst aus als mit mir«, sagte Tatjana nur einen Moment später, als hätte sie ihre Gedanken gelesen. Rosa meinte eine gewisse Gleichgültigkeit herauszuhören. »Aber nach dreißig Jahren Ehe, was will man da erwarten? Alles wird zur Gewohnheit.«

Nach einer glücklichen Beziehung klang das nicht, fand Rosa. *Eher nach Langeweile.* »So sind die Männer eben«, sagte Rosa und bemühte sich um einen taktvollen Übergang. »Wann und wo wird er denn beigesetzt und um wie viel Uhr soll ich da sein?« Sie hielt es für an der Zeit, das Gespräch zu beenden. Schließlich wollte sie nicht den Eindruck erwecken, Tatjana aushorchen zu wollen. Bei der Beerdigung gab es bestimmt noch die eine oder andere Information, die sie aufschnappen konnte.

»Am Samstag. Ich schicke dir die Adresse. Die Beisetzung beginnt um 10.30 Uhr in der kleinen Kapelle.«

»Ich werde da sein. Bis dann, Tatjana. Wenn du was brauchst, meld dich bei mir.«

Kapitel 7

DAS KANN JA HEITER WERDEN

Als Rosa am frühen Morgen des nächsten Tages das Krankenzimmer betrat, stand ihr Vater schon angezogen am Fenster.
»Na endlich«, knurrte er. »Ich will hier raus.«

Rosa stach der Gipsverband an seiner rechten Hand sofort
ins Auge. »Was du nicht sagst … Also los, lass uns gehen. Wo
ist dein Fahrrad?«

»Das ist Schrott.«

»Halb so schlimm, das kann man ersetzen. Wenigstens bist
du bei dem Unfall noch einigermaßen gut weggekommen.
Du hattest einen Schutzengel.«

»Ich weiß nicht, was an einem gebrochenen Arm gut sein
soll.« Seine Mundwinkel zogen sich grimmig abwärts, was
Rosa unwillkürlich ein Grinsen entlockte. Sie hatte sich vorgenommen, sich von seiner mürrischen Art nicht entmuti-
gen zu lassen. Auch wenn der Plan unerreichbar schien, sie
musste Artus aufbauen und versuchen, ihn auf andere Gedanken zu bringen.

»Im Gegensatz zu manch anderem sehe ich halt immer das
Positive in allem.«

Artus stieß ein kurzes Schnauben aus und humpelte mit
schmerzhaft verzogenem Gesicht an ihr vorbei.

»Tut das Bein sehr weh?«

»Geht schon.« Er machte eine wegwerfende Handbewegung und hinkte mit der Leidensfähigkeit eines alten Kriegsveteranen weiter bis zur Tür.

Rosa eilte hinter ihm her. »Wir fahren erst mal zu dir nach Hause und ich suche dir ein paar Sachen zusammen. Du kommst ein paar Tage mit zu mir.«

Artus hielt inne. »Nur über meine Leiche. Ich bleibe dort, wo ich hingehöre.« Seine Stimme war leise, hatte jedoch einen festen Klang. Sein vorgerecktes Kinn sprach Bände.

Rosa unterdrückte ein Seufzen und rollte mit den Augen. Artus konnte es sowieso nicht sehen, da er ihr noch immer den Rücken zuwandte, die Klinke schon in der Hand. »Vati, wie willst du die Treppen hochkommen, dir mit dem rechten Arm etwas zu essen machen und dich alleine anziehen? Deine Verletzungen müssen erst verheilen, das dauert einige Zeit. Du solltest deinem Körper ein paar Tage zum Auskurieren geben.«

»Das kriege ich schon hin. Dann mache ich eben alles mit links. Nachdem mich damals der Querschläger getroffen hatte, musste das ja auch gehen.«

Wieder die alte Leier. »Da warst du dreißig Jahre jünger und Mutter hat noch gelebt«, erwiderte Rosa und bereute es im selben Moment. Sie presste die Lippen aufeinander, holte tief Luft und nahm erneut Anlauf. »Du brauchst jemanden, der dir zur Seite steht. Und dieser jemand werde ich sein.« Diesmal legte sie so viel Bestimmtheit in ihre Stimme, wie es ihr möglich war. Sich gegen ihren Vater durchzusetzen, war in etwa so einfach, wie eine Qualle zu zähmen.

Sein Kopf drehte sich seitlich, sodass Rosa sein Profil erkennen konnte. Ein gutes Zeichen, wie sie fand. »Und wer kümmert sich um mein Gemüse?«

»Ist schon alles organisiert. Der Sohn von deinem Nachbarn Herr Waldstedt ist doch Landschaftsgärtner, der schaut jeden Tag vorbei und kümmert sich. Natürlich auch um die Zierkirsche«, fügte sie noch schnell hinzu.

»Wie hast du den denn so schnell ausfindig gemacht?«, fragte Artus misstrauisch.

»Ich bin mit ihm zur Schule gegangen, schon vergessen? Und die Telefonnummer von Herrn Waldstedt habe ich. Für den Notfall«, fügt sie leise hinzu. »Also habe ich ihn angerufen und n…«

»Für den Notfall?«, fiel Artus ihr schroff ins Wort. »Wenn dein alter Herr mal nicht ans Telefon geht, muss der nach mir gucken gehen, oder was?«

Halleluja! So langsam platzte Rosa wirklich die Hutschnur. »Kann es dir eigentlich überhaupt jemand recht machen? Wenn man sich nicht kümmert, passt es dir nicht. Wenn man sich zu viel kümmert, passt es dir auch nicht …«

»Ja, ja, ist schon gut.« Artus winkte ab und öffnete die Tür. »Lass uns von hier verschwinden, ehe die es sich hier noch anders überlegen und mich dabehalten wollen.«

Das konnte Rosa sich nun beim besten Willen nicht vorstellen, aber sie beließ es dabei und folgte Artus aus dem Krankenzimmer.

*

Der lila Flieder am Gartenzaun blühte bereits und verströmte einen wunderbar intensiven Geruch, den Rosa tief in sich einsog. Was für eine herrliche Jahreszeit der Frühling doch war! Vögel zwitscherten und die klare Luft kündete schon am frühen Morgen einen warmen Frühlingstag an. Frohnau war ein friedlicher Ort, an dem der Trubel der Großstadt schnell in Vergessenheit geriet. Rosa liebte es, herzukommen und die Ruhe zu genießen. Ein wenig konnte sie schon verstehen, warum ihr Vater nicht von hier fortwollte.

Rosa warf einen Blick auf ihre Taschenuhr. Seit Artus gesagt hatte, er wollte nur noch mal eben auf Toilette gehen, war schon eine geraume Zeit vergangen.

Das Zuschlagen der Haustür zerschnitt für einen Moment die angenehme Stille um sie herum. *Na endlich!*

Artus musste sich mit der linken Hand am Geländer festhalten, um die Stufen hinunterzusteigen. Sein angespannter Gesichtsausdruck verriet, dass ihm jeder Schritt Schmerzen bereitete. Aber da er sich sowieso nicht helfen ließ, versuchte Rosa es gar nicht erst. Beim Hochsteigen der Treppen hatte er ihr schon brüsk die Hand weggeschlagen. *Wer nicht will, der hat schon.*

Nichtsdestotrotz eilte sie ihm entgegen, um ihm wenigstens die Reisetasche abzunehmen. »Hast du die Jalousien runtergelassen und die Tür abgeschlossen?«

»Behandle mich nicht wie einen unmündigen Greis. Noch weiß ich genau, was ich zu tun habe und was nicht.«

Das kann ja heiter werden! Rosa verdrehte die Augen und lief schon mal vor zu ihrem Wagen, den sie genau vor dem Gartentor geparkt hatte.

Durch das Beifahrerfenster behielt sie Artus im Blick. Es fiel ihm sichtlich schwer, sein Gewächshaus in fremde Hände zu geben. Immer wieder blieb er stehen und drehte sich noch mal um, ehe er endlich das Gartentor passierte und bei Rosa ins Auto stieg.

»Auf was hast du Appetit?« Rosa ließ ihre Stimme so beschwingt und sorglos wie möglich klingen, während sie den ersten Gang einlegte und losfuhr. »Heute stehen Kalbsleber und Kassler mit Sauerkraut auf der Mittagskarte.« Gutes Essen konnte tröstlich sein, dass wusste sie aus eigener Erfahrung. Wenn sie Kummer hatte, half oft schon eine Portion

Bouletten mit Kartoffelsalat, damit es ihr besser ging. Oder eine schöne Kartoffelsuppe als Seelenwärmer. Oder auch etwas Süßes wie ein herrlich buttriger Pfannkuchen mit Puderzucker, aus dem beim Reinbeißen das Pflaumenmus quoll …

»Es ist noch nicht mal zehn, wie kann man da schon ans Essen denken?«, kam es schroff zurück.

Rosa ließ den Blick kurz nach rechts schweifen.

Trotzig wie ein Kind hatte Artus die Arme vor dem Oberkörper verschränkt und sah aus dem Fenster. *Na, das mit dem Aufheitern funktioniert ja wie am Schnürchen*, dachte sie und seufzte leise.

Die nächsten zwanzig Minuten von Frohnau bis in die Stadt verliefen einsilbig, jeder hing seinen eigenen Gedanken nach, bis Rosas Telefon klingelte und sie den Knopf der Freisprechanlage drückte.

»Na endlich, Mama! Du bist ja schwieriger zu erreichen als der Polizeipräsident. Wo treibst du dich denn rum?« Der Vorwurf in Maries Stimme war nicht zu überhören.

»Ich bin mit Opa im Auto. Er hatte einen Fahrradunfall und wird jetzt ein paar Tage bei mir bleiben.« Rosa vernahm ein Knurren von der Beifahrerseite, versuchte es aber zu ignorieren und fuhr unbeirrt fort. »Er hat den rechten Unterarm gebrochen und ziemlich schwere Prellungen am Bein.«

»Shit! Hallo, Opa, wie ist das denn passiert?« Besorgnis hatte sich in Maries Stimme geschlichen.

»Bin von 'nem Mercedes-Fahrer umgenietet worden.«

»Dafür bekommst du doch Schmerzensgeld.«

»Wohl nicht. Ich bin vom Bürgersteig auf die Straße gefahren und …«

»Opa, das ist verboten!«, unterbrach Marie ihn aufgebracht. »Warum machst du auch so was? Man kann das Rad auch schieben.«

Ein empörtes Schnalzen war die Antwort.

»Kommen wir zurück zu dir«, griff Rosa ein. »Es muss etwas Wichtiges sein, wenn du mich mitten in der Woche während der Arbeit anrufst. Oder ist heute dein freier Tag?«

»Nein. Dein Lieferant Keule ist tot in seinem Kühlhaus aufgefunden worden. Die bisherigen Erkenntnisse weisen auf Fremdeinwirkung hin. Weißt du schon davon?«

Aus dem Augenwinkel sah Rosa, wie Artus' Kopf zur Seite schnellte. Sie spürte seinen fragenden Blick auf ihr. Zum ersten Mal an diesem Tag hatte sie seine ungeteilte Aufmerksamkeit. Rosa genoss es, den Moment der Spannung hinauszuzögern. Mit geradezu diebischer Genugtuung fädelte sie sich gemächlich auf die linke Spur ein und bog auf die Otto-Suhr-Allee ab. Der Verkehr war um diese Zeit einigermaßen flüssig, bis zum Charlottenburger Schloss waren sie gut durchgekommen. »Ja, ich hab's gestern zufällig von Rudi erfahren«, erbarmte sie sich schließlich. »Sag bloß, sie haben *dir* den Fall übertragen?«

»Haben sie. Gestern habe ich Oliver wiedergesehen und ihn zum Tod seines Vaters befragt.«

»Oliver …« Rosa runzelte die Stirn. »Warst du nicht mal mit dem … befreundet?«

»In der 10. Klasse, ja. Aber das ist schon ewig her und tut auch nichts zur Sache.«

So schnell, wie sie das Thema vom Tisch kehrt, wohl schon, ging es Rosa durch den Kopf, sie behielt es jedoch lieber für sich. »Komm doch am Abend mit deinem neuen Bekannten in den Laden. Heute gibt es Rösti. Freddys Idee. Die magst du doch so gerne. Und dabei kannst du ein bisschen erzählen, was die Ermittlungen bis jetzt ergeben haben.« Hatte sie etwa gerade ihre Gedanken laut ausgesprochen? *Verflixt und zugenäht!* Der Satz war ihr einfach so rausgerutscht.

»Mama, ich darf nicht über laufende Ermittlungen reden, das weißt du doch.« Marie klang ungehalten.

»Ja, ja, ist schon gut.« Das nächste Mal musste Rosa es geschickter anstellen, um etwas aus ihr herauszubekommen. »Und, wie hat Oliver den Tod seines Vaters aufgenommen?«

»Ziemlich gefasst. Die beiden hatten auch nicht das beste Verhältnis. Mama, ich muss jetzt Schluss machen, die Vernehmung von Keules Bruder steht an.«

»Die Vernehmung? Ja, aber wird er denn …«

Zu mehr kam sie nicht. Ein Klicken in der Leitung verriet, dass ihre Tochter aufgelegt hatte.

»… verdächtigt?« Das Ende des Satzes zappelte noch in der Luft, als Artus ein empörtes Keuchen von sich gab. »Dein Lieferant ist offenbar ermordet worden und das erzählst du mir nicht?«

»Also, Vati, es gab ja wohl erst mal Wichtigeres!«, wies Rosa ihn zurecht. Auch ihre Gutmütigkeit hatte ihre Grenzen. »Jetzt weißt du es ja.«

»Wie ist er denn gestorben?«, wollte Artus nach einem kurzen beleidigten Schnauben wissen.

Rosa entging die Neugierde in seiner Stimme nicht. Sie zuckte mit den Schultern. »Ich bin ja nicht mehr dazu gekommen, Marie danach zu fragen. Aber Freddy hat von Keules Bruder gehört, dass er im Kühlhaus eingesperrt wurde, die genaue Todesursache steht wohl noch nicht fest. Doch wenn Marie bereits ermittelt, dann gehen sie von Mord aus! Das ist ja wirklich ein dickes Ding!« Rosa schüttelte den Kopf. »Am Samstag ist schon die Beisetzung, ich werde hingehen. Ich habe der Witwe bereits kondoliert und sie hat mich zur Trauerfeier eingeladen.«

»Ich komme mit zur Beerdigung.« Den Satz sagte er so beiläufig, dass Rosas Blick ungläubig zu ihm herüberwanderte.

»Du machst *was*?«

»Neunzig Prozent aller Morde sind Beziehungsdelikte, bei denen sich Opfer und Täter kannten. Wenn es Mord war, wette ich mit dir, dass sich unter der Trauergemeinde der Mörder befinden wird. Ich werde ein wenig meine Augen und Ohren offen halten.«

Grundgütiger! Rosa runzelte die Stirn. »Vati, das ist keine gute Idee. Du solltest dich da raushalten. Du weißt, wie empfindlich Marie reagiert, wenn man sich in ihre Arbeit einmischt. Das ist ihr Fall. Sie wird sicherlich auch dort aufkreuzen und d…«

»Ich will ihn ihr auch nicht wegnehmen«, schnitt er ihr das Wort ab. »Aber ein wenig kann ich ihr doch unter die Arme greifen, hab doch sonst nichts zu tun. Du erklärst ihr einfach, dass du mich nicht allein lassen konntest und dir nichts anderes einfiel, als mich mitzunehmen.«

Rosa überlegte. So eifrig hatte sie ihren Vater lange nicht mehr erlebt. Vielleicht konnte ihn der Fall ein wenig von seiner Trauer ablenken. Seine Neugier war jetzt schon geweckt. Und wenn er mit seiner kriminalistisch geschulten Spürnase die Witterung aufgenommen hatte, war er sowieso nicht mehr aufzuhalten. Es tat ihm sicherlich gut, seine Fühler ein wenig auszustrecken, und ganz nebenbei konnte er Marie vielleicht wirklich bei der Aufklärung helfen. Natürlich so, dass sie es nicht bemerkte.

»Kannst du mir bis Samstag einen Rollstuhl organisieren?«

Rosa kniff die Brauen zusammen. »Für was brauchst du bitte einen Rollstuhl? Du hattest eine Unterarmfraktur und keinen Beinbruch.«

Ihr Vater zuckte beiläufig mit den Schultern. »Ich hab da so eine Idee.«

Kapitel 8

SO EINE SCHNAPSIDEE

Rosa parkte ihren grünen Käfer in einer Sackgasse direkt vor dem Hintereingang des Friedhofs. Nachdem sie sich abgeschnallt hatte, biss sie ein letztes Mal in ihren Schusterjungen, strich die heruntergefallenen Krümel mit einem Wisch von ihrer schwarzen Strickjacke und stopfte das übrig gebliebene Stück zurück in die Papiertüte.

Zu einem richtigen Frühstück hatte es heute früh nicht mehr gereicht. Artus bei seiner Morgentoilette behilflich zu sein, hatte doch mehr Zeit beansprucht, als sie gedacht hatte. Wie immer hatte er sich nicht von ihr helfen lassen wollen und so erst mal eine Weile das Bad blockiert. Bis ihm einfiel, dass er das Ankleiden doch nicht ohne sie bewältigen konnte. Das Überziehen von Unter- und Oberhemd glich mehr einem Kampf als einer Hilfeleistung. Rosa hatte nicht lange gefackelt und ihm das Hemd einfach über den Kopf gestülpt. Bei der Erinnerung daran seufzte Rosa leise. Ob sie im Alter wohl auch so starrköpfig sein würde?

Nach langem Hin-und-her-Gezerre, untermalt von ordentlichem Gezeter, und nachdem sie den Rollstuhl, ihren Vater und schließlich sich selbst ins Auto bugsiert hatte, hatte Rosa beim nächsten Bäcker gehalten und Artus einen Amerikaner und sich einen Schusterjungen besorgt, die sie in einträchtiger Stille im Auto vor sich hin gemümmelt hatten. Normalerweise kam Rosa mit ein paar Tassen Kaffee bis zum Mittag gut über die Runden, aber heute wollte sie etwas Festes im Magen haben, denn für eine Beerdigung musste man gestärkt sein. Das wusste sie aus Erfahrung. Damals bei Theo war sie wie eine gefällte Eiche umgekippt, unterzuckert und mit den Nerven am Ende. Und auch bei der Bestattung ihrer Schulfreundin Irmgard war ihr kurz mal schwarz vor Augen geworden, weil sie zuvor nichts runterbekommen hatte. Den Fehler wollte sie nicht noch einmal machen und dem Toten damit die Show stehlen. Sie hatte schließlich Besseres zu tun, musste Augen und Ohren offen halten.

Kaum hatte Rosa den Motor abgestellt, öffnete Artus mit einem Ruck die Beifahrertür. Das rechte Bein schon am Boden, machte er Anstalten aus dem Wagen zu steigen.

Hastig schluckte Rosa den letzten Bissen herunter und hielt Artus an der Schulter zurück. »Was wird das? Wenn dein Plan aufgehen soll, bleibst du da, wo du bist. Wir könnten beobachtet werden.« Verstohlen warf sie einen Blick über die Schulter und sah sich um.

Gott sei Dank war weit und breit kein Mensch zu sehen. Vermutlich kamen die anderen Trauergäste durch den Haupteingang.

Während Artus etwas knurrte, das sich wie Zustimmung anhörte, sprang Rosa wieselflink aus dem Auto, lief zum Kofferraum und zerrte den Rollstuhl daraus hervor, den sie von ihrer Nachbarin geliehen hatte. Die alte Frau Hoffmann konnte sich nicht von diesem alten, sperrigen Ding trennen, offenbar hingen noch Erinnerungen an ihren vor einem Jahr verstorbenem Mann daran. Am gestrigen Abend hatte Rosa sich genauestens über Gebrauch und Funktion von ihr instruieren lassen, doch jetzt wollte der Rollstuhl nicht so, wie sie wollte. »Verflixt noch mal!«, entfuhr es ihr, während sie versuchte, die Kreuzstreben auseinander-zudrücken. Sie zog und zerrte, um die Sitzfläche auseinan-derzufalten, doch nichts geschah. Irgendetwas klemmte. *Es muss doch irgendeinen Trick geben!* Schnaufend kippte sie den Rolli zur Seite und probierte es erneut. Doch nichts bewegte sich. *Pustekuchen!* Rosa schnaubte verärgert. Bei Frau Hoffmann hatte es gestern doch noch geklappt, sie hatte genau aufgepasst.

»Manometer, was für ein Schrotthaufen!«, entfuhr es ihr nach einer ganzen Weile ergebnisloser Mühe und sie trat ein-mal kräftig gegen das Gestell, worauf die Kreuzstreben sich dehnten.

»Na also, geht doch«, brummte Rosa. Jetzt ließ sich der Rollstuhl problemlos auseinanderfalten und die Kreuzstre-ben rasteten in den Auflagen ein. Zuallerletzt klappte sie noch die Fußplatten nach unten, dann war die alte Kiste be-reit zur Abfahrt.

Nachdem sie den Kofferraum geschlossen, den Wagen ver-riegelt und ihren Vater in den Rollstuhl gehievt hatte – gut, er hatte ein wenig mitgeholfen, aber trotz allem war Rosa kör-perlich bereits an ihre Grenzen gestoßen –, spürte sie, wie ein Rinnsal Schweiß ihren Rücken hinablief. *Du liebe Güte!* Wenn das so weiterging, war sie nach kurzer Zeit komplett durchgeschwitzt.

»So ein Mistwetter«, grummelte Artus schlecht gelaunt, kaum dass er im Freien saß und der graue Himmel sich über ihm wölbte. »Vergiss den Schirm nicht.«

Am Vorabend hatte es wie aus Kübeln geschüttet, jetzt fielen nur noch vereinzelt einige Tropfen. Aber es war ange-nehm warm und Rosa kam zu dem Entschluss, dass man sich durch das bisschen Nässe sicher nicht erkälten würde.

»Wie soll ich den denn bitte schön noch halten, wenn ich den Rollstuhl schieben muss?« In Rosas Stimme hatte sich ein Hauch von Gereiztheit geschlichen, gegen den sie nicht mehr ankam. Wie auch. Artus saß bequem und ließ sich herumkutschieren, während sie Blut und Wasser schwitzte.

»Kann ich doch halten.«

»Kommt nicht infrage. Einem senilen Alten im Rollstuhl drückt man keinen Schirm in die Hand. Oder willst du, dass dein Plan scheitert und jemand misstrauisch wird? Die paar Tropfen werden uns nicht umbringen. Wir sind doch nicht aus Zucker, oder?«

Ein Brummen war die Antwort.

Kopfschüttelnd hängte Rosa ihren Jutebeutel mit der einzelnen Sonnenblume über den Schiebegriff des Rollstuhls und setzte sich in Bewegung. Wenigstens hatte sie in der Eile am Morgen noch an eine Grabblume gedacht, die sie auf die Schnelle beim Blumenhändler an der Ecke gekauft hatte. Der Aufdruck auf ihrem schwarzen Jutebeutel war zwar weniger passend – *Bitte nicht schubsen, ich habe Kekse im Beutel* –, aber immerhin war die Farbe einer Beerdigung angemessen.

Sobald sie das Eingangsportal des Friedhofs passierten, legte sich eine friedvolle Stille über die Umgebung, die nur vom leisen Tröpfeln des Regens durchbrochen wurde.

»Aber die Luft ist herrlich«, versuchte Rosa dem Wetter doch noch etwas Positives abzugewinnen. Tief sog sie den Duft von Erde und feuchtem Laub in sich ein, während sie die Pfütze vor ihnen großräumig umfuhr.

»Na, wenn du meinst«, knurrte ihr Vater.

»Du bist ein richtiger Griesgram geworden, Vati. Früher hat dir so ein bisschen Regen doch auch nichts ausgemacht.« So, das musste mal gesagt sein. Womöglich brachte ein wenig Geradlinigkeit ihn zur Besinnung.

»Früher!« Artus schnaubte. »Früher war ich jung, hatte keine Schmerzen. Und deine Mutter hat noch gelebt«, fügte er nach einer kurzen Pause mit belegter Stimme hinzu.

»Ich weiß, Vati.« Rosa seufzte leise und hoffte inständig, dass die ganze Aktion hier ihn ein wenig aufheitern konnte.

Der Friedhof wirkte wie ausgestorben, kein Mensch war weit und breit zu sehen. Hohe Tannen säumten den Weg. Auf manchen Grabsteinen wucherte üppiges Moos. Andere Gräber waren gepflegt, mit frischen Blumen und brennenden Grablichtern. Wieder andere duckten sich neben prächtigen Marmorengeln, Skulpturen und jahrhundertealten Mausoleen.

Nur ein letztes Hindernis stand Rosa jetzt noch bevor. *Ach du Schreck, auch das noch.* Sie blieb stehen, nahm einen tiefen Atemzug und sah den asphaltierten Weg hinunter. Er fiel ziemlich steil hinab, doch eine andere Möglichkeit, zu der kleinen Kapelle zu gelangen, schien es nicht zu geben. Rosa konnte nur beten, dass sie genügend Kraft aufbrachte, um den Rollstuhl zu halten. Bei der Nässe konnte er ihr leicht wegrutschen. Wenn er ihr aus den Händen glitt, bestand die Gefahr, dass er mitsamt ihrem Vater rasende Fahrt aufnahm und unten mit vollem Karacho zur Seite kippte. Das würde seinen Totalausfall bedeuten. Und das war das Letzte, was sie jetzt gebrauchen konnte.

»Was ist?«, fragte Artus ungehalten. »Warum fährst du nicht weiter?«

»Ich überlege, ob es nicht noch einen anderen Weg gibt.«

»Gibt es bestimmt. Aber bis du den gefunden hast, ist die Trauerfeier vorbei.«

Auch wieder wahr. Rosa warf einen Blick auf ihre Taschenuhr. Sie waren bereits zehn Minuten zu spät. Dieses verflixte Ding aufzubauen, hatte sie Zeit gekostet. Es war schon unangenehm genug, als Letzte in der Kirche aufzutauchen. Sie wollte den Bogen nicht überspannen.

Also nahm Rosa all ihren Mut zusammen und tapste mit angehaltenem Atem den Abhang hinunter. Es wäre doch gelacht, wenn sie mit ihrer kräftigen Statur die alte Schrottkiste nicht halten konnte.

Langsam setzte sie einen Fuß vor den anderen und hielt den Rollstuhl mit aller Kraft in ihren schweißfeuchten Händen. Der vom Regen nasse Steinboden machte es ihr nicht gerade leichter. Eine Nachlässigkeit und der Rollstuhl würde ihr aus den Händen gleiten und sich verselbstständigen. Ihre Unterarmmuskeln schmerzten schon und ihr Herz sprengte fast ihre Brust, so stark hämmerte es gegen ihre Rippen. Die Bremsen an den Schiebegriffen waren ihr dabei auch keine große Hilfe. Sie zu benutzen, hätte sie noch mehr Kraft gekostet.

Jetzt nur nicht schlappmachen. Mit Mühe unterdrückte sie ein Keuchen. *Und mir vor allem nichts anmerken lassen.* Auf einen klugen Spruch ihres Vaters konnte sie jetzt wahrlich verzichten. Wie hatte sie auch nur seinem Plan zustimmen können? *So eine Schnapsidee! Niemand wird in Artus' Gegenwart etwas über den Mordfall ausplaudern, nur weil er ihn für unzurechnungsfähig hält.* Aber wie immer hatte er das letzte Wort gehabt und seinen Willen durchgesetzt. Nur um des lieben Friedens willen hatte Rosa ihn mitgenommen.

»Geht's denn? Pass auf, dass du nicht ausrutschst, Kind. Es reicht, wenn einer von uns nicht mehr zu gebrauchen ist.« Artus' Stimme klang ehrlich besorgt. Offenbar hatte er sich ihre aufrüttelnden Worte zu Herzen genommen.

Von ihrem Vater *Kind* genannt zu werden, ließ Rosa unwillkürlich schmunzeln. »Ja, Vati.«

Die letzten Meter verlor Rosa die Kraft in den Armen, überließ deshalb den Rollstuhl der Hangabtriebskraft und eilte hinterher.

»Hohoho«, rief Artus. »Nu mal langsam mit den jungen Pferden!«

Der hat gut reden, dachte Rosa, während sie den Rollstuhl zum Stoppen brachte. *Endlich!* Sie hatte ihren Vater heil und unbeschadet nach unten transportiert.

Rosa blieb stehen, bekreuzigte sich und atmete vor Erleichterung einmal tief durch.

»Rosalinde, du hast dich wacker geschlagen«, ließ Artus verlauten.

Seine Worte fühlten sich fast wie ein Ritterschlag für Rosa an. Es war selten, dass er sie lobte oder irgendetwas Nettes sagte. Das war schon immer so gewesen. Früher, als Kind, hatte er ihr oft das Gefühl gegeben, nicht gut genug zu sein. Als Erwachsene hatte sie begriffen, dass es entgegen seiner Art war, Lob auszusprechen.

Wie zu erwarten, war Rosa nun schweißgebadet und das schwarze Kleid klebte unangenehm an ihrem Körper. Die paar Tropfen Regen schafften auch keine Abhilfe. Aus ihren hochgesteckten Haaren lief der Schweiß ihren Rücken und ihre Stirn hinab. Rasch schälte sie sich aus ihrer Strickjacke. Jetzt waren es nur noch wenige Meter bis zur Kapelle.

»Von jetzt an bin ich nicht mehr ansprechbar«, ließ Artus sie wissen, während Rosa die schwere Eichentür öffnete, die sich mit einem Ächzen dagegen auflehnte.

Die Zeremonie war in vollem Gange, der Priester hielt gerade die Trauerrede. Köpfe zuckten herum, Augenpaare sahen zu Rosa, die ein unangenehm beschämtes Räuspern von sich gab, bevor sie sich mit Artus hinter die letzte Bankreihe verzog.

Von vorne erklang hin und wieder geräuschvolles Schnäuzen, aber sonst bekam Rosa so gut wie nichts mit, während der Priester seine monotone Rede hielt.

Erleichterung durchfuhr sie, als zehn Minuten später Orgelmusik erschallte. Die Zeremonie war überstanden und die Trauergemeinschaft erhob sich.

Rosa beeilte sich, mit Artus als eine der Ersten die Kirche zu verlassen. Sie war nie eine fleißige Kirchgängerin gewesen, und seit Theo gestorben war, spürte sie jedes Mal leichte Beklemmungen, sobald sie ein Gotteshaus betrat.

Das Tröpfeln hatte aufgehört, aber der Himmel wirkte noch immer, als wollte er seine schlechte Laune an der gesamten Welt auslassen.

Draußen in einigem Abstand zur Kapelle angelangt, beobachtete Rosa, wie die Gäste in einem Schwall aus dem Gotteshaus gespült wurden. Mitten unter ihnen Tatjana, deren hoch aufragende Gestalt ihr sofort ins Auge fiel. Sie wirkte zwischen all den Menschen in etwa so unauffällig wie ein Pfau auf einer Kuhweide. Ob das dem gegebenen Anlass angemessen war, hielt Rosa für fragwürdig.

Ein schwarzer Fascinator saß schräg auf dem Kopf der Witwe und ein Netzschleier verdeckte ihr Gesicht. Ihr Körper war in ein bodenlanges Kleid aus feinster schwarzer Seide gehüllt, das Rosa an ein Negligé erinnerte. Um die Schultern trug sie eine glänzend schwarze Pelzstola.

Als sie Rosa bemerkte, lüpfte sie ihren Schleier, hinter dem ein makellos geschminktes Gesicht zum Vorschein kam. Beim Näherkommen stellte Rosa jedoch fest, dass ihr Teint blass wirkte und dunkle Schatten unter den Augen lagen, die sie nicht hatte kaschieren können. Ob ihr der Tod ihres Mannes doch näherging als gedacht?

»Mama, was macht Opa denn hier mit dir?«, erwischte

Maries Stimme sie eiskalt von hinten. »Wärst du so nett, mir das zu erklären?«

Rosa wirbelte herum. »Marie!«, sagte sie mit gesenkter Stimme, um kein Aufsehen zu erregen. Sie hatte es kommen sehen, dass Artus' Erscheinen ihre Tochter misstrauisch machte. Rosa blickte sich verstohlen um und schob den Rollstuhl etwas von den umstehenden Trauergästen weg. »Ich muss Opa gleich zur Nachuntersuchung bringen und da dachte ich, es wäre einfacher, das beides zu verbinden.« In diesem Moment war Rosa heilfroh, dass sie sich eine Ausrede zurechtgelegt hatte, weshalb sie Artus im Schlepptau hatte. Aber die war gar nicht nötig, denn Maries Aufmerksamkeit wurde durch Tatjana abgelenkt, die jetzt vor Rosa zum Stehen kam. »Wie schön, dass du gekommen bist!«

Rosa ließ sich in eine kurze Umarmung ziehen. Eine pudrig-duftende Parfumwolke umhüllte sie, die ihr kurz die Luft zum Atmen nahm.

»Das ist doch selbstverständlich«, sagte Rosa schnell, als Tatjana sie wieder freigab. Der Blick der Witwe wanderte zu Marie.

Kam es Rosa nur so vor oder hatte Tatjana Mühe, ihre Gesichtszüge nicht entgleiten zu lassen? Wenn das der Fall war, hatte sie sich schnell wieder im Griff und schenkte Marie ein aufgesetztes Lächeln. »Und die Kommissarin ist auch da.«

Marie nickte knapp und wandte sich dann an den jungen Mann neben Tatjana. Das musste ihr Sohn Oliver sein. Der mit Marie zur Schule gegangen war. Rosa erkannte ihn sofort wieder. Er sah noch aus wie damals. Nur ein paar Fältchen tanzten jetzt um seine Augen, die braunen Locken waren raspelkurz und die Bartstoppeln sprossen dichter.

»Ihr kennt euch?«, fragte Tatjana verwundert an ihren Sohn gewandt.

»Wir waren in der Oberstufe kurz befreundet«, sagte Oliver.

Kurz befreundet, von wegen, schoss es Rosa durch den Kopf. *Die beiden sind doch miteinander gegangen!* Oder wie nannte man das heutzutage?

»Marie ist meine Tochter«, warf Rosa ein. Tatjana würde es sowieso früher oder später erfahren, warum also nicht gleich reinen Wein einschenken?

Keules Witwe klappte vor Verwunderung der Mund auf, ihr Blick schweifte von einem zum anderen. »Ach! Was für Zufälle es doch gibt!«

Tatjana hatte sich gut im Griff, von Trauer war ihr nichts anzumerken, stellte Rosa fest.

Marie war jetzt in ein Gespräch mit Oliver verwickelt. Rosa nutzte die Gelegenheit und trat ein Stück zur Seite, um die Sicht auf Artus freizugeben. »Und das ist mein Vater.« Wo sie schon einmal dabei war, konnte sie auch gleich klar Schiff machen. »Mir blieb nichts anderes übrig, als ihn mitzunehmen. Ich kann ihn unmöglich allein lassen, er ist auf meine Hilfe angewiesen.«

Irritation vermischt mit Unglauben malte sich auf Tatjanas Gesicht. »Ich dachte immer, dein Vater wohnt noch ganz allein.«

Rosa setzte ein sorgenvolles Gesicht auf. »Jaha, so schnell kann's gehen. Ich habe ihn vor Kurzem zu mir nehmen müssen und kümmere mich jetzt um ihn.« Sie räusperte sich, um schnell den Übergang zu einem anderen Thema zu finden, während ihr Blick kurz über Artus strich. *Donnerwetter!* An ihrem Vater war ein echter Schauspieler verloren gegangen. Na ja, wenn sie näher drüber nachdachte … Vielleicht passte das Wort Schmierenkomödiant besser. Rosa hielt es für eine Spur überzogen, wie er da zusammengesackt im Rollstuhl saß. So als könnte er sich nicht zwischen Altersdemenz und Narkolepsie entscheiden.

Tatjana bedachte sie mit einem mitleidigen Lächeln und Rosa senkte rasch den Blick, da sie dem Angriff auf ihre Lachmuskeln nicht mehr Herr wurde.

Gefolgt vom Priester, zogen jetzt vier Männer mit dem Sarg an ihnen vorüber und beanspruchten Tatjanas Aufmerksamkeit.

Der Priester nickte der Witwe zu, die daraufhin an die Seite ihres Sohnes trat und sich bei ihm unterhakte.

Oliver schenkte Marie ein entschuldigendes Lächeln, ehe er sich von seiner Mutter mitziehen ließ.

Nach und nach schloss die Trauergemeinde sich ihnen an. Während Marie zurückblieb, beeilte Rosa sich, mit ihrem Vater hinterherzukommen. Sie warf einen Blick über ihre Schulter. Das Schlusslicht bildeten ihre Tochter und ein junger Mann. *Wenn mich nicht alles täuscht…* Das musste Maries Partner Erik sein! Auch wenn Kriminalbeamte bei der Mordkommission in Zivil unterwegs waren, hätte Rosa auch so drei Meilen gegen den Wind gerochen, dass er einer von der Polizei war. Das feine Näschen dafür brachte man als Tochter eines ehemaligen Kriminalhauptkommissars wohl mit sich.

»Lass mich einfach hier stehen«, raunte Artus ihr zu, als die Sargträger am offenen Grab ankamen und Rosa und ihr Vater hinter all den anderen außer Reichweite waren. »Geh zu den anderen. Ich werde die Trauergesellschaft von hier aus im Auge behalten.«

Rosa tat, wie ihr geheißen, und postierte sich schräg hinter Tatjana, sodass sie die übrigen Trauergäste gut im Blick hatte. Sie wandte sich um und sah verstohlen zu Artus zurück, der soeben wieder in seine Rolle verfallen war.

Nicht weit von ihm, ebenfalls etwas abseits, standen Marie und ihr Partner Erik. Ihre Tochter warf gerade einen ungläubigen Blick auf ihren Großvater. Spätestens jetzt musste ihr auffallen, dass etwas nicht mit ihm stimmte. Hoffentlich kam sie nicht auf die Idee, ihn anzusprechen. Dadurch würde sie ihren Plan vereiteln und sie auffliegen lassen. *Andererseits …* Sie war ja im Dienst und hatte sicherlich anderes zu tun, als ihn zur Rede zur stellen. Einen Moment lang nahm Rosa Erik näher ins Visier.

Die Hände lässig in seine Jacke geschoben, machte er einen unbeteiligten Eindruck. Man konnte ihm ansehen, dass er nicht zur Trauergemeinde gehörte. Gut aussehend war er, das fiel Rosa sofort auf. Er war von kräftiger Statur, blond und breitschultrig und hatte ein markantes Gesicht mit braunen, intelligenten Augen. Nur die dunklen Ränder unter seinen Augen zeugten von wenig Schlaf, denn wie Rosa von Marie wusste, war Erik gerade Vater geworden. *Eigentlich schade*, ging es Rosa durch den Kopf. So einen manierlichen Schwiegersohn hatte sie sich immer gewünscht.

Der Pfarrer hielt die Grabrede, seine Worte zogen wie konturlose Wolken an Rosa vorbei. Statt ihm zuzuhören, ließ sie den Blick über die Gesichter der anderen Trauergäste gleiten. Niemand von den engsten Angehörigen verdrückte auch nur eine Träne. Tatjana sah ausdruckslos nach vorne und auch in Olivers Miene regte sich nichts. Neben ihm stand Keules Bruder. Er schniefte einmal kurz auf und tupfte dann seine Nase mit einem Taschentuch, seine Augen blieben jedoch trocken. *Er ist nicht sonderlich beliebt gewesen*, hielt Rosa schon mal gedanklich fest. Niemand weinte ihm eine Träne hinterher. *Wirklich bedauernswert.* So wollte Rosa nicht enden. Sie hatten zwar jedes Mal nur wenige Worte gewechselt, da Keule stets auf dem Sprung gewesen war, aber sie konnte nicht behaupten, dass sie ihn unangenehm oder unsympathisch gefunden hatte. Na ja, man konnte eben nie wissen, was wirklich hinter der Fassade eines Menschen steckte.

Bisher schien Rosa niemand verdächtig. Aber genauso gut könnte jeder von ihnen der Täter sein. Die Vorstellung bescherte ihr eine Gänsehaut. Aber was konnte das Motiv sein? Eifersucht, Habgier, Hass oder vielleicht sogar Rache?

Wem von den Anwesenden könnte man einen Mord zutrauen? Rosa nahm noch mal jeden Einzelnen aus der Familie ins Visier und ließ ihren Gedanken freien Lauf.

Dem Bruder, der aus Habgier handelte und die Firma für sich haben wollte? So wie er dastand, wirkte er völlig harmlos, so als könnte er keiner Fliege etwas zuleide tun. Aber man sollte sich durch Äußerlichkeiten nicht blenden lassen, das wusste Rosa aus den zahlreichen Krimis, die sie im Fernsehen gesehen hatte. Bei näherer Betrachtung musste sie zugeben, dass er äußerlich besser aussah als sein älterer Bruder. Er war gut proportioniert und hatte außerdem mehr Haare auf dem Kopf.

Rosas Blick fiel auf Oliver – oder konnte es eines der Kinder gewesen sein, das frühzeitig an sein Erbe wollte? – und wanderte weiter zu der Frau, die neben Keules Bruder stand. Rosa schätzte sie auf einige Jahre älter als Oliver. Das musste Keules Tochter sein. Sie hatte die gleichen dunklen Augen wie der Verstorbene. Die kräftige Statur ihres Vaters hatte sie jedoch nicht geerbt. Sie war klein und zierlich, wirkte fast schon verhärmt. Ihre Haare hatte sie in dünnen Strähnen nach hinten frisiert, sodass ein paar kahle Stellen frei lagen. Um ihre Mundwinkel hatten sich tiefe Falten eingegraben, die verrieten, dass sie dem Leben nicht viel Humorvolles abgewinnen konnte.

Rosas Blick strich weiter und blieb an Tatjana hängen. War

es die Ehefrau gewesen, die ihren Mann nicht mehr ertragen konnte? Oder gab es eine heimliche Geliebte, die den Schlachter aus Eifersucht umgebracht hatte?

Zugegeben, jetzt ging Rosas Fantasie mit ihr durch. Offenbar hatte sie in ihrem Leben schon *zu* viele Krimis gesehen. Es war schon seltsam, das alles jetzt mit den Augen einer Ermittlerin zu betrachten. *Und aufregend zugleich.*

Langsam kam Bewegung vor ihr auf. Der Pfarrer hatte die Grabrede beendet und machte über dem Sarg das Kreuzzeichen. Anschließend nahm er eine kleine Schaufel voll Sand aus einem Eimer, der auf der ausgehobenen Erde stand, und ließ ihn ins Grab fallen. Danach wandte er sich um und machte Platz für die Angehörigen.

Ihre Stirn in Falten gelegt, trat Tatjana als Erste vor das Grab. Sie verharrte einen Moment regungslos, während sie auf den Sarg blickte. Dann schloss sie kurz die Augen, und als sie die Lider wieder öffnete, warf sie die rote Rose hinein. Jetzt sah sie wirklich ein wenig bedrückt aus. Tat Rosa ihr etwa unrecht? Vielleicht war Keules Witwe auch einfach nur gut darin, ihre Tränendrüsen zu kontrollieren und ihren Kummer vor anderen zu verbergen.

Jeder Einzelne ging nun nach vorne und tat es Tatjana gleich. Rosa war die Letzte. Sie trat dicht an das ausgehobene Grab und riskierte einen Blick hinein.

Das schwarze Loch klaffte vor ihr auf, darin der Eichensarg, auf dem die Blumen lagen. Er war weit unten und wirkte ganz klein. Ein leichtes Schwindelgefühl erfasste Rosa, schnell machte sie einen Schritt zurück. *Ach du liebe Güte.* Ohne einen weiteren Blick zu riskieren, beeilte sie sich, die Sonnenblume hineinzuwerfen.

Während sich eine Reihe bildete, um der Witwe und den übrigen Angehörigen zu kondolieren, sah Rosa sich um.

Marie und Erik waren verschwunden. Artus hielt nach wie vor die Stellung. Sein Kopf hing zur Seite und es schien, als wäre er eingenickt. *Der zieht wirklich alle Register*, dachte Rosa.

Schräg hinter sich erkannte sie Keules Tochter. Sie sah verärgert aus. Verstohlen sah sie sich um, als hätte der Mann neben ihr etwas gesagt, was nur für ihre Ohren bestimmt war. Das musste ihr Ehemann, Keules Schwiegersohn, sein. Jetzt schienen die beiden in ein hitziges Gespräch verwickelt.

Da ist doch etwas im Busch. Rosa richtete ihre volle Aufmerksamkeit auf das streitende Paar. Hatten die beiden etwas zu bereden, was keiner hören durfte? Rosa spürte, wie die Aufregung wie ein Glas Sekt in ihr perlte. Am liebsten hätte sie sich danebengestellt und gelauscht. Aber sie musste sich noch ein wenig gedulden, bis sie mit Artus allein war und er berichten konnte, was zwischen den beiden vor sich gegangen war.

Kapitel 9

FLUNKERN ERLAUBT

Während Rosa darauf wartete, Tatjana noch einmal zu kondolieren, bemerkte sie, dass Oliver gerade ein Gespräch mit seinem Onkel beendet hatte. Rosa nutzte die Gelegenheit und ging auf ihn zu. Er hatte nicht das beste Verhältnis zu seinem Vater gehabt, hatte Marie gesagt. Das war Rosa noch im Hinterkopf geblieben. Vielleicht konnte sie dem Jungen – nun gut, mittlerweile war er ein erwachsener Mann – unauffällig auf den Zahn fühlen, um mehr über sein Verhältnis zu seinem Vater zu erfahren.

»Hallo, Oliver.« Rosa reichte ihm die Hand. »Es freut mich, dich nach all den Jahren wiederzusehen. Auch wenn die Umstände nicht die besten sind. Mein herzlichstes Beileid.«

Oliver nickte knapp. »Danke für Ihr Mitgefühl. Ja, es ist schon ein seltsamer Anlass.« Seine Mundwinkel verzogen sich zum Anflug eines Lächelns, doch seine fast schwarzen Augen blieben ernst. Rosa konnte eine gewisse Distanz spüren. Aus dem rebellischen, coolen Jungen war tatsächlich ein Mann geworden. Rosa erinnerte sich, dass er damals immer ein Skateboard unter den Arm geklemmt hatte. Und genau wie Marie hatte er die Schule nur als lästige Nebensache empfunden. Wie fühlte man sich wohl, wenn ein Elternteil einem Gewaltverbrechen zum Opfer gefallen war? Auch wenn

Keule und er sich nicht grün gewesen waren, so kamen bestimmt einige Erinnerungen hoch und man machte sich im Nachhinein Vorwürfe, nicht umgänglicher gewesen zu sein. Ob das bei Oliver auch der Fall war?

»Mit deinem Grübchen am Kinn hätte ich dich aus Tausenden wiedererkannt«, sagte Rosa, was der Wahrheit entsprach, aber auch, um einen Aufhänger für ein Gespräch zu finden.

Jetzt blitzten Olivers Augen auf und ein Lächeln schlich sich um seine Mundwinkel.

Na also, dachte Rosa. *Langsam bröckelt sein Widerstand und er wird zugänglicher.*

»Dass aus Marie eine Kommissarin geworden ist, ist ja schon verwunderlich genug«, sagte er. »Aber dass ich ihr in dieser Funktion begegne, hätte ich mir niemals ausmalen können. Ich hab mich einen Moment lang wie in einem schlechten Film gefühlt, als sie gestern vor meiner Tür stand und ihren Ausweis zückte.«

Wie er sich so über den Nacken strich, hatte er jetzt wieder etwas Jungenhaftes an sich, das ihn sympathisch wirken ließ, fand Rosa. »Das ist gar nicht so verwunderlich. Marie war von klein auf wissbegierig und hat ihren Großvater ständig mit Fragen über seinen Beruf gelöchert. Der war nämlich auch mal bei der Kripo.«

Oliver verzog erstaunt das Gesicht, sein Blick wanderte kurz zu Artus, der unverändert im Rollstuhl saß. »Das wusste ich gar nicht. Hat sie mir nie erzählt.« Er zuckte mit den Schultern und lächelte. »Na ja, so lange waren wir ja auch nicht zusammen.«

Oha, er ist ja richtig aufgetaut, ging es Rosa durch den Kopf. Offenbar hatte er Vertrauen zu ihr gefasst. *Also dranbleiben und nicht lockerlassen*, bläute sie sich ein. »Was hast du die letzten Jahre so gemacht? Deine Mutter erwähnte mal, dass du als Physiotherapeut für die *Eisbären* arbeitest. Du hast es weit gebracht. Ich glaube, sie ist sehr stolz auf dich.«

Oliver senkte den Blick und lächelte verlegen. »Ich bin viel herumgekommen die letzten Jahre. Südkorea, Australien ... Das will ich nicht missen.«

»Und du warst nie verheiratet?«, hakte Rosa nach.

»Die Ehe ist wohl nichts für mich. In meinem Beruf brauche ich Freiheit.« Seine Augen blitzten verschmitzt.

»Wolltest du denn nie die Schlachterei deines Vaters übernehmen?«

Oliver schnaubte und seine Gesichtszüge verhärteten sich. »Wenn ich mich für die Fleischerei entschieden hätte, wäre ich jetzt ein depressiver Freak, der Tiere tötet. Ich konnte nie nachvollziehen, wie man freiwillig Lebewesen abschlachten kann.«

Uff. Offenbar ein Thema, auf das er nicht gut zu sprechen war. Obwohl Rosa gerne ein gutes Steak aß, hatte sie sich auch schon öfters gefragt, wie man Tierschlachtung mit seinem Gewissen vereinbaren konnte. Trotzdem wunderte sie sich über Olivers schonungslose Antwort. Es klang nicht, als hätte er große Stücke auf seinen Vater gehalten.

»Entweder man legt sich ein dickes Fell zu und stumpft irgendwann ab oder man war schon immer ...«

Rosa hob fragend die Augenbrauen.

»... ein grausamer Mensch«, vollendete Oliver fast tonlos den Satz.

Rosa schluckte trocken. *Puh, da liegt aber noch einiges im Argen.* Olivers radikale Ansicht erinnerte Rosa wieder an den Jungen von früher, der sich gegen alles auflehnte, was ihm gegen den Strich ging. »Hast du deinen Vater so gesehen?«

»Eine Zeit lang ja. Doch irgendwann habe ich mir keine Gedanken mehr darüber gemacht. Er war mir egal.«

Rosa nahm ihm das nicht ab. Dazu lagen Liebe und Hass in familiären Beziehungen einfach zu nah beieinander. »Hat er die Schlachterei nicht von seinen Eltern übernommen? Dann ist er doch praktisch da hineingewachsen.«

»Er hätte etwas anderes machen können.«

Rosa schüttelte den Kopf. »Früher war das noch anders. Die Generation deines Großvaters hätte das nicht geduldet.«

»Er hatte eine Wahl. Die hat man immer.« Sein Kiefer mahlte und er wirkte jetzt genauso verschlossen wie zu Beginn ihres Gesprächs.

Was sollte Rosa darauf sagen? Heutzutage stimmte das vielleicht. Aber Keule wäre womöglich von seiner Familie verstoßen worden, wenn er den Betrieb nicht übernommen hätte. Soviel Rosa wusste, war er der ältere der beiden Brüder. »Mit deiner Mutter verstehst du dich aber nach wie vor gut?«

Einen Moment ruhten Olivers Augen nachdenklich auf ihr.

Rosa biss sich auf die Zunge. War sie mit der Fragerei eine Spur zu weit gegangen? Das hier war kein Verhör. Na ja, wenn sie ehrlich war, war es das schon. Aber natürlich wollte sie ihn das nicht merken lassen. War Oliver vielleicht schon misstrauisch geworden? Hätte sie ihn unauffälliger aushorchen sollen? Bisher hatte er Vertrauen zu ihr gefasst und war redeseliger, als sie gedacht hatte. Sie sollte den Bogen nicht überspannen und es dabei belassen.

»Zwischen uns gab es nie Probleme«, sagte er schließlich. »Sie hat immer zu mir gehalten und mich in meinen Plänen unterstützt. Ich brauchte keinen Vater, der mir ständig die Leviten liest und mir sagt, was falsch an mir ist.«

Rosa las einen Ausdruck von Unerschütterlichkeit in Olivers Blick, der signalisierte, dass nichts und niemand ihm etwas anhaben konnte.

Tatjana gesellte sich zu ihnen, und wenn Rosa Olivers Gesichtsausdruck richtig deutete, schien er erleichtert über ihre Anwesenheit. »Kommst du noch mit zum Leichenschmaus?«, wandte Keules Witwe sich an sie.

Rosa schüttelte den Kopf. »Ich muss mit meinem Vater noch zum Arzt.«

Tatjana nickte. »Dann bis bald, Rosa. Und danke, dass du gekommen bist.«

Nach der Verabschiedung von Mutter und Sohn steuerte Rosa in Richtung ihres Vaters. Es wurde Zeit, sich aus dem Staub zu machen, denn von den meisten Trauergästen sah sie nur noch die Rückansicht.

Auf halben Weg kam ihr Keules Tochter entgegen. Sie wirkte irritiert, als Rosa ihr direkt in die Augen sah und ihr zulächelte. Die Gelegenheit schien günstig, mit ihr ins Gespräch zu kommen. Zielstrebig ging Rosa auf sie zu und streckte ihr die Hand entgegen. »Mein herzliches Beileid.«

»Danke. Woher kannten Sie meinen Vater?«

»Mein Name ist Rosa. Ihr Vater hat mir jahrelang Fleisch in mein Restaurant geliefert.«

»Kerstin.« Sie ergriff Rosas entgegengehaltene Hand.

Hat 'nen Händedruck wie 'ne Wasserleiche, ging es Rosa durch den Kopf und erlöste die arme Frau, indem sie losließ. »Es hat mir einen großen Schrecken eingejagt, als ich von seinem schrecklichen Tod hörte«, sagte sie.

Tränen traten in Kerstins Augen, die haltlos über ihre Unterlider schwappten. Mit einer schnellen Handbewegung wischte sie sie weg.

Also doch jemand, dem Keules Tod nahegeht. Fast wäre Rosa erleichtert gewesen, wenn seine Tochter ihm nicht so leidgetan hätte. Sie fischte eine Packung Taschentücher aus ihrem Jutebeutel, öffnete sie und hielt sie ihr entgegen.

»Danke«, sagte Kerstin schniefend, zog eins heraus und schnäuzte lautstark hinein.

Rosa schenkte ihr einen mitfühlenden Blick. »Sie haben sehr an ihrem Vater gehangen, nicht?«

»Schon, aber es war vergebliche Liebesmüh.« Aus ihren Worten sprach Enttäuschung und Bitternis. »Er hat mir immer das Gefühl gegeben ...« Sie stockte und sah Rosa mit großen Augen an. Im nächsten Moment senkte sie kopfschüttelnd den Blick. Ihr schien gerade bewusst geworden zu sein, dass sie einer völlig Fremden ihr Herz ausschüttete.

»Nicht gut genug zu sein?«, riet Rosa ins Blaue.

Keules Tochter sah sie verwundert an.

Rosa lächelte einfühlsam. »Ich kenne das Gefühl. Mein Vater war nicht anders, als er noch klar denken konnte. Andere Generation. Väter wollten Söhne als ihre Nachfolger. Mit Mädchen konnten sie nicht viel anfangen.« Was ihren Vater betraf, stimmte das nicht. Er hatte sie zwar nie gelobt, aber ihr auch nie das Gefühl gegeben, sie weniger als ihren Bruder zu lieben. Aber ein wenig mitmenschliche Solidarität schuf Vertrauen und konnte Rosa bei ihren Ermittlungen vielleicht weiterbringen.

»Ihr Vater war nun wirklich auch nicht der Mann großer Worte«, fügte sie hinzu. »Aber er hat nur Positives über Sie zu berichten gehabt. Ich glaube, er war glücklich, dass er im späten Alter durch Sie noch mal Vater geworden war.« Das war schlichtweg gelogen. Aber Rosa fiel nichts Besseres ein, um die Frau zu trösten. Und wenn es ihr dadurch besser ging, war ein wenig flunkern auch erlaubt, fand sie.

Eigentlich war nämlich genau das Gegenteil der Fall. Keule hatte nur einmal kurz zur Sprache gebracht, dass er eine Tochter hatte, die plötzlich in sein Leben getreten war und über deren Existenz er nichts gewusst hatte. Rosa hatte sich des Gefühls nicht erwehren können, dass er mit der Situation heillos überfordert gewesen war und nicht wusste, wie er damit umgehen sollte, zu einer fremden Person nun eine persönliche Bindung aufbauen zu müssen. Das hatte Rosa damals etwas befremdlich gefunden. Insgeheim hatte sie sich aber für ihn gewünscht, dass die Beziehung mit der Zeit wachsen und sich eine richtige Vater-Tochter-Beziehung entwickeln würde.

Kerstins Begleiter, von dem Rosa annahm, dass er ihr Mann war, trat neben sie und sah sie freundlich an. *Die passen gut zusammen*, war Rosas erster Gedanke. Er war mittelgroß, von durchschnittlicher Statur und hatte ein Allerweltsgesicht, das man schnell vergaß.

»Das ist Rosa«, stellte Kerstin sie vor. »Vater hat ihr Restaurant mit Fleisch beliefert.«

»Frau Fröhlich, hallo!« Er schüttelte ihre Hand. »Ich kenne Sie. Schwalbe, mein Name. Wir sind uns einmal begegnet, als ich die Lieferung für meinen Schwiegervater übernommen habe.«

Jetzt erinnerte Rosa sich. »Ach ja, genau. Werden Sie in Zukunft auch seine Route fahren?«

Herr Schwalbe machte ein amüsiertes Gesicht. »Wohl eher nicht. Ich bleibe lieber in der Schlachterei, dort, wo ich hingehöre.«

Kerstin wirkte abgelenkt. Rosa folgte ihrem Blick und sah, dass der Großteil der Trauergemeinde verschwunden war.

»Sehen wir uns gleich noch?«, fragte Keules Tochter.

Rosa schüttelte den Kopf. »Der Leichenschmaus ist nur für die engsten Angehörigen gedacht, da hab ich nichts zu suchen. Aber kommen Sie doch ruhig mal in meinem Restaurant *Onkel Theo* am Savignyplatz vorbei. Sie sind herzlich eingeladen. Das Fleisch Ihres Vaters ist bei uns in den besten Händen, überzeugen Sie sich selbst. Unsere Speisekarte bietet Alt-Berliner-Gerichte, neben eigenen Kreationen meines Kochs. Tatjana ist auch häufig Gast bei uns.«

Kerstins Gesicht verzog sich zu einem verbitterten Lächeln. »Ein Grund für mich, nicht dorthin zu gehen.«

Rosa lachte leise auf, war einen Moment lang zu verblüfft, um etwas darauf zu sagen. Keules Tochter machte keinen Hehl draus, wie sie zu ihrer Stiefmutter stand.

Kerstin räusperte sich. »Ich werde es mir überlegen«, ruderte sie zurück. »Wir wohnen ja nur einen Katzensprung entfernt.« Sie nickte ihr zu. »Und nun entschuldigen Sie uns. Auf Wiedersehen.«

Beim Weggehen drehte Herr Schwalbe sich noch einmal um und hob zum Abschied lächelnd die Hand.

»Wie war ich in der Rolle des senilen Alten?«, fragte Artus, sobald Rosa die Autotür neben sich zugeschlagen hatte.

Ihr Blick wanderte zu ihm rüber.

Schalk blitzte in den Augen ihres Vaters. Oder war da ein Fünkchen Stolz, der sie leuchten ließ?

»Du warst nicht schlecht.« Rosa verkniff sich ein Grinsen. Sie musste zugeben, dass sie selbst auch gar nicht so übel gewesen war. Sie hatte einiges rausgefunden. »Aber hast du auch etwas in Erfahrung bringen können?«

»Vielleicht.« So weit, wie es sein Gips zuließ, verschränkte Artus die Arme und ein ausgekochtes Lächeln umspielte seine Lippen.

Rosa verdrehte die Augen. »Nun sag schon und spann mich nicht auf die Folter.«

»Ich bin Zeuge eines sehr interessanten Gesprächs geworden.«

»Von dem Paar, das neben dir stand? Das war Keules Tochter Kerstin und sein Schwiegersohn.«

»Du kennst sie?« Erstaunen spiegelte sich in seinen Augen.

»Ich habe mich eben kurz mit ihr unterhalten, nachdem ich ihr kondoliert hatte und ihr Mann hat sich mir als Herr Schwalbe vorgestellt.«

»Habe ich mir gleich gedacht, dass sie die Tochter sein muss, weil das Wort *Vater* ein paarmal gefallen ist. Dann war es also Keules Schwiegersohn, der ein Gespräch zwischen Keule und seinem Bruder belauscht hat.« Artus machte eine künstlerische Pause, offenbar um die Spannung hinauszuzögern, und hob verheißungsvoll die Augenbrauen.

Rosa unterdrückte ein Seufzen. Wenn ihm das so viel Freude bereitete – bitte schön, sollte er haben. Rosa gönnte sie ihm. Sie startete den Motor und fuhr los.

»Keule hat wohl damit gedroht, aus dem Geschäft auszusteigen, und hat von seinem Bruder verlangt, dass er ihm die Hälfte des Unternehmens ausbezahlt«, sagte Artus nach einer ganzen Weile, offenbar enttäuscht, dass Rosa nicht nachhakte. »Nach Aussage von Herrn Schwalbe hätte das den Onkel seiner Frau in den Ruin getrieben.«

»Ach!« *Keule wollte aussteigen?* Rosa ließ sich die Neuigkeiten für einen Moment durch den Kopf gehen. »Wir müssen Marie davon erzählen. Das könnte sie in dem Mordfall vielleicht weiterbringen. Das ist ja wirklich ein starkes Stück. Und ein Motiv für einen Mord.« Hatte Marie nicht etwas von einer Vernehmung gesagt? Demnach gehörte Keules Bruder vielleicht schon zum engeren Kreis der Verdächtigen und ihre Abteilung hatte bereits selbst etwas über ihn herausgefunden.

Früher oder später würde sie es erfahren. Dafür würde sie schon sorgen. »Vielleicht haben die beiden sich deshalb in die Wolle bekommen«, ließ sie ihren Gedanken freien Lauf. »Und dann hat Keules Bruder ihn im Affekt ins Kühlhaus gesperrt.«

Artus kratzte sich über seine Bartstoppeln. Eigentlich hätte er heute Morgen dringend eine Rasur benötigt, aber die Zeit hatte nicht mehr gereicht. »Keules Tochter sagte aber, sie würde ihrem Onkel den Mord niemals zutrauen. Deshalb hat sie mit ihrem Mann auch heftig gestritten. Nur, weil man nicht so schnell Geld auftreiben kann, bringt man doch auch keinen um. Vor allem nicht seinen eigenen Bruder. Es hätte ja auch noch die Möglichkeit bestanden, die Firma zu verkaufen und den Erlös zwischen den beiden aufzuteilen.«

»Ist es denn so einfach, jemand zu finden, der eine Schlachterei übernimmt?«, wollte Rosa wissen.

»Denke, das braucht schon einige Zeit. Auch wenn Bio-Fleisch hoch im Kurs steht, so schnell findet sich da kein Nachfolger. So eine Übernahme muss wohlüberlegt sein.«

»Wenn Keule seinem Bruder immer wieder zugesetzt hat und ihm das Wasser bis zum Hals stand, kann es schon sein, dass die Situation irgendwann eskaliert ist und es zu einer Kurzschlussreaktion kam«, beharrte Rosa.

»Ich denke, wir sollten nicht zu voreilig mit unseren Schlüssen sein«, gab Artus zu bedenken. »Wir haben noch keine Beweise.«

»Mich beschäftigt ja noch die Frage nach dem Warum. Warum wollte Keule auf einmal aufhören?«

»Vielleicht um sich ein schönes Leben zu machen. Aber das ist reine Spekulation und bringt uns nicht weiter.«

Rosa stimmte ihm kopfnickend zu, während Hans-Gustav über das Kopfsteinpflaster holperte und dabei kein Schlagloch ausließ. *Augen zu und durch.* Je schneller sie fuhr, desto schneller würde sie diese schlecht gepflasterte Straße hinter sich lassen.

Artus stemmte sich mit der Linken gegen das Armaturenbrett und strafte seine Tochter mit einem finsteren Blick.

»Geht's ein bisschen weniger forsch? Ich bin doch kein Würfelbecher, den man einfach so durchrütteln kann!«

Rosa ging nicht auf seine Beschwerde ein und fragte stattdessen: »Und was hältst du von Keules Frau?«

»Sie benimmt sich nicht wie eine trauernde Witwe«, antwortete Artus prompt, wieder ganz beim Thema.

»Hab ich auch gleich gedacht.« Rosa bog links in die Hauptstraße ab, die ordentlich asphaltiert war, und meinte gleichzeitig ein Aufatmen von der Seite zu hören. »Besonders nah scheint ihr der Tod ihres Mannes nicht zu gehen.«

Artus lehnte sich wieder im Beifahrersitz zurück. »Mein Gefühl sagt mir, dass sie irgendetwas verheimlicht. Bisher ist zwar kein Motiv zu erkennen, aber wenn es eins gibt, finden wir es heraus. Vielleicht hatte dein Fleischlieferant irgendwelche Geheimnisse, von denen niemand wusste.«

Kapitel 10

NÜSCHT JENAUET WEESS MAN NICH

Die restliche Fahrt verlief schweigend und Rosa fragte sich, was sie jetzt mit ihrem Vater anfangen sollte, während sie im Lokal arbeitete. Alleine in der Wohnung lassen konnte sie ihn auf keinen Fall. Dort würde ihm die Decke auf den Kopf fallen und die fremde Umgebung in Verbindung mit der Abkapselung von der Außenwelt würde seine schlechte Laune noch verstärken. Aber ihn mit ins Restaurant nehmen und den ganzen Tag dort sitzen lassen konnte sie doch auch nicht.

Die Zeiger ihrer Autouhr wanderten gerade auf 11.50 Uhr. Sie würde also genau zur Mittagszeit im *Onkel Theo* eintrudeln.

»Was steht denn heute auf der Mittagskarte?«, unterbrach Artus ihren Gedankenstrom.

Erstaunt schweifte Rosas Blick zu ihm hinüber. »Hast du etwa schon Hunger?«

Artus zuckte mit den Schultern. »Ein bisschen schon.«

»Na, dann nehme ich dich gleich mit und du bestellst dir, was du möchtest.« Rosa fiel ein Stein vom Herzen. Somit wäre dieses Problem fürs Erste aus der Welt geschafft. Später konnte sie sich immer noch überlegen, wie sie ihn beschäftigen sollte. *Beschäftigen sollte.* Das klang, als wäre ihr Vater ein schwer erziehbares Kind. *Na ja*, dachte Rosa, *so weit hergeholt war der Vergleich nun auch wieder nicht, so wie er sich in letzter Zeit benimmt.*

»Heute gibt es frischen Spargel mit gekochtem Schinken. Wäre das was für dich?« Rosa grinste in sich hinein, denn sie wusste, dass Spargel zu den Leibspeisen ihres Vaters gehörte und er sicher nicht Nein sagen konnte. Unauffällig beobachtete sie ihn aus den Augenwinkeln.

»Das klingt annehmbar«, antwortete Artus und ein verschmitztes Lächeln huschte über sein Gesicht, bei dem Rosas Herz aufging.

Als sie ankamen, war Rosas Team schon voll im Einsatz und es herrschte emsiges Treiben.

Marion lief mit einem Tablett durch den Gastraum und verteilte Vasen mit frischen Gerbera auf den Tischen.

Werner saß hinter der Theke in der Hocke und war gerade mit dem Wechseln eines Bierfasses beschäftigt. Als er Rosa bemerkte, blickte er auf und sein Gesicht erhellte sich. »Hi, Chefin!«

Rosa fielen die Schweißperlen auf Werners Stirn ins Auge, die er jetzt mit dem Unterarm wegwischte. Bei seiner Plauze wunderte es sie nicht, dass er nach jedem Handgriff ins Schwitzen geriet. Sein Bierbauch schien noch mehr hervorzuragen als gewöhnlich, das Hemd spannte und der mittlere Knopf drohte jeden Moment aufzuplatzen. »Hallo, Urlauber, wat hab'n se denn mit dir jemacht?«, verfiel Rosa direkt in den Berliner Jargon, was jedes Mal geschah, wenn sie mit Werner sprach. »Siehst ja nich grad erholt aus.«

Werner winkte ab. »Hör mir uff, da war nichts mit Erholung. Brigitte hat mich jeden Tag zu einem neuen Ausflug mitjeschleift. Bin da durch die Jegend jestiefelt wie een

Bekloppter und hab nichts jesehen vor lauter Touris. Madeira is voll davon.«

»Aber Farbe haste och keene bekommen. Bist so blass, als hätten se dich eene Woche irjendwo einjesperrt.«

»Haben se ooch. Saß die meeste Zeit im klimatisierten Bus. Bin froh, dass ick hier bin und wieder arbeiten darf.«

Rosa lachte auf. »Armer Kerl, kannst einem ja wirklich leidtun! Aber weeßte wat?« Rosa beugte sich über den Tresen zu ihm rüber. »Dit bin ick och, glob mir! Hier war janz schön wat los, während du weg warst.« Werner gehörte bereits zehn Jahre zu ihrem Serviceteam. Das wusste sie so genau, weil es aus diesem Grund vor seinem Urlaub einen Umtrunk gegeben hatte. Er war einer von der gemütlichen Sorte, die nichts so schnell aus der Ruhe brachte. Mit seiner Berliner Schnauze passte er gut hierher und hatte handwerkliches Geschick, was man ihm durch seine behäbige Art gar nicht zutraute. Man hätte meinen können, Rosa hatte ihn als Hausmeister statt als Servicekraft eingestellt, so oft er im *Onkel Theo* mit irgendwelchen Reparaturen beschäftigt war.

Werner stach das Bierfass an und ließ den Hebel einrasten, ehe er sich unter lautem Ächzen erhob. »Hab schon jehört. Da passiert eenmal wat Ufrejendes und ick bin nich da.«

War ja klar. Der Flurfunk hatte ihn natürlich schon über Keules Ableben in Kenntnis gesetzt. Rosa kannte ihre Pappenheimer. Wenn es um Klatsch und Tratsch ging, nahmen Freddy und Marion sich nicht viel. »Lass dit ma keenen hören. Mit Mord is nu wirklich nich zu spaßen.«

Artus, der die ganze Zeit neben ihr gestanden hatte, wurde Rosas Geplauder offenbar zu bunt. Kopfschüttelnd steuerte er auf den Stammtisch in der Ecke zu und grummelte dabei irgendwas vor sich hin, was Rosa nicht verstand. Humpelnd, aber mit gestrafften Schultern, das ließ er sich nicht nehmen.

»Tachjen, Herr Hauptkommissar«, rief Werner hinter ihm her. »Lang nich jesehen!«

Artus reagierte nicht, sondern ließ sich stattdessen auf die Rundbank plumpsen. *War ja klar, dass er den abgeschiedensten Tisch gegenüber der Bar für sich beansprucht*, dachte Rosa. Von dort aus hatte man den besten Überblick, wer alles ein und aus ging. Sein Schweigen sprach Bände. Rosa kannte niemanden, der subtiler seinen Unmut ausdrücken konnte als ihr Vater.

»Wohl nich jut druff heute, wa?«, sagte Werner hinter vorgehaltener Hand.

»Der is in letzter Zeit nie jut druff.« Rosa seufzte tief. »Muss mich kurz mal um ihn kümmern. Offenbar braucht er heute besonders viel Beachtung.« Sie schnappte sich einen Zeitungsstock mit der *BZ* vom Haken an der Wand und reichte sie ihrem Vater.

Angewidert verzog Artus das Gesicht. »Hast du keine vernünftige Zeitung statt diesem Wurstblatt?«

Ruhig bleiben. »Na klar.« Rosa wieselte noch mal zu den Zeitungshaken und kam mit einer *Berliner Morgenpost* zurück. »Ist die genehm, der Herr? Vielleicht ein Pils dazu?«

»Ich bin im …«

»Dienst?« Rosa musste grinsen. Das war er schon lange nicht mehr und trotzdem reagierte Artus auf die Frage wie ein Pawlowscher Hund.

»Eine Selter, bitte«, murmelte er, fischte seine Lesebrille aus der oberen Tasche seines Hemdes und raschelte mit der Zeitung. Ein untrügliches Zeichen, dass Rosa abtreten durfte.

»Ich werd mal bei Freddy deine Essensbestellung aufgeben. Du bist ja hier mitten im Geschehen, da kommt wohl nicht so schnell Langeweile auf.«

Artus blickte auf. Sein Blick wanderte kurz durchs Lokal, ehe er wieder in der Zeitung blätterte. »Was für ein Geschehen? Viel los ist hier ja heute nicht.«

Noch abfälliger hätte seine Stimme nicht klingen können.

Diesmal konnte Rosa ein Augenrollen nicht unterdrücken. »Wir öffnen erst um 12.30 Uhr, Vati.« Sie griff nach ihrer Halskette, klappte den Deckel des Medaillons auf und warf einen Blick auf ihre Uhr. »Also in exakt drei Minuten.« Kopfschüttelnd verschwand sie in die Küche. Hätte sie noch eine Minute länger sein griesgrämiges Gesicht ertragen müssen, hätte sie wohl nicht länger an sich halten können. Auch Rosas Friedfertigkeit hatte mal ein Ende. Es war ihr wirklich ein Rätsel, warum er jetzt wieder den Stinkstiefel raushängen ließ, wo er doch auf dem Friedhof das erreicht hatte, was er wollte.

»Na, ihr beide, allet im Schuss?«, begrüßte sie Freddy und Han, als sie die Küche betrat.

Han hielt im Kartoffelschälen inne und grinste bis über beide Ohren, während Freddy Bouletten formte. »Hallo, Chefin«, kam es synchron aus beiden Mündern.

»Läuft ja wie am Schnürchen bei euch beiden hier.« Rosa nickte anerkennend.

»Alles prima.« Freddy fuhr sich mit dem Handrücken übers Gesicht. »Wie war's denn auf Keules Beerdigung?«

»Abgesehen davon, dass ich meinen im Rollstuhl sitzenden Vater im Schlepptau hatte, ganz gut.«

»Der kann das Herumschnüffeln wohl auch nicht lassen, was? Einmal Bulle, immer Bulle.«

Rosa sah ihn erstaunt an. Sie hatte ja gewusst, dass Freddy ein findiges Kerlchen war, aber dass er so schnell eins und eins zusammenzählen konnte, wunderte sie schon. »Deine Kombinationsgabe ist nicht schlecht. Du hast recht, mein

Vater hat gehofft, bei der Beerdigung etwas Verdächtiges aufzuspüren.«

»Und, hat er?«

»Er hat herausgefunden, dass Keules Bruder ein Motiv hat.«

»Ach! Und das wäre?«

Rosa hatte jetzt Freddys ganze Aufmerksamkeit und auch Han legte seinen Kartoffelschäler zur Seite und sah ihr mit kaum verhohlener Neugier entgegen.

»Offenbar wollte Keule die Schlachterei verlassen und seinen Anteil ausbezahlt bekommen«, sagte Rosa mit konspirativ gesenkter Stimme. Ein wenig musste sie die neugierigen Gemüter ja zufriedenstellen, ehe Freddy wieder einen beleidigten Flunsch zog. Obwohl es ihr irgendwie widerstrebte, das Thema mit ihren Angestellten breitzutreten. Es reichte schon, wenn ihr Vater und sie sich in die Ermittlungsarbeit einmischten. »Aber sein Bruder wäre natürlich finanziell dazu nicht in der Lage gewesen. Wer ist schon in dem Maße flüssig?«

»Mmh, ist das ein Grund, jemanden zu töten?«, gab Freddy zu bedenken. »Da muss er ihn aber schon massiv unter Druck gesetzt haben.«

Han pflichtete ihm kopfnickend bei.

Rosa ging nicht auf Freddys Bemerkung ein. Wilde Spekulationen aufzustellen, brachte sowieso nichts. Was sie brauchten, waren Beweise. »Auf jeden Fall ist es etwas, was Marie wissen sollte. Für Artus machst du bitte eine große Portion Spargel mit gekochtem Schinken«, lenkte sie schnell vom Thema ab.

Freddy nickte knapp, doch Rosas Plan ging nicht auf. So schnell wie erhofft ließ er sich nicht abwürgen. »Und wie geht's jetzt weiter? Hat man denn Beweise gegen ihn? Kommt er in Untersuchungshaft? Oder gibt es noch andere Verdächtige?«

»Nüscht Jenauet weeß man nich«, erwiderte Rosa schulterzuckend, drehte sich auf dem Absatz um und verließ so schnell die Küche, als würde ohne sie draußen das pure Chaos ausbrechen.

Werner hatte den Laden pünktlich geöffnet und die ersten Gäste trudelten ein. Sowohl altbekannte Gesichter als auch ein paar Touristen, die *Onkel Theo* mit neugierigen Blicken genau unter die Lupe nahmen.

Rosa staunte nicht schlecht, als die Tür aufging und ihre Tochter mit Erik hereinspazierte. *Auwei!* Maries Auftauchen roch nach Ärger. Es war das erste Mal, dass sie ihren Kollegen mitbrachte. Bisher hatte sie es vermieden. *Sicherlich wollen die beiden nur erfahren, ob wir etwas herausbekommen haben*, versuchte Rosa sich selbst zu beruhigen.

Als Marie ihren Großvater am Stammtisch entdeckte, steuerte sie zielstrebig und mit undurchdringlicher Miene auf ihn zu.

Rosa hätte nicht sagen können, was gerade in ihr vorging. Aber wie sie ihre Tochter kannte, war sie alles andere als erfreut über Artus' Auftritt heute Morgen auf dem Friedhof.

Behände wieselte Rosa hinter der Theke hervor. Wenn es etwas über den Mordfall zu bereden gab, musste sie dabei sein und durfte auf keinen Fall etwas verpassen.

Marie blieb vor dem Tisch stehen und wandte sich Erik zu. »Artus, mein Opa – Erik, mein Partner bei der Mordkommission«, stellte sie die beiden einander vor und fuhr dann, ohne eine Erwiderung abzuwarten, fort: »Nun sag schon: Hast du auf der Beerdigung etwas aufgeschnappt?« Sie rutschte auf der Holzbank an ihren Großvater heran, ihr eindringlicher Blick ruhte auf ihm.

Artus erwiderte ihn unbeeindruckt. Gemächlich klappte er seine Zeitung zusammen, legte sie auf dem Tisch ab und setzte ein begriffsstutziges Gesicht auf, so als wüsste er nicht, wovon sie sprach.

»Meinst du etwa, deine Enkelin ist blöd, oder was?«

Rosa stöhnte, während sie eine Hand in die Hüfte stemmte und sich mit der anderen gegen die Rückenlehne der hölzernen Sitzbank stützte.

»Marie wollte damit sagen, dass es von Vorteil wäre, wenn Sie uns sagen, wenn Sie etwas herausgefunden haben, das den Fall betrifft«, meldete Erik sich zu Wort und setzte sich auf die gegenüberliegende Seite an den Tisch. Offenbar war er der Meinung, er müsste zwischen den beiden vermitteln.

Rosa konnte sich gut vorstellen, wie das bei Verhören zwischen den beiden ablief. Marie trieb in die Enge und drohte, während Erik versuchte, durch eine gute Mischung aus Vertrauen und Verständnis etwas aus dem Verdächtigen herauszukitzeln. *Guter Bulle, böser Bulle eben.*

Marie warf ihrem Partner einen Blick zu, der in etwa so viel heißen sollte wie: *Echt jetzt?*

Rosa kannte ihre Tochter gut genug, um zu wissen, wann sie etwas für überflüssig hielt.

Erik gab sich unbeeindruckt und zuckte grinsend mit den Schultern.

Artus faltete die Hände zusammen und lehnte sich über den Tisch, während er mit Rosa einen verschwörerischen Blick tauschte. »Keule wollte aus der Firma aussteigen und seinen Anteil ausbezahlt bekommen«, ergriff er das Wort. »Das habe ich von Keules Schwiegersohn erfahren. Also nicht direkt von ihm, sondern ...«

»Du hast ihr Gespräch belauscht«, vervollständigte Marie den Satz. Ihre Mundwinkel zuckten, offensichtlich fiel es ihr schwer, sich ein Lächeln zu verkneifen. Im nächsten Moment runzelte sie nachdenklich die Stirn. »Bei der Vernehmung gestern hat Schwalbe kein Wort darüber verloren, dass Keule aussteigen und seinen Anteil ausbezahlt haben wollte.«

»Wahrscheinlich wollte er Keules Bruder nicht ans Bein pissen«, sagte Erik und legte einen Arm lässig über die Rückenlehne der Sitzbank. »Schließlich ist er sein Chef. Damit hätte er ja automatisch den Verdacht auf ihn gelenkt.«

Marie stimmte ihm kopfnickend zu und wandte sich dann wieder an Artus. »Und wann wolltest du mir deine ›Erkundigungen‹ mitteilen?«

Artus ließ sich Zeit mit der Antwort. Er nippte an seinem Glas Mineralwasser und zeigte keine Gefühlsregung.

Da nimmt er sich nicht viel mit seiner Enkelin, die lässt sich auch nicht so schnell hinter die Stirn blicken, dachte Rosa.

»Sobald ich Näheres in Erfahrung gebracht habe.«

»Du kannst dir sicherlich vorstellen, was ich davon halte, wenn du auf eigene Faust Nachforschungen anstellst«, sagte Marie in strengem Tonfall.

Rosa biss sich auf die Lippe, um ein Lächeln zu unterdrücken. *Fehlt nur noch, dass sie ihm Stubenarrest erteilt. Wenn sie mal Kinder hat, haben die bei ihr nicht viel zu lachen.* »Wir wollten uns nicht in eure Ermittlungen einmischen, ab…«

»Es hat sich halt so ergeben«, schnitt Artus ihr unwirsch das Wort ab.

»Aha.« Marie bedachte Artus mit einem Blick, als würde sie ihm kein Wort glauben. »Es hat sich also so *ergeben*, dass mitten auf dem Friedhof plötzliche Altersdemenz von dir Besitz ergriffen hat. Die mit dem Verlassen des Friedhofs wieder verschwand.«

»Sagen wir so: Das war nicht geplant. Ich wollte mir lediglich einen Überblick über die Trauergemeinde verschaffen. Unauffällig. Wie dir sicherlich bekannt ist, stehen bei neunzig Prozent aller Morde Opfer und Täter in einer Beziehung.

Meist lassen die Täter es sich nicht nehmen, bei der Beerdigung ihres Opfers dabei zu sein.«

»Und dazu musstest du im Rollstuhl sitzen und Unzurechnungsfähigkeit vortäuschen?«

»Ich hatte einen Unfall, schon vergessen?« Artus' Stimme klang jetzt leicht verschnupft. »Außerdem schadet es nie, unterschätzt zu werden. Und wo wir nun schon mal dabei sind, kann ich euch doch ein wenig unter die Arme greifen. Ihr wollt doch sicher auch, dass der Fall schnell aufgeklärt wird. Immerhin bin ich nicht irgendein Hobbydetektiv, sondern ein Experte auf dem Gebiet. Ich habe schließlich 45 Jahre Erfahrung in der Mordermittlung …«

Rosa unterdrückte ein Stöhnen. *Liebe Güte, jetzt legt er mit der Litanei wieder los. Wenn er sich einmal da reinsteigert, hört er so schnell nicht auf.* Es gab schließlich nicht mehr viele Gelegenheiten für ihn, um sich zu profilieren. Jetzt, wo Maries Kollege Erik dabei war, musste er natürlich zeigen, wer er mal gewesen war.

»… das soll mir so schnell mal jemand nachmachen. Ich habe in meiner Laufbahn mindestens fünfzig Mordfälle aufgeklärt und Schwerverbrecher hinter Gitter gebra…«

»Ja, ja, ist ja schon gut, Opa«, unterbrach ihn Marie augenrollend.

»Also ich finde es sehr interessant, was dein Großvater zu sagen hat. Lass ihn reden, vielleicht kannst du noch was lernen.« Erik bedachte Marie mit einem durchtriebenen Blick, den Marie mit zu Schlitzen verengten Augen quittierte.

Rosa gefiel das ironische Funkeln in Eriks Augen. Er hatte ihre Tochter gut im Griff, wusste offenbar, wie er sie zu nehmen hatte. Manchmal durfte man Marie auch einfach nicht so ernst nehmen, damit sie sich selbst nicht zu wichtig nahm. Ein bisschen Selbstironie wäre nicht schlecht.

»Ist schon gut.« Artus verzog beleidigt das Gesicht und winkte ab. Offenbar hatte ihn Maries Unterbrechung zu Tode gekränkt.

Marie nahm darauf keine Rücksicht und ergriff erneut das Wort. »Schön. Dann können wir euch jetzt vielleicht erzählen, was wir herausgefunden haben.«

Rosa und Artus wechselten einen überraschten Blick.

Das sind ja ganz neue Töne. Offenbar hatte Marie eingesehen, dass sie im Team schneller ans Ziel kamen. Und sicherlich – davon war Rosa überzeugt – stocherte ihre Abteilung noch komplett im Dunkeln.

»Bitte schön, ich bin gespannt wie Schmidts Katze«, sagte Artus gnädig und lehnte sich zurück.

»Die Fingerabdrücke, die gestern von allen Mitarbeitern und engsten Angehörigen genommen wurden, sind bereits abgeglichen worden«, wandte Erik sich an Artus. »Die Fingerabdrücke an der Verriegelung des Kühlhauses stammen von Keules Bruder Dieter. Das beweist zwar noch gar nichts, denn er arbeitet schließlich auch in der Schlachterei, aber mit Ihrer Aussage haben wir jetzt zumindest was, woran wir anknüpfen können.«

Artus nickte zufrieden.

»Ich nehme jedoch an, dass der Täter Handschuhe trug«, sagte Marie.

»Du gehst von einem geplanten Mord aus?« Artus runzelte die Stirn. »Könnte genauso gut eine Tat im Affekt gewesen sein. Aber das werdet ihr sicherlich herausfinden«, fügte er nach einer kurzen Pause hinzu.

Marie wechselte einen kurzen Blick mit Erik.

In dem Moment trat Marion an den Tisch und stellte den Teller mit Spargel und gekochtem Schinken vor Artus ab. »Was darf's denn für euch sein?«, wandte sie sich freundlich an Marie.

»Das sieht ja mal gut aus«, kam Erik Marie zuvor. »Für mich bitte das Gleiche.« In dem Moment vibrierte sein Handy, das auf dem Tisch vor ihm lag, und auf seinem Display leuchtete der Name *Supergirl* auf. Erik griff danach und erhob sich. »Tut mir leid, aber da muss ich rangehen«, sagte er, deutete auf das Telefon in seiner Hand und ging nach draußen.

Marie rollte mit den Augen und sah ihm hinterher.

Maries Reaktion nach zu urteilen, kann der Anrufer nur Eriks Frau sein, dachte Rosa. Offenbar gefiel es ihr nicht, dass sie während der Arbeitszeit anrief. *Ist sie etwa eifersüchtig?*, überlegte sie einen Moment lang, verwarf den Gedanken aber sofort wieder.

Marie wandte sich wieder an Marion, die noch immer geduldig auf die Bestellung wartete. »Für mich auch eine Portion Spargel. Aber bitte ohne Schinken und mit einer doppelten Portion Kartoffeln.«

Marion nickte. »Wird gemacht. Was darf ich zu trinken bringen?«

»Eine Flasche Mineralwasser, bitte«, fügte Marie hinzu.

Marion nickte noch mal freundlich und setzte sich wieder in Bewegung.

»Ich fang schon mal an, bevor es kalt wird«, ließ Artus verlauten und begann ungelenk mit dem Messer am Schinken zu schneiden, dabei verzog er schmerzhaft das Gesicht.

»Komm, Vati, lass dir helfen.« Rosa rutschte neben ihn, zog den Teller zu sich heran und begann, Spargel und Fleisch in mundgerechte Stücke zu schneiden.

Artus seufzte währenddessen aus tiefster Seele.

»Deshalb hab ich dich zu mir genommen, damit ich dir mit deinem eingegipsten Arm behilflich sein kann. Schon vergessen?«

Kaum dass Rosa ihrem Vater den Teller hingeschoben hatte, spießte er mit der linken Hand ein Schinkenstück auf die Gabel und steckte es sich gierig in den Mund. »Wo waren wir stehen geblieben?«, fragte er kauend.

In dem Moment rutschte Erik wieder auf die Sitzbank. »Dieter hat bei der Vernehmung ausgesagt, dass Keule über die illegalen Methoden seines Konkurrenten Schulze auspacken wollte«, fuhr Erik fort, als wäre er gar nicht weg gewesen. »Mit gefälschten Papieren bezieht der nämlich angeblich noch zusätzlich Fleisch aus dem Ausland und verkauft es als sein Bio-Fleisch.«

»Interessant.« Artus nickte. »Aber vielleicht wollte Dieter mit dieser Aussage auch nur den Verdacht von sich ablenken«, gab er zu bedenken, ehe er sich eine voll beladene Gabel mit Kartoffeln und Spargel in den Mund schob.

Rosa staunte über seinen gesunden Appetit, er hatte in kurzer Zeit schon die Hälfte des Tellers verputzt.

»Ist mir auch durch den Kopf gegangen«, pflichtete Erik ihm bei und zog seine Jacke aus. »Das werden wir noch herausfinden. Wir sollten ihn auf jeden Fall noch mal genauer unter die Lupe nehmen. Ein bombensicheres Alibi konnte er nämlich auch nicht vorweisen. Seiner Aussage nach war er den ganzen Abend zu Hause.«

»Wer hat eigentlich die Leiche gefunden?«, wollte Artus wissen.

»Der Lehrling.« Erik schien für einen Moment abgelenkt, während sein Blick auf das Display seines Handys fiel, und schob es dann in seine Jackentasche. »Der wurde gleich als Erstes von den Kollegen befragt, aber danach direkt nach Hause geschickt. Aus dem war wohl nicht viel herauszubekommen. Der ist noch nicht mal volljährig und stand unter Schock, der arme Kerl.«

Artus nickte. »Warum geht ihr jetzt eigentlich davon aus, dass es Mord war und Keule im Kühlhaus eingesperrt wurde? Es hätte doch auch ein Versehen sein können, oder nicht?«

Rosa fiel ein, dass sie es versäumt hatte, ihm von Freddys Aussage zu berichten. »Es wurden Hämatome an den Handballen gefunden …« Weiter kam Rosa nicht, denn sie wurde von einem scharfen Blick ihrer Tochter ausgebremst.

»Woher weißt du das denn schon wieder?« Marie klang ungehalten.

Oha. Rosa sollte Artus wohl besser die Fragen überlassen und ihr Wissen lieber für sich behalten. Offenbar war sie für Marie grad ein rotes Tuch und sie dachte, das alles ginge Rosa nichts an. *Von wegen.* Keule hatte sie schließlich fast zwei Jahrzehnte mit Bio-Fleisch beliefert. Sie hatte ein Recht darauf, zu erfahren, was die bisherigen Ermittlungen ergaben.

»Sie wurde von außen verriegelt und Keule muss wie wild an die Tür geschlagen haben, um auf sich aufmerksam zu machen«, fuhr Marie jetzt etwas gemäßigter fort. »Das beweisen die Hämatome und Abschürfungen an seinen Handballen. Außerdem ist die Tür nicht schalldicht. Derjenige, der ihn eingeschlossen hat, muss ihn also gehört haben.«

Artus nickte. »Ein sicheres Zeichen dafür, dass ihn jemand eingesperrt hat. Und die Tür lässt sich von innen nicht öffnen?«

»Nicht, wenn sie abgesperrt ist«, antwortete Erik.

Artus überlegte kauend. »Gibt es in dem Kühlhaus denn keine Alarmvorrichtung?«

Erik schüttelte den Kopf. »Erst ab zehn Quadratmetern, dieser Raum liegt knapp darunter.«

Marion brachte die Flasche Mineralwasser und zwei Gläser und platzierte sie vor Erik und Marie.

Währenddessen schwiegen alle.

»Wann war der genaue Todeszeitpunkt?«, fragte Artus, kaum dass Marion wieder verschwunden war. Er wischte sich mit der Serviette über den Mund, warf sie auf den leer gegessenen Teller und schob ihn von sich.

Erik beugte sich vor und stützte seine Unterarme auf die Tischplatte. »Den Leichenflecken und seiner Körpertemperatur zufolge muss Keule schon den Abend zuvor gestorben sein. Etwa zwischen 20 und 21 Uhr. Im Kühlhaus waren minus ein Grad und Keule trug nur Hemd und Hose. Die Kälte hat zu Gefäßverengungen und schließlich zum Herzinfarkt geführt. Das hat die Obduktion ergeben.«

»Ein Herzinfarkt also«, sagte Rosa mehr zu sich selbst. »Dann musste er wenigstens nicht so lange leiden.«

»Abgesehen davon war er offenbar ein Obstliebhaber«, fuhr Erik fort. »Die Gerichtsmedizinerin hat Fruchtfleisch eines Pfirsichs unter seinen Fingernägeln gefunden.«

»Ich glaube nicht, dass das irgendwas zur Sache tut«, warf Marie genervt ein.

Artus zuckte mit den Schultern. »Vielleicht doch. Ein verkappter Obstfetischist, der sich als Schlächter getarnt hat, kann nur Dreck am Stecken haben.« Artus lachte auf und Erik stimmte mit ein.

»Findet ihr das witzig?« Maries Mundwinkel zuckten verräterisch.

»Irgendwie schon«, sagte Erik und tauschte einen belustigten Blick mit Artus und setzte gleich noch einen drauf. »Hinter vorgehaltener Hand nannten sie ihn Bio-Tonne.« Beide brachen gleichzeitig in ausgelassenes Gelächter aus.

»Veganer sterben ja auch nicht, sie beißen ins Gras«, gab Artus nun auch einen Veganer-Witz zum Besten.

Na, die beiden verstehen sich ja prächtig, ging es Rosa durch den Kopf und sie musste schmunzeln.

Marie setzte einen strengen Blick auf und bedachte Erik und ihren Großvater mit hochgezogener Augenbraue. »Kommen wir zum eigentlichen Thema zurück.«

Artus wurde sofort wieder ernst. »Habt ihr schon mit Keules Sohn gesprochen?«,

»Oliver hat zwar kein Alibi, aber ein Motiv hat er auch nicht«, erwiderte Marie. »Er war den ganzen Abend zu Hause, Zeugen gibt es keine.«

Erik lächelte halbseitig. »Das mit dem Motiv wird sich noch zeigen.«

Trotz Maries kratzbürstigem Verhalten ihr gegenüber hielt Rosa es jetzt für angebracht, von ihrem Gespräch mit Oliver zu berichten. »Ich habe mich heute kurz auf dem Friedhof mit ihm unterhalten. Auf seinen Vater war er nicht gut zu sprechen.«

»Die letzten Jahre war ihr Verhältnis wohl eher durchwachsen«, sagte Marie. »Ab dem Zeitpunkt, als er die Schule beendet und sich fürs Medizinstudium angemeldet hatte.«

Rosa verzog erstaunt das Gesicht. So viel Biss und Durchhaltevermögen hätte sie ihm gar nicht zugetraut. »Ich dachte, er wäre Physiotherapeut.«

Marie schraubte die Wasserflasche auf und schenkte Erik und sich ein. »Er hat das Medizinstudium abgebrochen.«

»Nach Dieters Aussage wollte Oliver vom Betrieb seines Vaters nichts wissen«, warf Erik ein. »Die beiden lagen deshalb wohl schon seit Jahren im Clinch.«

»Und Olivers Schwester, was spielt die für eine Rolle?«, wollte Artus wissen.

»Halbschwester«, sagte Erik. »Sie ist die Ältere und aus einer vorherigen Beziehung entstanden. Das hat Keule sie wohl auch spüren lassen.«

»Das Einzige, was die beiden Geschwister verbindet, ist ihre Abneigung gegen ihren Vater, so Olivers Worte«, sagte Marie. »Seit sie vor etwa fünfzehn Jahren plötzlich in das Leben ihres Vaters getreten ist, war sie von Neid zerfressen«, fuhr sie fort.

»Mein Eindruck war ein anderer«, unterbrach Rosa sie. »Ich habe ihr kondoliert und sie war die Einzige, die ein paar Tränen über seinen Tod vergossen hat. Die Abneigung zielte eher auf ihre Stiefmutter, die hat sie deutlich zum Ausdruck gebracht. Wie kam es, dass sie ihren Vater erst so spät kennenlernte?«

»Sie ist das uneheliche Kind einer Frau, die ihr die Existenz ihres Vaters verschwiegen hat«, erwiderte Marie. »Erst beim Tod ihrer Mutter kam heraus, wer ihr Vater war, und sie hat sofort Kontakt mit ihm aufgenommen. Oliver meint, ihr Wunsch, ihm zu gefallen, war schon beinah krankhaft. *Vater liebt dich, aber mich nicht.* Das hat sie ihm wohl immer vorwurfsvoll zu verstehen gegeben. Als sie merkte, dass Oliver nicht mehr Keules Liebling war, hat sie versucht, sich mit ihm gutzustellen, aber es war zu spät. Er hatte kein Interesse mehr.«

Artus nickte. »Sie hätte also auch ein Motiv – Eifersucht.«

Rosa wiegte den Kopf hin und her. »Das finde ich etwas weit hergeholt. Sie hat ihren Vater geliebt.«

»Man sollte trotzdem nicht versäumen, jeder Sache nachzugehen«, gab Artus zu bedenken.

»Das tun wir.« Marie warf Artus einen unmissverständlichen Blick zu. »Die Betonung liegt auf wir.« Sie deutete auf Erik und sich.

»Wir wollen dich doch nur ein wenig unterstützen«, meldete Rosa sich wieder zu Wort. »Schließlich geht das Ganze auch mich etwas an. Keule war seit Jahren mein Fleischlieferant. Ich will, dass der Fall schnell aufgeklärt wird und der Mörder seine gerechte Strafe bekommt.«

»Es kann euch doch nur entgegenkommen, wenn wir euch ein bisschen unter die Arme greifen. Schließlich haben wir etwas herausgefunden, was ihr noch nicht wusstet.« Artus zeigte ein wölfisches Lächeln. »Es wäre dumm von dir, nur aus falschem Stolz unsere Hilfe abzulehnen. Bei einer Mordaufklärung sollte man jede Unterstützung annehmen, die man kriegen kann. Das habe ich auch so gehandhabt. Ich hatte stets meine Leute, die gut im Schnüffeln waren und so die Aufklärung des Falls vorantrieben.«

»Schaden kann es doch nicht.« Erik warf Marie einen vielsagenden Blick zu.

Marie seufzte tief. »Einverstanden. Aber in Zukunft sollten wir uns immer gleich gegenseitig auf den neuesten Stand bringen. Und eine Sache müsst ihr mir versprechen: Von unserer Ermittlungsarbeit darf nichts nach draußen dringen. Das bleibt unter uns.«

»Du hast mein Wort, schließlich hast du es mit einem Profi zu tun«, sagte Artus mit gewichtiger Miene. »Alles bleibt in der Familie.«

Ein Lächeln schlich sich um Maries Lippen, ehe ihr Blick zu Rosa schweifte und an ihr haften blieb. Sie wurde ernst. »Ich verlasse mich auf euch«, sagte sie mit Nachdruck in der Stimme.

»Was glaubst du von deiner Mutter?« Rosa war jetzt die Empörung in Person. Dachte Marie etwa, sie könnte nichts für sich behalten? »Natürlich bleibt das alles unter uns! Ich halte mich an unser Versprechen.«

Kapitel 11

SCHWEINEFÜSSE IN ASPIK

Tatjana Keule wohnte am Ende einer Sackgasse in einer gepflegten Wohnanlage. Umgeben von viel Grün, befand sie sich in Spandau, einer unauffälligen Wohngegend von Berlin.

Nachdem Rosa sich vergewissert hatte, dass Freddy mit den Vorbereitungen für den Mittagstisch alleine klarkam, hatte sie sich gegen 10 Uhr auf den Weg gemacht, um Tatjana einen Besuch abzustatten. Seit Keules Beisetzung waren zwei Tage vergangen und Rosa brannte darauf, der Witwe ein wenig auf den Zahn zu fühlen. Ihr war kein anderer Vorwand eingefallen, als sie mit Essen zu versorgen. Tatjana liebte Freddys Frikassee, bestellte es fast jedes Mal, wenn sie zum Essen ins *Onkel Theo* kam. Außerdem konnte ein wenig moralische Unterstützung nicht schaden. Wer wusste schon, wie es wirklich in ihr drin aussah?

Das Frikassee fest in beiden Händen, steuerte Rosa auf den Hauseingang zu. In dem Moment, als sie den Topf abstellen und die Klingel drücken wollte, öffnete sich die Tür. Ein junger Mann kam heraus und hielt sie für sie auf.

»Tja, Schwein muss man haben!« Rosa lachte und bedankte sich mit einem Nicken, ehe sie das Treppenhaus betrat. Da die Klingeln untereinander angeordnet waren und die von Tatjana sich in der zweiten Reihe von unten befand, schlussfolgerte Rosa, dass die Wohnung im zweiten Stock lag, und lief die Stufen hinauf.

Rosa wollte sich bei ihrem Besuch ein näheres Bild von Keules Verhältnis zu seiner Familie machen. Tatjanas Verhalten nach zu urteilen, hatten die beiden alles andere als eine glückliche Beziehung geführt. Dank ihrer Redseligkeit konnte Rosa vielleicht auch erfahren, wie er zu den anderen Familienmitgliedern gestanden hatte.

Wie angenommen, entdeckte Rosa Keules Namensschild in der zweiten Etage, die Wohnung befand sich in der Mitte zwischen zwei anderen.

Das Klingeln gestaltete sich etwas umständlich, deshalb stellte Rosa den Topf auf den Boden und drückte den Klingelknopf.

Nur wenige Sekunden später wurde die Tür aufgerissen.

Rosa zuckte vor Schreck zusammen, fasste sich an die Brust und gab einen entsetzten Laut von sich. »Ach du liebe Güte!«

Tatjanas Gesicht zeigte ein Wechselspiel der Gefühle. Ihre hocherfreute Miene wich Erstaunen, wurde von Überraschung abgelöst und mündete in aufgesetzte Begeisterung. Das konnte Rosa sofort erkennen. Sie hatte ganz eindeutig jemand anderen erwartet, versuchte dies aber, so gut wie es ging zu überspielen.

»Rosa!« Tatjana trug einen Morgenmantel aus roter Seide, der den Blick auf ihre blanken Brüste freigab. Das fiel ihr im selben Moment wohl auch auf. Hastig knotete sie ihn zusammen und strich sich eine Strähne ihrer blonden Haare hinters Ohr, die sie ungewohnt nachlässig hochgesteckt hatte. Obwohl sie bereits perfekt geschminkt war, zeugten dunkle Ränder unter ihren Augen von einer schlaflosen Nacht.

Vielleicht geht ihr Keules Tod ja doch nahe und ich tue ihr unrecht, ging es Rosa erneut durch den Kopf. Sie beugte sich hinab und griff nach dem Topf. »Ich komme doch nicht ungelegen?« In der Annahme, Tatjana würde ihr nach dem Munde reden, setzte Rosa ein erwartungsfrohes Gesicht auf, und wies mit dem Kopf auf das Essen. »Freddys Frikassee, das magst du doch so gerne.«

»Ach, wie reizend von dir! Das wäre doch aber nicht nötig gewesen.« Tatjana winkte ab und blickte auf den Topf in Rosas Händen. Das ›Nach dem Munde reden‹ blieb jedoch aus. Ihrem Zögern nach zu urteilen, hätte Rosa nicht ungelegener kommen können. Einen Moment lang befürchtete sie sogar, die Witwe würde sie nicht hereinbitten und Rosa müsste unverrichteter Dinge wieder den Rückweg antreten.

Tatjanas Unwille war fast greifbar und Rosa hielt angespannt den Atem an. Die nächsten Sekunden Stille kamen ihr vor wie eine Ewigkeit.

Endlich erbarmte sich Tatjana und trat einen Schritt zurück. »Komm rein.«

Unauffällig atmete Rosa erleichtert aus. *Noch mal gut gegangen.*

Die Witwe nahm ihr das Frikassee ab und führte sie durch den kurzen Flur, der mit kitschigen floralen Kunstdrucken dekoriert war.

Rosa nahm einen merkwürdigen Geruch wahr, eine Kombination aus gekochtem Kohl und aufdringlichem Raumduft, und rümpfte die Nase.

Tatjana ging voraus in die Küche.

Auf dem Herd standen mehrere Töpfe, aus denen Dampf stieg. Offenbar war sie gerade beim Kochen gewesen.

Während Keules Witwe mit einer Schöpfkelle herumhantierte und Deckel auf die Töpfe setzte, fiel Rosas Blick auf ein Hemd, das über dem Küchenstuhl hing. Das gehörte eindeutig nicht Tatjana, dafür war es viel zu maskulin. Von Oliver konnte es auch nicht sein, so ein Herrenhemd war nicht sein Stil. Hatte Tatjana etwa Männerbesuch gehabt? Oder war der, dem das Hemd gehörte, sogar noch in der Wohnung? Kaum war Keule unter der Erde, hatte sie sich schon einen Neuen geangelt? So freizügig sie ihr die Tür geöffnet hatte, wäre das gar nicht so abwegig, obwohl Rosa sich so viel Respektlosigkeit dem Toten gegenüber nur schwer vorstellen konnte. Kurz lauschte sie in den Flur. *Nein. Wenn derjenige noch da wäre, hätte Tatjana mich sicher nicht einfach so in die Wohnung gelassen, sondern irgendeine Ausrede erfunden*, wägte sie ab.

Nachdem Tatjana den Herd ausgestellt hatte, wandte sie sich um und lächelte. Das Hemd schien sie gar nicht zu registrieren und Rosa ließ sich ihre Entdeckung auch nicht anmerken. »Komm, wir setzen uns ins Wohnzimmer, dort ist es gemütlicher. Darf ich dir einen Kaffee anbieten?«

»Bloß nicht. Ich hatte schon genug Koffein. Mehr als zwei Tassen vertrage ich nicht, sonst schlägt mein Herz Purzelbäume.« Rosa lachte.

Tatjana stimmte mit ein und führte sie ins Wohnzimmer. Dort deutete sie zur linken Wand, an der eine wuchtige Couchgarnitur in einem tristen Dunkelbraun stand, die rechts und links von zwei dazu passenden Sesseln flankiert wurde. »Setz dich doch bitte.«

Rosa nickte und ließ sich auf der Couch nieder, in deren weichen Polstern sie beinah versank. Sie ließ den Blick durch den Raum wandern. Von Gemütlichkeit konnte hier nicht die Rede sein. Ihr gegenüber beanspruchte ein riesiger Einbauschrank in Eiche rustikal die Aufmerksamkeit des Betrachters. Darin hatte sich hinter verglasten Vitrinen einiges an Porzellangeschirr und Nippes angesammelt. Der gutbürgerliche Einrichtungsstil passte vielleicht zu Keule, nicht aber zu seiner Frau. Ihr hätte Rosa eher etwas Pompöseres zugetraut. Es schien, als wäre hier seit den sechziger Jahren die Zeit stehen geblieben. Nur die vielen prachtvollen Zimmerpflanzen sorgten für ein wenig Behaglichkeit.

»Das war Keules Geschmack, nicht meiner«, sagte Tatjana, als hätte sie ihre Gedanken gelesen.

Oder hatte Rosa etwa so auffällig ihre Mimik sprechen lassen? Rasch spannte sie ihre Gesichtszüge an und hoffte einen neutralen Eindruck abzugeben.

»Von jetzt an wird sich einiges hier ändern«, fuhr die Witwe fort und die Bestimmtheit in ihrer Stimme ließ keinen Zweifel daran. »Schon gefrühstückt?«

Rosa nickte. »Bereits um halb sieben …«

Tatjana hatte ihre Antwort gar nicht mehr gehört, denn sie rauschte bereits aus der Tür.

Eine weiße Perserkatze kam mit nach oben gerichtetem Schwanz um die Ecke geschlichen und sprang neben Rosa auf die Couch, wo sie nach einer Schnüffelrunde Platz nahm.

»Na, du Schöne, wer bist du denn?« Rosa streichelte über das weiche Fell des Tieres, das ihr durch lautes Schnurren sein Wohlgefallen vermittelte.

Mit einem Teller in der Hand kam Tatjana zurück ins Wohnzimmer. »Das ist Vladislav. Er ist hier der Chef, deshalb auch der hoheitsvolle Name.«

Rosa kicherte, bis sie merkte, dass Tatjana keinen Witz gemacht hatte.

Sie verzog keine Miene, platzierte stattdessen den Teller vor Rosa und nahm ihr schräg gegenüber auf dem linken Sessel Platz.

»Ich fühle mich geehrt, dass Sie mir Ihre Aufwartung gemacht haben«, wandte Rosa sich mit derselben Ernsthaftigkeit an den Kater.

»Er mag dich. Normalerweise ist er zu Fremden nicht so zutraulich.« Tatjana wies auf den Teller. »Als du kamst, habe ich mir gerade ein paar Schnittchen mit *Cholodez* zubereitet. Greif zu.«

Nachdem Tatjana sie nur widerwillig hereingelassen hatte, schien sie sich schnell mit der Situation abgefunden zu haben und war jetzt die Gastfreundlichkeit in Person. »Cholo... was?«

»Schweinefüße in Aspik, habe ich selbst gemacht. Probiere.« Tatjanas Stimme duldete keinen Widerspruch.

Rosa wollte nicht unhöflich sein. Ihr Blick schweifte wieder zu Vladislav hinüber.

Lässig eine Pfote eingeknickt, lag er da. Mit vorgerecktem Kinn kniff er die Augen zusammen und gab ihr gnädig seine Einwilligung.

Also gut, dann wollen wir mal. Rosa nahm sich ein Stück, obwohl das alles andere als verlockend aussah. *Augen zu und durch.*

Kochen ist wohl nicht so ihr Ding, ging es Rosa durch den Kopf, während sie langsam kaute und Mühe hatte, die gummiartige Masse herunterzuschlucken. Ein intensiver Geschmack nach Knoblauch und einem undefinierbaren Gewürz forderte Rosas Geschmacksknospen bis aufs Äußerste heraus. Sogar noch schlimmer, als sie gedacht hatte. *Wackelpudding trifft auf Katzenfutter.* Einen Moment lang beschlich Rosa das ungute Gefühl, dass Tatjana etwas von Vladislavs hoheitlichem Futter untergemischt hatte.

Tatjanas erwartungsvoller Blick ruhte auf ihr.

Rosa schluckte tapfer herunter. »Lecker«, sagte sie, ohne eine Miene zu verziehen. Mehr Begeisterung ging einfach nicht. »Schade, dass ich so gut gefrühstückt habe.«

Tatjana winkte ab, nahm den Teller und hielt ihn kurz unter

die Schnauze des Katers. »Nicht so schlimm, dann kann ich bei Vladislav wieder ein paar Pluspunkte sammeln.«

Nach kurzem Schnüffeln erhob sich der von seinem Platz und sprang zu Boden, wo Tatjana den Teller für ihn abstellte.

Rosa staunte nicht schlecht, wie gierig der Kater das Geleefleisch in sich hineinfraß. Von hoheitsvoll konnte jetzt nicht mehr die Rede sein. Rosa grinste in sich hinein. Hatte sie mit ihrer Vermutung richtiggelegen und Tatjana hatte ihre Sülze mit dem Gourmetfressen ihrer Hoheit verfeinert? Um nicht würgen zu müssen, verwarf Rosa den Gedanken schnell und konzentrierte sich darauf, gleichmäßig zu atmen.

»Das ist nett, dass du nach mir schaust«, sagte Tatjana, als sie wieder aus der Versenkung auftauchte.

»Ich wollte wissen, wie es dir so geht. Es ist nicht einfach, einen nahestehenden Menschen zu verlieren. Vor allem nicht auf so brutale Weise.«

»Ich komme klar. Das Leben muss weitergehen.« Tatjana schnappte sich das neben ihr liegende Kissen und nahm es auf den Schoß, als bräuchte sie etwas zum Festhalten.

Rosa nickte verstehend. »Mir geht noch immer nicht in den Kopf, wer Keule hätte ermorden können. Er hatte doch keine Feinde. Oder doch?«, hakte sie nach einer kurzen Pause nach.

»Feinde? Er war Schlachter, kein Mafia-Oberhaupt.« Die Witwe stieß ein kurzes gekünsteltes Lachen aus, nur durchbrochen von Vladislavs geräuschvollem Schlecken.

»Auch normale Menschen können sich unbeliebt machen«, erwiderte Rosa. Tatjana war nicht so unbedarft, wie sie wirken wollte. Da steckte mehr dahinter, Rosa hatte ein Gespür dafür.

Vladislav leckte sich sichtlich zufrieden das Maul. Der Teller sah so sauber aus, als wäre er gerade aus der Spülmaschine gekommen. Rosa wollte ihm übers Köpfchen streicheln, doch der Kater zeigte ihr die kalte Schulter und würdigte sie keines Blickes mehr, während er erhobenen Hauptes und mit geschmeidigem Gang den Raum verließ.

»Hast du in letzter Zeit eine Veränderung an deinem Mann festgestellt?«, nahm Rosa den Faden wieder auf.

Tatjana runzelte die Stirn. »Was meinst du?«

»Na ja, war er angespannt oder fühlte er sich von irgendjemandem bedroht?«, fragte Rosa und versuchte, dabei so unbedarft wie möglich auszusehen.

Die Witwe schüttelte den Kopf. »Mir fällt kein Motiv ein und niemand, der eins haben könnte.«

So kam sie nicht weiter. Rosa musste sich eine andere Strategie einfallen lassen, um Keules Witwe auszuhorchen. Andererseits wollte sie ihr auch nicht zu nahetreten. Sie wusste schließlich nicht, was wirklich in ihr vorging.

Tatjana senkte den Blick, strich das Kissen glatt. »Gibt es denn schon eine Richtung, in die deine Tochter ermittelt? Irgendeinen Verdächtigen?« Ihre Stimme schraubte sich bei der Frage merkwürdig in die Höhe, was Rosa irgendwie suspekt vorkam.

Wusste sie womöglich mehr, als sie zugab? Deckte sie vielleicht jemanden? Oder hatte sie sogar selbst etwas mit dem Mord an ihrem Mann zu tun? Rosa wurde hellhörig. Sie musste jetzt clever sein und durfte keinen Fehler machen. Wenn sie ihr erzählte, was sie wusste, würde Tatjana ihrerseits vielleicht auch ein wenig offener sein und aus dem Nähkästchen plaudern. Sie musste sichergehen, dass sie ihr vertraute. *Einen Versuch ist es wert.* Auch wenn sie Marie ihr Versprechen gegeben hatte, musste sie es jetzt ausnahmsweise brechen. Dies war ein Notfall und in ihr regte sich das unbestimmte Gefühl, dass sie nur so an ihr Ziel kam.

Rosa räusperte sich. »Also, eigentlich darf man ja nicht über laufende Ermittlungen sprechen, aber ich finde, du als Witwe hast ein Recht darauf«, sagte sie mit einfühlsamer Stimme. Sie beugte sich vor und legte ihre Hand auf Tatjanas. »Ich habe aufgeschnappt, dass Dieters Fingerabdrücke an der Tür des Kühlhauses gefunden wurden.«

Tatjana schnalzte mit der Zunge. »Dieter arbeitet in der Schlachterei. Natürlich muss er auch ab und an in dieses Kühlhaus.«

Ihre Reaktion war anders, als Rosa erwartet hatte. Nicht schockiert, sondern eher ungehalten. »Hatten Keule und sein Bruder eigentlich ein gutes Verhältnis?«

Tatjana zuckte mit den Schultern. »Mein Mann war der Ältere und meinte deshalb, immer im Recht zu sein. Das führte manchmal zu Streit, aber Dieter ist ein gutmütiger Mensch und sah oft über seine Besserwisserei hinweg.«

»Ich habe gehört, dass dein Mann aus der Firma aussteigen wollte. Angeblich hat er verlangt, dass sein Bruder ihm seinen Anteil ausbezahlt.«

Tatjanas grüne Augen weiteten sich. »Das wusste ich nicht. Darüber hat Harald nie mit mir gesprochen.«

Rosa fiel auf, dass sie das erste Mal seinen Vornamen benutzte. Sie schien wirklich erstaunt. Oder war es mehr das Entsetzen darüber, dass Rosa davon wusste?

»Er hat den Betrieb damals von seinem Vater übernommen und sein ganzes Leben in der Schlachterei verbracht. Warum hätte er das tun sollen? Die Schlachterei war doch sein Ein und Alles.« Tatjana sprach mehr zu sich selbst, schien tief in Gedanken versunken.

Rosa wusste nicht, ob sie der Witwe ihre Ahnungslosigkeit abnehmen sollte. Keule musste doch wenigstens ihr gegenüber mal etwas erwähnt haben, dass er alles hinschmeißen und verkaufen wollte. Während Rosa noch in ihren Grübeleien verstrickt war, kam plötzlich wieder Leben in Tatjana. »Das beweist doch noch gar nichts.« Ihre Stimme klang jetzt beinah amüsiert.

»Die Beweise wird meine Tochter schon noch finden, wenn Dieter etwas mit dem Mord zu tun hat.«

»Niemals!«, platzte es aus Tatjana heraus.

Seltsam. Warum nahm sie ihren Schwager so in Schutz? Rosa horchte auf.

Tatjana warf das Kissen zur Seite und fuhr von der Couch hoch. »Na gut, dir kann ich es ja sagen.«

Was kommt denn jetzt? Aufregung durchfuhr Rosa. Sie stand kurz davor, etwas in Erfahrung zu bringen, was offensichtlich niemand wissen durfte.

Tatjana legte die Hände wie zum Gebet aneinander, führte sie an die Lippen und ging auf und ab. Irgendetwas schien ihr auf der Seele zu liegen. Doch es fiel ihr offensichtlich schwer, sich zu öffnen.

»Ich war mit Harald nicht mehr glücklich. Schon lange nicht mehr. Wir hatten uns nicht mehr viel zu sagen und haben aneinander vorbei gelebt. Dieter und ich, wir waren auf einer Wellenlänge. Haben uns ausgetauscht und schon immer gut verstanden. Na ja, und irgendwann …« Sie stockte, hatte offensichtlich Mühe, fortzufahren.

Oha. »Und irgendwann?« Obwohl Rosa ahnte, was jetzt kam, musste sie es aus Tatjanas Mund hören.

»Sind wir uns nähergekommen.«

Ha! Rosa hätte am liebsten in die Hände geklatscht. Dann war es also Dieter gewesen, den Tatjana statt ihr erwartet hatte. Und höchstwahrscheinlich war es auch sein Hemd, das über der Stuhllehne hing. Sie hatte also mit der Annahme richtiggelegen, dass Keules Ehe nicht die glücklichste gewesen war.

Rosa legte die Stirn in Falten, als ihr ein anderer Gedanke kam. Warum erzählte die Witwe ihr davon? War ihr Verhältnis zu ihrem Schwager nicht ein weiteres Motiv, ihren Mann aus dem Weg zu räumen?

»An dem Abend war ich bei Dieter. Eine Nachbarin kann das bezeugen, sie hat mich gesehen.«

Ach, daher weht der Wind. Sie gibt ihm ein Alibi und Dieter ist entlastet, rechnete Rosa eins und eins zusammen.

»Warum hat Dieter das in der Vernehmung nicht gesagt? Das hätte ihm doch ein Alibi verschafft.«

»Es war bisher nicht notwendig und wir hätten nur unnötig andere gegen uns aufgebracht.«

»Wusste Keule von eurem Verhältnis?«

Tatjana schüttelte den Kopf und nahm wieder auf dem Sessel Platz. »Glaube nicht. Ich bin mir dessen sogar ziemlich sicher, sonst hätte er mich zur Rede gestellt. Es entsprach nicht seinem Charakter, so etwas einfach hinzunehmen.«

Das klang plausibel. *Andererseits … Wie sollte er nichts davon mitbekommen haben, wenn sie die ganze Nacht weggeblieben war?* Misstrauen überkam Rosa.

»Harald schlief öfters im Büro auf der Couch«, sagte sie, als hätte sie Rosas Gedanken erraten. »Das hat er in letzter Zeit ziemlich häufig gemacht, so auch in dieser Nacht. Wir hatten uns gestritten und deshalb bin ich davon ausgegangen, dass er nicht mehr kommt, und bin zu Dieter gefahren.«

Rosa fielen ein paar Ungereimtheiten auf. Wenn das der Wahrheit entsprach, hätte Tatjana ihr das doch gleich sagen können. Bei ihrem Telefongespräch nach Keules Tod hatte sie behauptet, dass sie erst am nächsten Morgen bemerkt hatte, dass Harald nicht da war. Dass er manchmal im Büro schlief, davon hatte sie nicht gesprochen. Warum hatte sie gelogen? Irgendwie verstrickte Tatjana sich in Widersprüche. Hatte

Keule vielleicht doch von ihrem Verhältnis gewusst? Aber warum leugnete sie es dann? »Kam das öfters vor, dass Keule dir nicht Bescheid gab, wenn er im Büro schlief?«

Die Witwe zuckte die Schultern. »Er hielt es nicht für nötig. So war er halt.«

»Und du hast nicht versucht, ihn anzurufen?« Rosa ließ nicht locker. So was hätte es bei ihr und Theo nie gegeben. Sie wäre vor Sorge umgekommen und hätte sich auch mitten in der Nacht aufgemacht, um nach ihm zu suchen.

Tatjana seufzte tief. »Nach unserem Streit hätte es sich komisch angefühlt, hinter ihm herzutelefonieren.«

»Und wenn er doch noch gekommen wäre und du wärst nicht da gewesen?«

»Dann hätte er gedacht, dass ich bei meiner Freundin Rosalie schlafe. Das habe ich früher öfters getan.«

Tatjana hatte es wirklich faustdick hinter den Ohren. Jeder ihrer Schritte war durchdacht. »Auch kein Zustand, diese ganze Lügerei, was?« Rosa versuchte, ihre Stimme mitfühlend und nicht anklagend klingen zu lassen.

»Da sagst du was. Dieter und ich hatten auch vor, es ihm zu sagen, und ich wollte mich von ihm scheiden lassen. Wir haben nur auf den richtigen Zeitpunkt gewartet.«

Der vermutlich nie gekommen wäre, dachte Rosa im Stillen. »Der Polizei hast du von eurem Verhältnis noch nicht berichtet?« Die Frage war wohl eher rhetorisch, konnte aber auch nicht schaden, fand Rosa.

»Bisher gab es keinen Grund dazu. Ich dachte, das spielt jetzt auch keine Rolle mehr. Niemals hätte ich gedacht, dass man uns verdächtigt und wir uns gegenseitig ein Alibi geben müssen.«

Ein erster Ermittlungserfolg in Rosas Detektiv-Laufbahn war in Sicht. Ein potenzieller Verdächtiger konnte schon mal von der Liste gestrichen werden. Das Alibi musste natürlich noch überprüft werden. Aber wenn die Nachbarin Tatjanas Aussage bestätigte, wovon Rosa ausging, waren sie schon mal einen Schritt weiter. Und das war ganz allein ihr zu verdanken. Rosa lächelte zufrieden in sich hinein. Vielleicht hätte sie damals doch den Polizeidienst antreten sollen. Nein, dann hätte sie Theo niemals kennengelernt und alles wäre anders gekommen, wägte sie ab. Das hätte sie auch nicht gewollt. Sie war zufrieden mit dem, was sie hatte. *Nur Theo fehlt.* »Das war gut, dass du dich mir anvertraut hast. So ist Dieter jetzt schon mal aus dem Schneider.«

»Das heißt, du wirst deiner Tochter von unserem Verhältnis berichten.« Es war mehr eine Feststellung als eine Frage.

»Da wird es kein Drumherum geben, wenn du ihn entlasten willst.« Rosa bemühte sich um ein zuversichtliches Lächeln.

Tatjana stieß einen theatralischen Seufzer aus. »Gewisse Leute werden mich noch mehr hassen, wenn sie von unserer Beziehung erfahren.«

Rosa war sich sicher, zu wissen, von wem sie sprach. Sollte sie ihr den Gefallen tun und nachfragen?

Das war gar nicht nötig, denn Tatjana kam ihr zuvor. »Zum Beispiel Kerstin, meine Stieftochter, wartet nur darauf, gegen mich wettern zu können.«

»Hatte sie denn ein so gutes Verhältnis zu ihrem Vater?«

Tatjana zuckte mit den Schultern. »Mit Liebe hat er sie nicht grad überschüttet, doch das wäre auch nicht seine Art gewesen. Sie konnte mich von Anfang an nicht leiden und gibt sich auch keine Mühe, damit hinter den Berg zu halten.«

»Was juckt es die stolze Eiche, wenn sich die Sau an ihr reibt.« Rosa schenkte ihr ein aufmunterndes Lächeln. »Wie hat Harald eigentlich zu seinem Schwiegersohn gestanden?«

»Distanziert. Er hat ihn eher als seinen Angestellten als ein Mitglied der Familie gesehen.«

»Und bei Familienfeiern?«

»Die gab es selten. Und wenn, zog er sich zurück und betrank sich.«

Rosa legte nachdenklich die Stirn in Falten. »Ich stelle immer mehr fest, wie wenig ich ihn kannte. Er war so ganz anders, als ich dachte. Bei mir hat er sogar ab und zu einen Witz vom Stapel gelassen.«

Ein humorloses Lächeln huschte über das Gesicht der Witwe. »Mit Kunden, die ihm nicht nahestanden, war er anders. Das war sein Metier, da ist er aufgeblüht.«

Rosa nickte und machte eine kurze Pause, um ihre Gedanken zu ordnen. »Hatte Harald Freunde?«

»Einen einzigen aus der Schulzeit. Mit dem ist er ab und zu Dart spielen gegangen. Ansonsten war er ein Einzelgänger, ließ niemanden an sich heran.«

Wie hat sie es nur all die Jahre mit ihm ausgehalten?, fragte sich Rosa. Langsam konnte sie nachvollziehen, dass Tatjana mit seinem Bruder angebändelt hatte, der nach ihrer Aussage gutmütig und umgänglich war. »Auch dich nicht?«, hakte sie nach.

»Am Anfang schon. Da hat er mir das Blaue vom Himmel versprochen, um mich zu erobern. Sobald wir verheiratet waren, hat er sich verändert, mich behandelt wie seinen Besitz.«

Rosa riss entsetzt die Augen auf. »Und das hast du dir gefallen lassen?« Hätte er noch gelebt, hätte sie ihn sich zur Brust genommen und ihm dazu mal ein Wörtchen erzählt. So ging man doch nicht mit Frauen um!

Tatjana schüttelte schnaubend den Kopf. »Er wollte mir Vorschriften machen, was ich darf und was nicht. Doch ich habe ihm Kontra gegeben. Das war er nicht gewohnt. Er ist nicht damit klargekommen, dass ich seine Dominanz untergrub, und er hat sich nach und nach zurückgezogen.«

»Er wollte offenbar eine Frau, die formbar ist.«

Tatjana schnaubte. »Da war er bei mir aber an der falschen Adresse. Ich bin doch kein Hündchen, das man erziehen muss!« Hochmütig spitzte sie die Lippen und schlug ein Bein über das andere.

Keule kam nicht klar mit so einer starken Frau an seiner Seite, ging es Rosa durch den Kopf. »Was hat er gemacht, wenn er zu Hause war?«

»Ferngesehen, Zeitung gelesen …«

»Habt ihr nie etwas zusammen unternommen?«

»Gemeinsame Mahlzeiten, das war das einzige. Früher hat er mich zum Essen ausgeführt, präsentierte mich stolz wie eine Trophäe an seiner Seite. Irgendwann auch das nicht mehr. Ich hab mich von ihm abgekapselt und die Zeit mit meinen Freundinnen verbracht.«

Rosa schüttelte verständnislos den Kopf. *Unvorstellbar.* Als Theo noch lebte, hatten sie jeden freien Tag miteinander verbracht. Die meiste Zeit in der Natur. Ein Picknick im Park, ein Waldspaziergang oder er hatte sie mit einem Boot über den See gerudert. Außerdem waren sie begeisterte Flohmarktgänger gewesen. Diese gemeinsamen Unternehmungen hätte Rosa nicht missen wollen. Als Marie noch zu Hause lebte, waren sie am Wochenende in den Tierpark, ins Kino oder auch mal ins Museum gegangen. Ihre Gedanken wanderten zu Oliver. »Wusste dein Sohn eigentlich von deinem Verhältnis zu Dieter?«

Tatjana schüttelte den Kopf. »Keiner wusste davon.«

»Oliver ist nicht besonders gut auf seinen Vater zu sprechen, wie kommt das?«

»Die beiden waren einfach zu verschieden. Kein Wunder, Harald war nicht sein biologischer Vater«, fügte sie nach einer kurzen Pause beiläufig hinzu, als plauderten sie über das Wetter.

Keule war gar nicht Olivers Vater? Rosa klappte vor Verwunderung die Kinnlade runter. Nur mit Mühe bekam sie ihre Mimik wieder in den Griff. Aber … sie hatten auch gar keine Ähnlichkeit miteinander. Warum war ihr das noch nie aufgefallen?

Doch Tatjana schien in ihrem eigenen Film zu sein und achtete gar nicht auf Rosas Reaktion. »Als wir uns kennenlernten, war ich schwanger, bemerkte es aber erst, nachdem Harald mir einen Heiratsantrag gemacht hatte.«

Dann ist Keule aber schnell zur Sache gekommen, wunderte Rosa sich. Ob er Angst gehabt hatte, dass ein anderer sie ihm wegschnappte?

»Für ihn war von Anfang an klar, dass er das Kind wie sein eigenes akzeptieren wird. Deshalb haben wir es nie für nötig befunden, Oliver darüber aufzuklären. Sein leiblicher Vater ist sowieso verschollen und wird wohl nicht mehr ausfindig zu machen sein. Ich kannte nur seinen Vornamen und dass er aus Polazk stammt. Er war damals nur auf Durchreise in Berlin und schneller wieder fort, als ich gucken konnte. Wir waren in der Nacht, wo es geschah, so betrunken, dass wir das Kondom einfach weggelassen haben.«

So genau hatte Rosa es gar nicht wissen wollen. Verlegen wischte sie ein paar imaginäre Krümel von der Lehne. »Und jetzt, nach Keules Tod …«, tastete sie sich zum eigentlichen Thema zurück.

»… habe ich es Oliver gesagt«, vollendete Tatjana den Satz.

Rosa rechnete nach. Das konnte dann aber erst gestern oder vorgestern gewesen sein. Sonst hätte Oliver bei ihrem

Gespräch auf dem Friedhof doch sicherlich etwas durchblicken lassen, wo er doch so schlecht auf Keule zu sprechen war.

»Er hat mir natürlich Vorwürfe gemacht, dass ich ihm nicht schon viel eher davon erzählt habe«, fuhr Tatjana fort. »Aber nun ist es raus und er hat mir verziehen.«

Rosa rauchte der Kopf. Sie brauchte jetzt erst mal etwas Zeit, um das alles zu verarbeiten. Ein Blick auf ihre Taschenuhr sagte ihr, dass sie langsam losmusste. Sie erhob sich und strich ihr Kleid über ihrem Allerwertesten glatt. In einer halben Stunde musste sie am Zooeingang sein, um Artus einzusammeln. Den hatte sie nämlich am Morgen den Tieren überlassen, damit er eine kleine Abwechslung hatte. Und danach musste sie schnell ins Restaurant brausen, um pünktlich zur Mittagszeit zu öffnen.

»Soll ich dich zum Kommissariat fahren?«, wandte Rosa sich wieder an die Witwe. »Das liegt sowieso auf dem Weg und du kannst deine Aussage schon mal hinter dich bringen und Dieter dadurch entlasten.«

Tatjana überlegte und nickte dann zögerlich. »Ist gut.«

Kapitel 12

JEDE SEKUNDE ZÄHLT

Nachdem sie Tatjana vor dem Polizeirevier rausgelassen hatte, machte Rosa sich auf den Weg zum Zoologischen Garten. Um 12 Uhr, pünktlich zur verabredeten Zeit, fuhr sie langsam am Haupteingang vorbei. Von Artus war noch nichts zu sehen, also drehte sie noch eine Runde am Bahnhof Zoo und der Busstation entlang.

Doch auch drei Minuten später war er noch nicht in Sicht. *So ein Käse!* Rosa überlegte. Ob er vielleicht vor dem Elefantentor auf sie wartete?

Nein, sie hatte klar und deutlich erklärt, dass sie ihn dort wieder abholte, wo sie ihn rausgelassen hatte. Am Löwentor.

Als Artus nach zwei weiteren Runden immer noch nicht aufgetaucht war, entschied Rosa, nach einem Parkplatz Ausschau zu halten. Dass sich das um diese Zeit am Zoo als völlig aussichtslos gestaltete, musste sie nach zehn Minuten nervtötendem Umherkurvens einsehen. Ihr blieb nur noch, ihn anzurufen und zu fragen, wo er sich herumtrieb.

Also stellte Rosa sich erst mal gegenüber vom Löwentor in die zweite Reihe vor ein paar parkende Autos und holte ihr Handy aus dem Jutebeutel.

»So ein Mist!«, entfuhr es ihr, als sie sah, dass ihr Handy den Geist aufgegeben hatte. Der Akku war leer! Warum hatte sie heute Morgen nicht daran gedacht, ihn aufzuladen? Rosa stöhnte. Selbstvorwürfe brachten sie jetzt auch nicht weiter. Sie musste sich Gedanken machen, was sie jetzt tun sollte. Untätig rumsitzen und weiter warten kam nicht infrage. Normalerweise war ihr Vater zuverlässig und hielt Verabredungen ein. Langsam machte sie sich ernsthafte Sorgen. *Und wenn ihm etwas passiert ist? Ihm schwindlig geworden ist?* Heute war es ziemlich warm für Mitte Mai und die Sonne knallte erbarmungslos vom wolkenlosen Himmel herab. Artus vertrug hohe Temperaturen nicht besonders gut. Alte Leute kippten bei der Hitze um wie die Fliegen, vor allem wenn sie dehydriert waren. Wie Rosa ihren Vater kannte, hatte er die Flasche Wasser, die sie ihm heute Morgen mitgegeben hatte, noch nicht einmal angerührt.

Unruhe regte sich in ihr. Mittlerweile war es 12.20 Uhr. Unpünktlichkeit war wirklich nicht seine Art. Es musste etwas passiert sein. Und sie musste jetzt handeln.

Während sie nervös auf ihrer Unterlippe kaute, drehte sie eine weitere Runde. Vergeblich. Hans-Gustav im absoluten Halteverbot direkt vor dem Haupteingang des Zoologischen Gartens zu parken, ging nicht, der Abschleppdienst wäre schneller da, als die Polizei erlaubt. Doch jetzt blieb ihr nichts anderes übrig, als ihren alten Käfer an der Haltestelle abzustellen. Der Bus hätte noch genügend Platz, um vor ihrem Wagen die Fahrgäste ein- und aussteigen zu lassen.

Rosa hängte sich ihren Jutebeutel über die Schulter und wetzte los, so wie sie es immer tat, diesmal nur etwas schneller. Als Gastronomin hielt Rosa sich für eine strapazierfähige Frau, die einiges abkonnte. Doch was ihre Familie betraf, war sie ein richtiger Hosenscheißer. Bei Marie und Artus wurde sie zur Glucke und hätte am liebsten alles Bedrohliche von ihnen ferngehalten.

Das Quietschen von Reifen ließ sie zusammenfahren, und wie vom Donner gerührt blieb sie stehen. Fast hätte ein von rechts kommender Mercedes sie umgenietet.

Dem Fahrer saß der Schreck offenbar in den Gliedern, denn er war kreideweiß im Gesicht. Einen Moment später begann er wie wild zu gestikulieren. Wüste Verwünschungen schallten Rosa entgegen, doch sie hörte nicht hin. Sie hatte jetzt ganz andere Sorgen. Beim Blick auf die Schlange an der Kasse wurde ihr flau im Magen. Wenn sie sich jetzt noch eine halbe Stunde anstellen musste, verlor sie kostbare Zeit, während Artus vielleicht dringend Hilfe brauchte. *Jede Sekunde zählt!* Womöglich war ihm schwindlig geworden und dann war er hingefallen, irgendwo, wo er noch von niemandem entdeckt worden war ... Rosa wollte sich gar nicht ausmalen, was noch alles hätte passiert sein können.

Also fasste sie sich ein Herz und marschierte an Senioren und Müttern mit ihren Kindern vorbei. Als sie ganz vorne in der Schlange angekommen war, tippte sie dem hageren Mann mit Hawaiihemd und nachlässig im Nacken zusammengefassten Pferdeschwanz, der als Nächstes an der Reihe war, auf die Schulter. »Entschuldigen Sie bitte, es handelt sich um einen Notfall.« Rosa war vor Aufregung ganz außer Atem. »Mein Vater ist dort drin. Eigentlich sollte er am Eingang stehen, ich befürchte, ihm ist etwas passiert. Ich muss nach ihm sehen. Würden sie mich vielleicht freundlicherweise vorlassen?«

Der hippiemäßige Mittdreißiger beäugte Rosa einen Moment lang misstrauisch, ehe er auf Rosas Jutebeutel zeigte. *»Imma rüber mit de Schmalzstulle?«,* las er den Aufdruck von Rosas Jutebeutel ab, den Freddy ihr zu ihrem letzten Geburtstag geschenkt hatte. »Hat Ihr Vater sein Frühstück vergessen und Sie müssen ihn jetzt vorm Verhungern retten?«

Sein breites Grinsen gefror ihm im Gesicht, als er Rosas besorgte Miene bemerkte. »Ja, ja, schon gut, gehen Sie nur«, sagte er schließlich und winkte sie mit einer Hand zur Kasse durch.

Rosa bedankte sich nickend und kramte einen Zwanzigeuroschein aus ihrem Portemonnaie. Dabei bemerkte sie, wie ihre Hände zu schwitzen begannen. Kaum hatte sie das Ticket zwischen den Fingern, rannte sie los und passierte das Löwentor. *Aber wohin eigentlich?* Kurz hielt sie inne. *Was soll ich jetzt bloß tun, wo soll ich zuerst anfangen?* Ihre Gedanken drehten sich im Kreis. *Jetzt komm erst mal wieder runter*, versuchte sie sich selbst zu beruhigen. Wo war ihr Vater früher gerne hingegangen? Mit Marie hatte er am liebsten die Affen besucht. Aber das war ja schon eine Ewigkeit her. Fast zwanzig Jahre. Heute Morgen hatte er davon gesprochen, dass er als Erstes zu den Bären wollte. Dahin sollte sie zuerst.

Rosa preschte zu den Wegweisern vor und blickte auf die hölzernen Pfeile. Zu den Bären ging es nach links.

Schon nach ein paar Metern spürte sie einen Druck auf der Brust, sie stand kurz davor, in Panik zu geraten. Sie konnte nach Theo und ihrer Mutter jetzt nicht auch noch ihren Vater verlieren. Hitze stieg in ihr hoch und sie bekam Seitenstechen. *Einfach weitermachen, nicht aufgeben,* sprach sie sich Mut zu.

Sie lief an der Nashorn-Pagode vorbei, ließ die Nilpferde hinter sich und gelangte zu den Eisbären, doch von Artus keine Spur. *Also weiter.* Am Bärengehege angekommen, blieb sie stehen und gönnte sich eine kurze Verschnaufpause. Sie ließ den Blick schweifen. Ihr Atem ging stoßweise und es fiel ihr schwer, Luft zu bekommen. Als sie sich mit der Zunge über die Lippen fuhr, schmeckte sie Schweiß. Für solche Aktionen um die Mittagszeit war es einfach zu heiß.

Eine Grundschulkasse stand genau vor dem Zaun. Durch seine Größe war Artus normalerweise nicht zu übersehen, aber sie konnte niemanden erkennen, dessen Gestalt zwischen den Kindern herausragte. Rosas Verzweiflung wuchs. Wo sollte sie denn noch suchen? Ihr Brustkorb hob und senkte sich unter schweren Atemzügen und ihr Kleid klebte ihr unangenehm am Rücken. Erschöpft ließ sie sich auf einer Bank nieder. *Nur kurz Kraft tanken, danach kann ich mich weiter auf die Suche machen.* Ihre Füße schmerzten in den Absatzschuhen, die zwar zum Kellnern, aber nicht zum Rennen geeignet waren. Es half alles nichts, sie musste sich ihrer entledigen und so schlüpfte Rosa kurzerhand aus ihren Schuhen. *Ich darf jetzt nicht pausieren, konzentrier dich, wo könnte er sein?*

Rosa erhob sich. Ihr war leicht schwindelig, doch nach ein paar tiefen Atemzügen ging es ihr besser. Der glatte Asphalt unter ihren Sohlen fühlte sich wie Balsam für ihre strapazierten Füße an und sie stöhnte erleichtert auf.

Nachdem sie im Pinguinhaus nach Artus gesucht und den Giraffen einen Besuch abgestattet hatte, war Rosa körperlich an ihre Grenze gestoßen. Hinzu kam, dass ihre Kehle sich so trocken wie Sandpapier anfühlte und sie furchtbaren Durst verspürte. Bei der nächsten Gelegenheit musste sie sich erst mal eine Flasche Wasser kaufen.

Doch weit und breit war kein Imbisswagen zu sehen. Wenn sie sich jetzt noch im Restaurant in die Schlange stellen musste, würde sie nur wertvolle Zeit verlieren. *Also weiter.*

Bei der nächsten Gabelung schlug sie den Weg Richtung Raubtierhaus ein und passierte dabei den Panda-Garten. Ein dicker Pandabär knabberte an einem Bambushalm, die anderen dösten vor sich hin. *Rumliegen und faulenzen, das wär's jetzt.* Wie gerne hätte Rosa mit ihnen getauscht. Kurz kam sie keuchend zum Stehen. *Was jetzt?* Sollte sie noch einen Abstecher zum Raubtierhaus machen? Oder zurück Richtung Ausgang, wo sie am Affen- und Elefantenhaus vorbeikam? Bisher war ihre Suche erfolglos gewesen, aber sie durfte nicht aufgeben. Konnte sie ihren Vater nicht ausrufen lassen? Oder sich zumindest Unterstützung von einem der Zoomitarbeiter holen? *Das ist die Idee!* Warum war sie nicht gleich darauf gekommen? Sicherlich gingen hier öfters kleine Kinder verloren, die man in einer kollektiven Suchaktion wiederfand. Für alte, störrische Väter musste es doch auch Hilfe geben. Das hätte sie gleich von Anfang an machen sollen, dann würde sie jetzt nicht auf dem Zahnfleisch gehen. Aber in solchen Ausnahmesituationen konnte Rosa einfach nicht klar denken.

Gesagt, getan. Rosa bewegte sich – jetzt mehr stolpernd als rennend – in Richtung Ausgang.

Kurz vor dem Affengehege angelangt, traute sie ihren Augen nicht. Eine große Gestalt saß auf einer Bank. *Artus!* Rosas Herz geriet ins Stolpern. Am Ende ihrer Kräfte und Nerven, war ihr beinah zum Heulen zumute. Vor Erleichterung und Erschöpfung gleichermaßen. Doch gleich darauf gewann Wut die Oberhand. Artus saß hier seelenruhig und beobachtete die Tiere, während sie seinetwegen tausend Tode starb. Nein, eigentlich sah er sich nur ein Tier an. In voller Faszination versunken. Einen Orang-Utan, der an einen Baum gelehnt saß und mit malmendem Kiefer auf einem Grashalm kaute. Er blickte etwas mürrisch vor sich hin. Rosa wunderte es jetzt nicht mehr, dass Artur sich nicht von hier loseisen konnte. Offenbar hatte er sein Gegenstück gefunden.

»Vati …« Rosas Füße platschten die letzten Meter über den glatten Asphalt, bis sie schließlich leicht taumelnd vor ihm zum Stehen kam. Die Hände auf die Oberschenkel gestützt, rang sie nach Atem. »Was machst du hier?« Rosas Knie zitterten und sie keuchte schwer, während schwarze Punkte vor ihren Augen tanzten.

Artus blickte sie an. Irritation malte sich auf sein Gesicht. »Was machst *du* hier?«

»Wir hatten vereinbart, dass ich dich um 12 Uhr am Haupteingang einsammle.« Ihre Stimme zitterte vor Erregung. »Aber du warst nicht da. Ich habe mir Sorgen gemacht!«

»Weshalb?« Entgegen seiner sonst gewohnt mürrischen Art klang seine Stimme nun sanft. Offenbar hatte er den Ernst der Lage erkannt.

Rosa ließ sich neben ihn auf die Bank plumpsen und brauchte eine Weile, um ihre Atmung wieder unter Kontrolle zu bringen.

Artus sah ihr dabei zu und wartete geduldig, bis er sagte: »Ich habe dir doch geschrieben, dass ich noch bleibe und später die drei Stationen bis zum Savignyplatz mit dem Bus fahre.«

»Hast du nicht gesehen, dass ich die Nachricht nicht empfangen habe?«, krächzte Rosa. »Mein Akku ist leer!«

»Das ist ja wohl nicht meine Schuld.«

Rosa schnaufte. »Dit is ja wohl die Höhe!«, entfuhr es ihr. »Du hättest dich vergewissern können, dass ich sie erhalten habe.« Ihre Stimme klang ungewohnt schrill in ihren Ohren und bebte noch immer. »Dann hättest du gesehen, dass sie nicht durchgegangen ist, und hättest um 12 Uhr zum Eingang kommen müssen. Du kannst dir doch denken, was in mir vorgegangen ist, als du nicht da warst.«

Artus enthielt sich einer Erwiderung. Offenbar sah er ein, was Rosa wegen ihm durchgemacht hatte. Um sie zu besänftigen, reichte er ihr stattdessen die halb volle Wasserflasche.

Rosa riss sie ihm aus der Hand und trank in gierigen Zügen. Das Wasser war zu einer warmen Plörre geworden, aber wenigstens stillte es ihren Durst.

»Ein Elefant schafft bis zu neunzig Liter Wasser pro Tag«, sagte Artus nach einer ganzen Weile. »Wusstest du das?«

Rosa verschluckte sich. Eigentlich war ihr immer noch nicht zum Lachen zumute, aber sie konnte nicht anders. Es war einfach der Situation geschuldet. Artus konnte vom Thema ablenken wie kein anderer.

Ihr Blick wanderte zu ihrem Vater, der ein schelmisches Lächeln auf den Lippen hatte.

Rosa lachte auf. »Na, mit dir hab ich ja wirklich einen Fang gemacht!«, sagte sie kopfschüttelnd.

»Tja, Väter kann man sich eben nicht aussuchen.«

Kurz lehnte Rosa sich seitlich gegen seine Schulter. »Auf jeden Fall wird's nie langweilig!« Mittlerweile atmete Rosa wieder gleichmäßig und war so weit, dass sie über die ganze Situation schmunzeln konnte.

Artus tätschelte kurz Rosas Hand. »Müssen wir nicht gehen? Du musst doch ins *Onkel Theo*.«

»Die kommen auch mal ohne mich klar. Ich brauch noch kurz Zeit, um meinen Akku wieder aufzuladen.«

»Wie war's bei der schwarzen Witwe?«, wechselte Artus das Thema.

Rosa erzählte ihm kurz und knapp, was sie bei Tatjana in Erfahrung gebracht hatte.

»Dann bist du also einen Schritt weiter gekommen. Keules Bruder hat ein Alibi, seine Frau ebenso.« Artus bestätigte seine Zusammenfassung selbst mit einem Nicken, ehe eine steile Falte seine Stirn furchte. »Aber was mich stutzig macht, ist, warum sie dir anvertraut hat, dass Oliver nicht Keules leiblicher Sohn ist. Das hätte sie dir doch nicht erzählen brauchen.«

Rosa zuckte mit den Schultern. »Sie hat vielleicht gedacht, es ist besser, alle Karten auf den Tisch zu legen, ehe die Mordkommission es rauskriegt. Komisch ist nur, dass sie nicht gleich gesagt hat, dass Keule in der Nacht im Büro schlafen wollte und dass er das öfters tat.«

Artus schüttelte den Kopf. »Mit dieser Frau stimmt was nicht, sie verstrickt sich in Widersprüche. Ein Zeichen, dass sie irgendetwas verbirgt. Wir müssen herausfinden, was es ist und warum.«

Kapitel 13

KEIN GROSSER MENSCHENFREUND

»Mich kannst du heute in die Tonne treten«, sagte Rosa, während sie neben Artus auf den Ausgang des Zoos zusteuerte. Sie fühlte sich, als hätte sie die Wüste Gobi zu Fuß durchquert. »Doch etwas Gutes hat das Ganze. Durch dich habe ich in den letzten Tagen bestimmt fünf Kilo verloren.«

Artus lächelte amüsiert.

»Aber dafür bin ich auch um Jahre gealtert«, fügte sie vorwurfsvoll hinzu und Artus' Lächeln zerfiel wie eine Hüpfburg, der man die Luft abgelassen hatte. Den Seitenhieb hatte sie sich einfach nicht verkneifen können. Artus sollte ruhig wissen, was sie wegen ihm durchgemacht hatte.

Rosas Magen gab ein verdächtiges Knurren von sich, das sie daran erinnerte, dass sie heute kaum was gegessen hatte. Tatjanas Katzenfutter stieß ihr jetzt noch übel auf. Sie musste schnellstens etwas Vernünftiges zwischen die Kiemen kriegen. Denn erst wenn Rosa etwas Festes im Magen hatte, konnte sie wieder klar denken. Das war schon immer so gewesen.

Artus hakte sich bei Rosa unter und tätschelte erneut ihre Hand.

So viel Zuwendung war sie von ihm gar nicht gewohnt. Ihr Herz schmolz wie Butter und sie war kurz davor, die ganze Aktion aus ihrem Gedächtnis zu streichen, hätten ihre Füße sie nicht schmerzhaft daran erinnert. Sie hatte sich ihre Schuhe wieder angezogen und ihre Ballen taten so weh, dass sie jetzt ebenfalls ins Humpeln verfiel. Rosa musste schmunzeln, als ihr das bewusst wurde. *Als hätten wir eine lange Schlacht geschlagen und würden nun als Helden zurückkehren.* Irgendwie fühlte es sich auch wirklich so an.

»Nächstes Mal schaue ich auf mein Mobiltelefon und überprüfe, ob du meine Nachricht bekommen hast«, zeigte Artus sich einsichtig.

»Einsicht ist der erste Schritt zur Besserung.«

Artus lachte leise, denn diesen Spruch hatte er stets zum Besten gegeben, als Rosa noch ein Kind gewesen war.

Sobald sie das Löwentor passiert hatten, blieb Rosa abrupt stehen und musste feststellen, dass sie bei der Wahl ihres Parkplatzes kein glückliches Händchen bewiesen hatte. »So ein Käse! Na, das fehlt mir gerade noch!«

Artus blickte sie fragend an.

»Hans-Gustav wird gerade abgeschleppt.«

Rosa ließ ihren Vater ohne weitere Erklärung stehen und preschte über die Straße auf den Fahrer in neongelber Warnschutz-Kluft zu. »Hey, das ist mein Wagen!« Rosa zeigte auf ihren Käfer, der bereits am Haken hing und gerade aufgeladen wurde.

Der Mann mittleren Alters gab sich wenig beeindruckt. »Und dit is meener«, sagte er und zeigte auf den Abschleppwagen.

In Rosa brodelte es. Sein Humor ließ wirklich zu wünschen übrig. Hier schien wohl ein Gespräch auf Augenhöhe angebracht. »Ick hatte 'n Notfall und et jab keene andere Möchlichkeit, wie meenen Wagen an der Bushaltestelle abzustellen.« Rosas Grundsatz Nummer eins: Man sollte berlinern, wenn sein Gegenüber es tat und man glaubte, dadurch weiterzukommen.

»Notfall, na klar! Dit is imma een Notfall.« Die Worte des Mannes troffen nur so vor Sarkasmus. »Dit könn Se Ihrer Jroßmutter erzählen.«

»Da war doch aber noch jenuch Platz!«

»Dit hat der Busfahrer aba janz anders jesehen. Fünfzehn Meter Abstand zur Haltestelle is dit Mindeste. Ihr Käfer hatte nich ma fünf.«

Rosa fiel auf die Schnelle nun auch kein Argument mehr ein, also blieb ihr nichts anderes übrig, als ihren Charme spielen zu lassen. »Nu drücken Se mal nen Ooge zu, junger Mann, und machen Se mal 'ne Ausnahme.« Rosa schenkte ihm das gewinnendste Lächeln, das sie in der jetzigen Situation aufbringen konnte.

»Jute Frau, ick bin doch nich von de Samaritern. Die Schrottschüssel lass ick Ihnen da, aber sicher nich für lau. Dit kostet.«

Die Schrottschüssel? Was Hans-Gustav betraf, verstand Rosa nun wirklich keinen Spaß. Schon dreißig Jahre fuhr sie den grünen Käfer und er schaffte es noch jedes Mal durch den TÜV. »Nun sagen Se mal, wat is denn in Sie jefahren? Meen Hans-Gustav ist doch noch bestens in Schuss!«

Artus hatte es nun auch endlich an den Ort des Geschehens geschafft und stellte sich demonstrativ vor den Mann vom Abschleppdienst. »Was kriegen Sie denn?« Er zog sein Portemonnaie aus der Gesäßtasche seiner ausgebeulten Cordhose. »Ich bezahle die Anfahrt.«

»Die Anfahrt *und* dit Uffladen.« Mit gewichtiger Miene verschränkte der Fahrer die Arme vor der Brust und wippte auf seinen Zehen auf und ab. »Dit wären dann zweehundertfuffzich Euro. Weil ick heut meenen juten Tach hab.«

»Pah!«, entfuhr es Rosa entrüstet.

Artus brachte sie mit einem scharfen Blick zum Schweigen.

Rosa atmete tief durch, um sich zu beruhigen. Am liebsten hätte sie dem Mann gehörig die Meinung gegeigt. Zweihundertfünfzig Euro für die Anfahrt und das Verladen grenzte an Gaunerei. Alles sträubte sich in ihr dagegen, der reinen Willkür dieses Mannes ausgesetzt zu sein. Aber sie wollte die Lage nicht verschlimmern und beschloss, Artus die Verhandlung zu überlassen. Der konnte in solchen Situationen wenigstens Ruhe bewahren.

»Das ist äußerst entgegenkommend von Ihnen. Wo Sie so einen guten Tag haben, wären Sie doch sicherlich auch mit hundertfünfzig Euro einverstanden.« Artus sah ihm durchdringend in die Augen. Wie ein Kriminalkommissar, der einen durchleuchten wollte und mit dem nicht gut Kirschen essen war.

»Ähm …« Der Fahrer konnte seinem Blick nicht länger standhalten. Verlegen kratzte er sich unter seinem Basecap den Kopf. »Na jut, is in Ordnung.«

Als sie das *Onkel Theo* betraten, waren schon fast alle Tische belegt und das Mittagsgeschäft war voll im Gange.

»Wo kommt ihr denn her?«, fragte Werner beim Vorbeilaufen und sah Rosa von oben bis unten an. »Warste joggen? Siehst ja janz abjekämpft aus.«

»Dit wat ick heut an Sport jemacht hab, reicht für die nächsten zehn Jahre«, gab Rosa trocken zurück.

Marie und Erik waren schon beim Essen. Allem Anschein nach wurde das jetzt zur Gewohnheit, dass sie jede Mittagspause hier aufkreuzten. Rosa konnte es nur recht sein, so verpasste sie wenigstens nichts und blieb auf dem neuesten Stand der Ermittlungen. Vorausschauend hatte sie den Stammtisch in der Ecke für die beiden Ermittler reserviert, weil man dort am besten ein Gespräch führen konnte, das nicht für fremde Ohren bestimmt war.

Nachdem sie Artus bei seiner Enkelin abgeliefert hatte, lief Rosa in die Küche und sagte Freddy kurz Bescheid, dass sie da war. Beim Zurückkommen stellte sie fest, dass Han schon ihren Posten an der Bar bezogen hatte.

»Anweisung von Marion.« Han klang, als wollte er sich rechtfertigen.

»Du bist der richtige Mann dafür.« Rosa zwinkerte ihm aufmunternd zu und setzte sich dann mit einem riesigen Teller mit Blut- und Leberwurst auf Apfel-Kohl-Salat neben Artus.

»Das müsst ihr probieren«, sagte sie und stellte den Teller in die Mitte. »Ich besorg mal schnell für jeden eine Gabel.«

Marie hielt sie zurück. »Lass mal, Mama, wir haben grad schon jeder eine Portion Spargel gegessen.«

»Ich bin voll«, pflichtete Erik ihr bei, während er beim Zurücklehnen demonstrativ seinen nicht vorhandenen Bauch hielt.

»Ich habe mir gerade ein Schnitzel mit Bratkartoffeln bestellt«, sagte Artus.

»Wer nicht will, der hat schon. So bleibt mehr für mich.« Rosa zuckte mit den Schultern, zog den Teller zu sich heran und machte sich über das Essen her. »Das hab ich mir heute wirklich verdient«, sagte sie mit vollem Mund.

»Ich habe die beiden schon darüber informiert, was du bei der Witwe rausgefunden hast«, setzte Artus sie in Kenntnis.

Erik nickte zustimmend. »Wir haben ihre Aussage bereits aufgenommen und werden nachher bei Dieters Nachbarin nachfragen, ob sie Frau Keule zur Tatzeit gesehen hat.«

»Wisst ihr auch schon, dass Oliver gar nicht Keules leiblicher Sohn ist?«, trumpfte Rosa auf, als sie den Bissen im Mund runtergeschluckt hatte.

Marie sah sie überrascht an und stellte das Wasserglas zurück auf den Tisch, ohne davon getrunken zu haben. »Tatsächlich? Weiß Oliver davon?«

»Sie hat es ihm erst nach Keules Tod gesagt.«

»Dann wahrscheinlich in den letzten paar Tagen.« Marie wirkte nachdenklich. »Sonst hätte er mir doch bei unserem Gespräch davon erzählt.«

Erik pfiff durch die Zähne. »Das wirft ein ganz neues Licht auf unsere Ermittlungen.«

Marie runzelte die Stirn. »Meinst du wirklich, das könnte in irgendeiner Weise relevant für den Fall sein?«

»Na ja, man hat wohl weniger Skrupel, seinen Stiefvater zu ermorden, als seinen leiblichen«, gab Erik zu bedenken.

Eine senkrechte Falte grub sich in Maries Stirn. »Du verdächtigst ihn?«

Für Rosas Geschmack sah Marie fast schon verärgert aus. Aber da gehörte bei ihrer Tochter auch nicht viel zu.

Artus verfolgte interessiert das Gespräch zwischen Erik und seiner Enkelin.

Maries Partner blieb cool, tippte nebenher irgendetwas in sein Handy. »Bisher gibt es kein ersichtliches Motiv, aber wir sollten ihn nicht außer Acht lassen.«

»Ich werde noch mal mit ihm reden.« Marie leerte ihr Glas in einem Zug und wandte sich dann an Rosa. »Mich wundert, dass die Witwe dir das überhaupt erzählt hat. Hast du ihr ein Wahrheitsserum eingeflößt?«

Rosa musste schmunzeln. Gleichzeitig war sie froh, dass Marie ihr gegenüber nicht mehr die Kratzbürste raushängen ließ. Vermutlich hatte sie eingesehen, dass sie gemeinsam schneller ans Ziel kamen. »Na ja, offenbar hat sie Vertrauen zu mir gefasst. Wir kennen uns ja nun auch schon eine ganze Weile. Die ist nicht blöd und weiß, dass wichtige Informationen direkt an dich weitergegeben werden. Verständlicherweise öffnet sie sich lieber mir als der Polizei. Aber ob alles, was sie sagt, der Wahrheit entspricht, dafür kann ich meine Hand natürlich nicht ins Feuer legen.« Rosa schob sich eine Gabel mit Apfel-Kohl-Salat in den Mund. Gleich darauf verzog sie das Gesicht. Freddy hatte es heute mit dem Essig etwas zu gut gemeint. Ein bisschen mehr Zucker und die Säure wäre wieder ausgeglichen. Rosa machte sich eine gedankliche Notiz, ihm das zu sagen, sobald sie dazu kam.

»Deine Mutter hat etwas Mütterlich-Verständnisvolles an sich, sodass die Leute sich ihr gerne öffnen«, richtete Erik sich an Marie, ohne den Blick von Rosa zu nehmen. »Das weckt Vertrauen und kann für unsere Ermittlungen nur von Vorteil sein.«

Rosa lächelte geschmeichelt, während Marie keine Miene verzog. Offenbar war sie anderer Meinung.

»Was habt ihr über Keules Konkurrenten rausgefunden, über den er angeblich auspacken wollte?«, schaltete Artus sich wieder ein.

Erik blickte von seinem Handydisplay auf. »Bisher konnten wir ihm noch nichts nachweisen.« Er fuhr damit fort, eine Nachricht zu tippen, redete jedoch weiter. »Aber wir sind noch dran und haben Fleischproben genommen, die gerade im Labor überprüft werden. Auf jeden Fall hat Schulze ein Alibi. Seine Frau hat bestätigt, dass er in der Zeit zu Hause war.«

Artus schnaubte. »Ein hieb- und stichfestes Alibi ist das wohl nicht, wenn seine Frau es bestätigt hat.«

Auch wenn Erik sich durch diese Bemerkung hätte angegangen fühlen können, verzog er keine Miene. Er legte sein

Handy zur Seite und schenkte Artus nun seine ganze Aufmerksamkeit. »Das wissen wir. Deshalb haben wir uns auf dem Schlachthof umgesehen und Herrn Schulze ein wenig auf den Zahn gefühlt. Er hat die Vorwürfe abgestritten und uns rumgeführt. Die Tiere werden vorschriftsmäßig gehalten. Angeblich wusste er auch nichts davon, dass Keule ihn anzeigen wollte.«

»Woher sollte er das auch?«, warf Rosa ein.

Artus hob die Schultern. »Das gilt es, rauszubekommen. Wenn er es wusste, hätten wir auch ein eindeutiges Motiv.«

Erik verzog nachdenklich die Mundwinkel und pflichtete ihm dann kopfnickend bei. »Nach Dieters Aussage ist es schon zwei Monate her, dass Keule über Schulzes illegale Machenschaften bei der Polizei auspacken wollte. Doch geschehen war bis zu seinem Tod noch nichts.«

Höchste Zeit, dem Schlachthof selbst einen Besuch abzustatten und dort nach Beweisen für Keules Anschuldigungen zu suchen, dachte Rosa. Sie tauschte einen konspirativen Blick mit Artus, dem offenbar Ähnliches durch den Kopf ging.

»Habt ihr eigentlich mal Keules digitale Geräte überprüft?«, wollte Artus wissen.

»Natürlich, das gehört zur Routine, weißt du doch«, sagte Marie. »Sein Laptop lag im Büro, die IT hat da drinnen aber nichts Auffälliges gefunden. Sein Handy ist allerdings nicht aufzufinden. Seine Frau meinte, in ihrer Wohnung wäre es nicht, sie hätte überall gesucht. Aber ich habe den Beschluss für die Freigabe der Handydaten bereits beim zuständigen Richter beantragt. Vielleicht kommen wir dadurch endlich einen Schritt weiter.«

Eine Welle der Aufregung durchfuhr Rosa. »Vielleicht hat er ja zuletzt mit seinem Mörder telefoniert.«

Artus legte die Stirn in Falten, war mit den Gedanken

offensichtlich schon woanders. »Woher wusste Keule eigentlich von der angeblich minderwertigen Ware?«

Erik beugte sich vor und stützte die Unterarme auf den Tisch. »Sein Bruder hat ausgesagt, ein ehemaliger Kunde von Schulze hätte sich bei Keule über die Qualität des Bio-Fleisches von Schulzes Hof beschwert. Deshalb ist er auch zu ihm gewechselt. Wir haben den Schlachter mit dieser Behauptung konfrontiert. Schulze kennt den Kunden und wusste angeblich nichts davon, dass er von ihm bei Keule schlechtgemacht wurde. Allerdings haben wir herausgefunden, dass die beiden seit einiger Zeit im Clinch liegen. Es könnte also genauso gut sein, dass der Kunde ihm nur etwas anhängen wollte. Da steht Aussage gegen Aussage.«

»Ist das nicht Keules Tochter mit ihrem Mann?«, fragte Marie plötzlich.

Alle Köpfe zuckten zum Eingang herum.

»Schau mal einer an.« Rosa lächelte. »Die will sich wohl von unserem Angebot überzeugen.« Plötzlich kam ihr ein Geistesblitz und ihr Lächeln verabschiedete sich. »Vati, du musst wieder den Unzurechnungsfähigen spielen, sonst fliegen wir auf.«

Artus gab einen tiefen Seufzer von sich, der seinen Unwillen ausdrückte.

Rosa zuckte die Achseln. »Deine Idee, nicht meine. Aber ich werde schon dafür sorgen, dass die beiden dich nicht im Blick haben.«

Artus verzog das Gesicht, lehnte sich dann aber zurück, ließ den Kopf hängen und verfiel wieder in seine Paraderolle.

Rosa erhob sich und ging gut gelaunt auf Keules Tochter und ihren Mann zu, die noch am Eingang standen und darauf warteten, dass man ihnen einen Tisch zuteilte.

»Freut mich, dass Sie meiner Einladung gefolgt sind«,

begrüßte Rosa die beiden und wies ihnen den Weg in den Gastraum auf der linken Seite zu dem Tisch ganz hinten in der Ecke.

»Mein Mann hat heute seinen freien Tag und wir wohnen doch nicht weit von hier in der Kantstraße«, ließ Kerstin sie wissen. »Und da habe ich zu Holger gesagt, wir könnten doch mal ganz spontan vorbeischauen. Ich hatte heute sowieso keine Lust zu kochen.«

»Wir hätten schon viel früher mal kommen sollen«, sagte Herr Schwalbe, während er seine Jacke auszog und sie über die Stuhllehne hängte. »Sehr gemütlich, Ihr Laden.«

»Das hoffe ich doch.« Rosa reichte ihnen die Speisekarte, nachdem das Ehepaar einander gegenüber am Tisch Platz genommen hatte.

»Können Sie etwas empfehlen?«, wollte Herr Schwalbe wissen.

»Alles.« Rosa grinste breit. »Worauf haben Sie denn Appetit? Frischer Spargel, Zwiebelrostbraten, Matjes …«

»Für mich bitte den Zwiebelrostbraten und ein Mineralwasser«, unterbrach Kerstin sie.

Eine Frau von schnellem Entschluss, ging es Rosa durch den Kopf.

»Mir können Sie schon mal ein Pils bringen, aber ich werfe noch einen Blick in die Karte«, sagte Kerstins Mann.

Rosa nickte und verschwand.

Als sie mit den Getränken zurückkam, bestellte Herr Schwalbe Königsberger Klopse.

»Haben Sie beide sich eigentlich in der Schlachterei kennengelernt?«, fragte Rosa und bemühte sich um einen beiläufigen Tonfall.

Kerstin nickte. »Mein Mann arbeitet schon seit zwanzig Jahren dort. Er war also schon länger bekannt mit meiner

Familie als ich. Holger war auch derjenige, der mich damals durch das Gelände geführt und mir die Tiere gezeigt hat.«

Rosa meinte, einen gewissen Stolz aus ihrer Stimme herauszuhören. »Ach! Dann hat Keule bestimmt Augen gemacht, als Sie ein Paar wurden«, sagte Rosa in der Hoffnung, etwas über die Reaktion ihres Fleischlieferanten über die Verbindung der beiden zu erfahren.

Herr Schwalbe nickte amüsiert. »Allerdings, das hat er. ›Da haben sich ja zwei gefunden‹, hat er gesagt.« Er griff nach seinem Bierglas und trank einen Schluck. »Und so war es ja auch. Es hat gut gepasst, von Anfang an.« Er schenkte Kerstin ein Lächeln und sie erwiderte es.

Das klang, als hätte Keule sich vor Begeisterung kaum halten können, dachte Rosa in einem Anflug von Ironie. »War er ein umgänglicher Chef?«, lenkte sie das Thema in eine andere Richtung. Denn eigentlich interessierte sie mehr, wie Keule sich mit seinem Schwiegersohn verstanden hatte.

Herr Schwalbe nahm noch einen Schluck Bier, ehe er antwortete. »Ich habe in dem Betrieb meine Lehre gemacht. Der alte Keule, Haralds Vater, hat mich damals noch ausgebildet. Als der in den Ruhestand ging, kannte ich mich aus, man musste mir nichts mehr beibringen. Mit Harald hatte ich nicht viel zu tun, er war ja meistens unterwegs, um das Fleisch auszuliefern.«

»Aber dann wurde er Ihr Schwiegervater.« *Gut kombiniert, Rosa Fröhlich*. Aber irgendwie musste sie das Gespräch ja in Gang halten.

»Ich glaube, er konnte nicht viel mit mir anfangen.« Schwalbe wechselte kurz einen Blick mit seiner Frau. »Dieter war eher mein Ansprechpartner in allen Belangen.«

»Ich glaube aber nicht, dass er ein persönliches Problem mit dir hatte«, wandte Kerstin sich an ihren Mann und anschließend wieder an Rosa. »Mein Vater war kein großer Menschenfreund. Er zog sich lieber zurück und machte seins. Trotzdem habe ich versucht, mit ihm eine gemeinsame Basis zu finden.«

»Und, ist Ihnen das gelungen?«, hakte Rosa nach.

Ein Schatten flog über Kerstins Gesicht. »Mal mehr, mal weniger. Er war oft ruppig und unfreundlich, aber ich habe versucht, darüber hinwegzugehen.«

»Mit Ihrer Stiefmutter war es wohl schwieriger, auf einen gemeinsamen Nenner zu kommen, was?«

Kerstins Augen blitzten auf. Offenbar hatte Rosa ihr gerade das Stichwort für ihr Lieblingsthema geliefert. »Sie ist eine falsche Schlange, wollte mich von meinem Vater fernhalten, damit ihr Sohn sein Liebling bleibt.«

»Keule hat doch aber sicher nicht auf sie gehört, oder?«

»Am Anfang schon. Ich hatte den Eindruck, dass er sich sehr durch sie hat beeinflussen lassen. Als Oliver klargestellt hat, dass er nicht in die Firma einsteigen will, wurde mein Vater mir gegenüber etwas umgänglicher. Er hatte ja nur noch mich, nachdem er meinen Stiefbruder zum Teufel gejagt hatte.«

Rosa hatte noch Kerstins Worte im Ohr, als sie zurück zum Personaltisch lief. Offenkundig machte sie Tatjana für die Dissonanz zwischen ihr und ihrem Vater verantwortlich.

»Marie und Erik mussten gehen«, ließ Artus sie wissen. »Und, hast du etwas erfahren, was du noch nicht wusstest?«

Rosa schüttelte den Kopf und ließ sich seufzend neben ihm auf der Holzbank nieder. »Ehrlich gesagt, nein. Ich konnte nur heraushören, dass sie das bestätigt haben, was Tatjana auch schon gesagt hat: dass Keule ein Misanthrop gewesen war.«

Kapitel 14

DIT KÖNN SE ABA GLOOBEN

Staub wirbelte auf und umhüllte Hans-Gustav für einen Moment, als Rosa ihren Wagen direkt vor dem Schlachthof zum Stehen brachte. »Also, wir machen es so wie besprochen. Sollte etwas schieflaufen, dann verschwinden wir, so schnell wir können.«

Artus nickte und Rosa hoffte inständig, dass der Plan, den sie sich zurechtgelegt hatten, auch zu etwas gut war.

Dicht gefolgt von Artus betrat Rosa die weiß geflieste Halle. Bei dem Anblick, der sich ihr bot, wurde ihr direkt flau im Magen.

Mehrere frisch geschlachtete Schweine und Rinder hingen an Haken von der Decke, die Schienen verliefen von einem Ende des Raums bis zum anderen. Der Geruch von Blut und rohem Fleisch hing schwer und metallisch-süßlich in der Luft. Eine Motorsäge kreischte auf und ließ Rosa kurz zusammenzucken.

»Wie kann ich Ihnen helfen?«, fragte ein Mann um die fünfzig, den sie gar nicht hatte kommen sehen.

Rosa straffte sich. »Ick würd mal jerne den Scheff sprechen.«

»Steht vor Ihnen.«

»Dann hab ick et mit Herrn Schulze persönlich zu tun?« Rosa betrachtete ihr Gegenüber genauer. Hagere Gestalt, stechender Blick, ein paar Aknenarben, die sein Gesicht entstellten.

»Janz jenau«, imitierte er Rosas Ausdrucksweise. Ein Zeichen, dass er sie nicht für voll nahm. Genau das, was Rosa sich erhofft hatte. »Und mit wem habe ich das Vergnügen?«

»Ick bin die Magda und hab een Restaurant in Köpenick.« Als gute Detektivin war es von Vorteil, seine Identität nicht preiszugeben. Wer wusste schon, mit wem der Schlachter sich über ihren Besuch austauschen würde.

Schulze warf einen irritierten Blick auf Artus.

»Dit is meen Vadder.« Rosa unterdrückte nur mit Mühe ein Kichern. Artus war voll in seinem Element. Abwesend starrte er auf den Boden und machte den Anschein, als wäre er jenseits von Gut und Böse. »Der steht 'n bisschen neben sich, aber ick pass uff, dass er keen Blödsinn macht.«

Rosa konnte aus Schulzes angespanntem Blick lesen, dass er sich fragte, was das zur Sache tat. »Also.« Sie setzte eine gewichtige Miene auf. Dann schaute sie zurück zu ihrem Vater und gab einen Schnalzlaut von sich. Gespielt abgelenkt, als könne sie den Anblick seines karierten Hemdes nicht ertragen, richtete Rosa umständlich seinen Kragen und reizte die Spannung damit bis aufs Äußerste.

Artus ließ die Prozedur stoisch über sich ergehen und machte nach wie vor einen teilnahmslosen Eindruck.

Ihre Magda-Rolle bereitete Rosa schon jetzt ein diebisches Vergnügen, sie musste sich nur zusammenreißen, um nicht loszuglucksen.

Als ihr Blick zurück zu Schulze glitt, konnte sie erkennen, dass sein Geduldsfaden bereits kurz vor dem Reißen stand, denn er fixierte sie aus schmalen Augen.

Rosa räusperte sich. »Ick bin hier, um mich nach 'nem

neuen Bio-Schlachter umzusehen. Meenem haben se nämlich vor Kurzem den Garaus jemacht.«

Jetzt blitzte zum ersten Mal so etwas wie Interesse in Schulzes Augen auf. »Sprechen Sie vom Bio-Schlachter Keule?«

»Kenn Se den etwa?« Rosa gefiel sich immer besser in der Rolle der unbedarften Magda.

Schulze lachte humorlos auf. »Sicher, die Konkurrenz kennt sich untereinander. Aber soviel ich weiß, führt Keules Bruder doch den Betrieb weiter.«

»Den kann ick aber nich leiden.«

Schulze kniff die Augenbrauen zusammen, ehe er verständnislos nickte.

Die Motorsäge schrillte erneut auf und lenkte Rosas Aufmerksamkeit auf den langen Metalltisch, an dem ein Angestellter rohes Fleisch zerschnitt. Ihm gegenüber schlitzte ein anderer Mann mit einem Fleischermesser die Bauchhöhle eines Schweins auf. Mit beiden Händen fasste er in das Innere des Kadavers hinein und zog Gedärme und Innereien heraus, die er in eine stählerne Wanne gleiten ließ.

Von einer morbiden Faszination ergriffen, konnte Rosa den Blick für einen Moment nicht abwenden. Sie hatte ja schon einiges an Fleischbergen gesehen, aber hier wurde einem noch mal direkt vor Augen gehalten, dass die Tiere mal lebendige Wesen gewesen waren.

Die blutig schimmernden Innereien waren nun doch zu viel des Guten, schnell riss sie sich von dem Anblick los. Gott sei Dank hatte sie noch nicht gefrühstückt, sonst wäre ihr womöglich das Essen hochgekommen. Sie fragte sich, wie man so abgehärtet sein konnte, um diese Arbeit zu verrichten. Dabei konnte einem wirklich das Fleischessen vergehen.

»Und jetzt dachten Sie, Sie kommen mal direkt in der Schlachterei vorbei?« Schulzes Unmut war trotz seines amüsierten Gebarens nicht zu übersehen.

»Janz jenau. Ick wollte mir die Jejebenheiten mal vor Ort ansehen. Man will ja schließlich nich die Katze im Sack koofen. Wo Bio druffsteht, muss nich Bio drinstecken.«

Schulzes Gesichtszüge verhärteten sich.

Er war Rosa alles andere als sympathisch. Den hätte sie niemals als ihren Bio-Lieferanten ausgesucht, so wie er sich ihr gegenüber gab. Für Rosa war es nämlich wichtig, alle Menschen gleich zu behandeln. Egal, welche Religion, Herkunft, Hautfarbe oder welchen Bildungsstand sie hatten. Man musste jedem Menschen unvoreingenommen und respektvoll begegnen. Schulze war soeben zu ihrem Verdächtigen Nummer eins aufgerückt. Obwohl Rosa wusste, dass das eigentlich Blödsinn war und man niemanden nach Sympathie beurteilen sollte.

Schulze sah von oben auf sie herab, reckte zusätzlich noch das Kinn. »Das Fleisch, das bei uns über die Rampe geht, unterliegt strengsten Qualitätskontrollen und ist selbstverständlich bio-zertifiziert.«

Dieses überhebliche Gehabe ging Rosa langsam gegen den Strich. Sie musste sich zusammenreißen, um nicht aus ihrer Rolle zu fallen.

»Die Tiere werden vor Ort geschlachtet, so meiden wir den Stress der Lebendtransporte. Unsere Bio-Rinder haben fünf Quadratmeter Platz, die Schweine 1,3 Quadratmeter, wie vorgeschrieben. Sie können sich gerne selbst davon überzeugen. Wenn Sie wollen, zeigt Ihnen einer meiner Mitarbeiter, wie die Tiere artgerecht gehalten werden.«

Nein, das wollte Rosa eigentlich nicht. Ihr Interesse lag woanders.

Plötzlich marschierte Artus los, dem nächsten Ausgang entgegen. Offenbar hatte auch er genug von Schulzes überheblicher Art.

»So 'n Käse aba ooch!« Rosa setzte ein besorgtes Gesicht auf und zuckte entschuldigend die Schultern. »'Tschuljung, meen Vatter is nich mehr richtich inna Bürne, Altersdemenz, wissen Se. Den kann man nich eene Minute alleene lassen. Da muss ick erst mal hinterher und ihn einsammeln.«

»Ich muss jetzt auch mal kurz weg. Wenn Sie noch Fragen haben, wenden Sie sich an meine Angestellten.« Kaum hatte Schulze das gesagt, drehte er sich auf dem Absatz um und überließ Rosa sich selbst.

Ihr kam sein Abgang fast wie eine Flucht vor. Als hätte er nur auf die nächstbeste Gelegenheit gewartet, sich aus dem Staub zu machen. Nicht gerade sehr kundenorientiert. Zumal Rosa, beziehungsweise Magda, ja betont hatte, dass sie sich nach einem neuen Bio-Fleischlieferanten umsah. Er schien neue Kundschaft wohl nicht nötig zu haben. Aber Rosa konnte das nur recht sein. So bot sich ihr jetzt die Gelegenheit, sich in Ruhe umzusehen, ohne dass jemand sie störte.

Rosa flitzte in die Richtung, in die Artus verschwunden war.

»Geh da rein«, ordnete er an, kaum dass Rosa hinter der nächsten Ecke auf ihn gestoßen war, und wies mit dem Kopf auf eine Tür, an der ein Büroschild angebracht war. »Ich stehe Wache und klopfe drei Mal, sobald jemand kommt.«

Rosa blickte sich verstohlen um, schlich auf die Tür zu und drückte vorsichtig die Klinke hinunter.

Bingo. Sie war direkt in Schulzes Büro gelandet. Das erkannte sie an dem Schild auf dem Schreibtisch, auf dem der Schriftzug *Hier arbeitet der Chef noch selbst* prangte.

Solange Artus da draußen die Stellung hielt und ihr Deckung gab, konnte sie sich hier ungestört ein wenig umsehen.

Die Regale waren voller Leitz-Ordner, die nach Jahrgängen geordnet waren. *Bank, Steuer, Rechnungen* stand auf den Seitenleisten.

Rosa ging zum Schreibtisch und hob ein paar Papiere an. Alles Rechnungen. Danach stöberte sie in den Ablagekörben weiter. *Nichts Interessantes dabei.* Sie öffnete die oberste Schublade, ihr Herz hämmerte dabei wie verrückt gegen die Rippen. An ihrer Kaltblütigkeit als Ermittlerin musste sie wohl noch arbeiten.

In der oberen Schublade lag eine Ledermappe. Sie klappte sie auf und blätterte darin herum. Das war nichts. Nur Aufträge. Rasch setzte sie ihre Suche in der mittleren Schublade fort. Mit gerunzelter Stirn überflog Rosa die Blätter. Die sahen aus wie Frachtpapiere. Daraus ging hervor, dass Schulze Fleisch aus dem Ausland dazugekauft hatte. Genau so etwas hatte sie gesucht! Rosa stopfte sie schnell in ihren Jutebeutel. Ihr Blick fiel auf den Papierkorb. Er war bis oben hin gefüllt. Rosa runzelte die Stirn. *Was ist das denn?* Bunte Buchstaben blitzten ihr entgegen. Hastig zog sie das zerknüllte Papier aus dem Papierkorb hervor und entfaltete es.

Rosa schnappte nach Luft, in dem Moment wurde die Tür aufgerissen.

»Komm, schnell raus hier. Schulze ist im Anmarsch.«

Rosa hatte, was sie wollte. Hastig stopfte sie das Papier ebenfalls in ihren Jutebeutel, schloss die Schublade und lief in Richtung Tür.

Artus, der mitten im Türrahmen stand, wurde grob von Schulze zur Seite geschubst.

Das ging jetzt schneller als erwartet. *Um Gottes willen!* Was sollte sie jetzt bloß tun? Vor lauter Aufregung fiel Rosa keine Ausrede ein, dabei hatte sie sich für den Notfall doch gleich mehrere zurechtgelegt.

»Was machen Sie hier?«

Schulzes barsche Stimme ließ Rosa zusammenzucken und ihr Herz machte einen Satz.

Er starrte sie aus schmalen Augen an, sie starrte zurück. Sekunden fühlten sich an wie Stunden und ihr stieg Hitze in den Kopf. Auf jeden Fall musste sie ahnungslos spielen und vor allem nicht die Nerven verlieren. Sie stand mitten im Raum und versuchte, einen desorientierten Eindruck zu machen. »Mein Vater … musste zur Toilette.« Vor lauter Aufregung hatte Rosa glatt vergessen zu berlinern.

Artus stand wie ein Häufchen Elend in der Tür und gab ihr mit weit ausholenden Armbewegungen irgendwelche Zeichen, die Rosa nicht verstand.

Sie musste wohl einen extrem begriffsstutzigen Eindruck machen, denn nun wandte sich auch Schulze zu Artus um, der aber geistesgegenwärtig wieder dazu übergegangen war, einen unbeteiligten, unzurechnungsfähigen Eindruck abzugeben.

Schulze wirbelte herum, sein misstrauischer Blick fokussierte sich wieder auf Rosa.

»… musste mal für kleene Jungs und ick …«, stammelte sie.

»In meinem Büro?«

»Ick hab mal wohl inna Tür verürrt.«

»Und Sie mussten erst mitten in mein Büro, um das zu merken?« Schulzes Blick flackerte.

»Ick musste meenen Vatta hier rausziehn …«

»Sie können doch nicht einfach so hier reinmarschieren, das ist privat!«, ging Schulze brüllend über Rosas Notlüge hinweg. »Sie haben hier nichts zu suchen!«

»Ick dachte …«

»Was Sie dachten, ist mir egal. Verschwinden Sie jetzt, bevor ich die Polizei rufe.« Mit ausgestrecktem Arm wies er ihr den Weg nach draußen.

Rosa grinste in sich hinein. *Das mach mal ruhig. Ich hab genug gegen dich in der Hand, um dich wegen Betrugs hinter Gitter zu bringen.* »Also, dit is ja wohl die Höhe. Bei Ihnen werd ick bestimmt nich meen Fleisch bestellen, dit könnse aba glooben. 'ne arme Frau und ihren ollen, kranken Vatta so schlecht zu behandeln …« Bis zum Ausgang brubbelte Rosa durch das Schlachthaus vor sich hin und lachte sich dabei ins Fäustchen.

Als sie ins Freie traten, rieselte ein Schauer ihren Rücken hinab und sie schüttelte sich kurz. *Endlich wieder frische Luft.* Sie blieb einen Augenblick stehen und atmete tief durch. »Auf den Schreck brauch ich erst mal 'nen Schnaps. Zu viel Aufregung für mein Alter.«

»Ha!«, entrüstete sich Artus. »Was soll ich denn dann sagen?«

»Pst, lass uns erst mal schnell von hier verschwinden, ehe der wirklich noch die Bullen ruft.« Während Rosa ums Auto wetzte, kramte sie hektisch nach dem Autoschlüssel in ihrem Jutebeutel.

»Na, na, na. Das habe ich nicht gehört.«

»Vati, du musst so lange in deiner Rolle bleiben, bis wir weg sind, wir werden bestimmt beobachtet. Der traut uns nicht über den Weg.« Mit zittrigen Fingern steckte Rosa den Autoschlüssel ins Schloss und entriegelte die Tür.

»Ja, ja, schon gut«, winkte Artus ab und bemühte sich dabei keineswegs, sich unauffällig zu verhalten.

»Na, das ist ja ordentlich in die Hose gegangen«, sagte er, sobald sie den Hof mit quietschenden Reifen und effektvoll aufgewirbeltem Staub verlassen hatten.

»Ist es nicht.« Rosa lächelte bedeutungsschwanger.

»Hast du etwa …«

»Na klar hab ich.« Rosa sah nach vorne, konnte sich ein selbstgefälliges Grinsen jedoch nicht verkneifen.

»Sag bloß, du hast Beweise gefunden?«

»Allerdings, die habe ich. Doch ohne deine Hilfe wäre mir das nicht gelungen. Ich finde, wir waren ein gutes Team.« Rosa hielt Artus ihre Handfläche entgegen.

Artus schaute entgeistert auf ihre Hand und wusste offensichtlich nicht, was sie von ihm wollte.

»Klatsch ab! Das macht man heutzutage so, wenn man gemeinsam etwas gemeistert hat.«

Kapitel 15

DAS ASS IM ÄRMEL

Als Marie und Erik noch am selben Tag zum Mittagessen am Stammtisch saßen, konnte Rosa gar nicht abwarten, den beiden zu erzählen, was sie herausgefunden hatte.

Doch Maries Reaktion fiel anders aus als erhofft. »Ihr habt *was* gemacht?« Fassungslos blickte Marie zu Rosa und anschließend zu Artus, der in diesem Moment von der Toilette kam. Mit der Eleganz eines Walrosses ließ er sich auf die Sitzbank plumpsen. »Wir wollten einen Beweis finden, dass Schulze wirklich illegal ausländische Ware als eigenes Bio-Fleisch verkauft. Und das haben wir.« Er nickte Rosa zu, die die Frachtpapiere über den Tisch schob.

Marie ignorierte sie. »Aber doch nicht auf diese Art und Weise. Was ihr getan habt, ist kriminell! Unerlaubtes Eindringen, Hausfriedensbruch und darüber hinaus noch Entwendung fremden Eigentums.«

»Es besteht dringender Tatverdacht, wir haben nur ein bisschen nachgeholfen«, sagte Artus.

Erik verzog amüsiert das Gesicht und fuhr sich über seinen Dreitagebart.

Marie fand daran allerdings gar nichts lustig, wenn Rosa ihren Gesichtsausdruck richtig deutete. »Dringender Tatverdacht, so ein Blödsinn.« Artus erntete einen finstern Blick von seiner Enkelin. »Fall mir du auch noch in den Rücken. Das grad in dir so viel kriminelle Energie steckt, hätte ich nicht erwartet.«

»Dass du päpstlicher bist als der Papst, hätte ich auch nicht erwartet«, hielt er dagegen. Seine Mundwinkel zuckten verdächtig, was Marie nicht entging.

»Das findest du also witzig? Ich habe fast den Eindruck, ihr seid noch stolz auf eure schwachsinnige Aktion. Schulze könnte euch anzeigen. Ihr bringt mich damit in Teufels Küche.«

»Beruhige dich jetzt mal«, wandte sich Rosa an ihre Tochter. »Er wäre ganz schön dämlich, wenn er das täte, denn dann käme ja raus, dass er die Polizei angelogen hat. Außerdem kann er das gar nicht. Beim Schulze-Schlachthof weiß niemand, wer wir sind, geschweige denn, dass du meine Tochter bist und in dem Mordfall ermittelst. Ich hab mich unter falschem Namen vorgestellt.«

»Auch noch!« Maries Augen blitzten ihr wütend entgegen.

»Falsche Namensangaben gegenüber Privatpersonen sind nicht verboten!«, warf Artus ein und suchte bei Erik Zustimmung.

Der nickte brav. Bisher hatte er das Gespräch nur stillschweigend und mit amüsiertem Funkeln in den Augen verfolgt.

Kopfschüttelnd nahm Marie die Papiere in die Hand und warf einen Blick drauf. »Das können wir nicht verwenden. Nur mit einem Durchsuchungsbeschluss würde es als Beweis bei Gericht zugelassen. Da das Papier aber illegal entwendet wurde, bringt es uns rein gar nichts.«

»Für eine Anzeige reicht es nicht«, räumte Artus ein. »Aber es ist auch der Beweis, dass Keule ein Mittel hatte, um ihn zu erpressen.«

»Mit dem wir nichts anfangen können«, setzte Marie ungehalten entgegen. »Und ohne Beweise so was in die Welt zu setzen, wäre Rufmord gewesen.«

»Schulze hat abgestritten, dass er wusste, dass Keule über seine illegalen Methoden auspacken wollte«, gab Erik seinen ersten Redebeitrag von sich. »Außerdem hat er ein Alibi.«

Artus und Rosa tauschten einen Blick.

»Natürlich hat er das abgestritten«, ergriff Artus wieder das Wort. »Weil er dadurch ins Visier der Ermittler geraten wäre. Aber er hat gelogen.«

Marie und Erik sahen sich irritiert an.

»Keule hat ihm nämlich nicht gedroht, sondern ihn sogar erpresst.« Ihr Ass im Ärmel hatte Rosa sich für den Schluss aufgehoben und sie musste zugeben, dass ihr das eine gewisse Genugtuung verschaffte, wo Marie so streng mit ihr war. Rosa öffnete das zusammengefaltete Papier, das sie die ganze Zeit in der Hand gehalten hatte, und legte es in die Mitte des Tisches.

Marie zog es zu sich heran, schob es so, dass Erik mitlesen konnte.

Rosa beobachtete die beiden, während sie die zusammengesetzten Zeilen lasen, die aus bunten, ausgeschnittenen Buchstaben bestanden.

Ich weiß über deine illegalen Methoden Bescheid.
Zahle 50.000 Euro oder ich gehe zur Polizei.
Details kommen in zwei Tagen.

»Und, was sagst du jetzt?« Rosa konnte ihren Stolz nicht sonderlich gut verbergen. Ihre Mundwinkel zogen sich wie von allein bis zu den Ohren.

Marie verschlug es für einen Moment die Sprache. Stattdessen ergriff Erik das Wort. »Das wird ja immer besser«, sagte er. »Das ist eindeutig ein Mordmotiv. Schulze könnte es wirklich gewesen s…«

»Kommst du mal bitte?«, platzte Marion mitten ins Gespräch. Die Höflichkeiten sparte sie sich diesmal, und ihrem Gesicht nach zu urteilen, war höchste Eile geboten.

Rosa seufzte innerlich. *Warum gerade jetzt?* Wo sie kurz davorstand, ein einziges Mal Maries Anerkennung für ihre Ermittlungsarbeit zu bekommen.

Ihre Stellvertreterin wusste ganz genau, dass Rosa nur im allergrößten Notfall gestört werden wollte, wenn Erik und Marie da waren. Rosa durfte schließlich nichts verpassen.

»Was gibt es denn so Wichtiges?«, fragte sie, nachdem sie sich widerwillig erhoben hatte und Marion bis vor die Bar gefolgt war.

»Ein Gast besteht darauf, die Chefin zu sprechen.«

»Wo ist er denn?« Rosa sah sich suchend um.

»In der Küche.«

Rosa riss alarmiert die Augen auf. Die Küche war absolutes Sperrgebiet für die Gäste.

Marion nickte schuldbewusst. »Ich wollte ihn zurückhalten, aber er war schneller. Seit fünf Minuten diskutiert er schon mit Freddy.«

Ach du liebe Güte! Freddy wies nicht gerade das diplomatischste Geschick auf, wenn jemand sein Essen bemängelte.

Marion gab Rosa noch einen mitleidigen Blick mit auf den Weg, ehe sie sich ihr Tablett von der Theke schnappte und wieder ihrer Arbeit nachging.

So schnell sie konnte, wieselte Rosa zum Ort des Geschehens und linste durch das Bullauge der Küchentür.

Freddy sah man schon von Weitem seinen Ärger an. Mit verschränkten Armen zog er einen beleidigten Flunsch.

Den Rücken ihr zugewandt, gestikulierte der Gast aufgebracht mit Händen und Armen. Er war hochgewachsen und trug einen dunklen Anzug.

»Womit kann ich dienen?« Betont heiter rauschte Rosa in die Küche und setzte ein gewinnendes Lächeln auf.

Der Gast drehte sich um. Zurückgegeltes Haar und eine Habichtsnase waren die markantesten Züge an ihm. »Das Dessert war ein einziges kulinarisches Desaster und Ihr Koch will das nicht einsehen.«

»Von welchem Dessert sprechen wir denn?« Rosa sah fragend zu Freddy und grübelte angestrengt. Über die vier Desserts, die zur Auswahl standen, hatte es bisher noch nie einen Grund zur Beschwerde gegeben.

»Das ist die besondere Kreation von mir, über die wir gesprochen haben.«

Rosa runzelte die Stirn. Sie hatte keinen blassen Schimmer, wovon Freddy redete.

»Na, der Überraschungs-Muffin«, half Freddy ihr auf die Sprünge.

Bei Rosa klingelte immer noch nichts, aber sie hielt es vor dem Gast nun für angebracht, den Eindruck zu erwecken, als wüsste sie genau, wovon Freddy sprach. »Ahh! Aber sicher, der Überraschungs-Muffin!«, wiederholte sie sinnigerweise, etwas Einfallsreicheres fiel ihr auf die Schnelle einfach nicht ein. »Und warum war dieser Muffin ein Desaster?«, wandte sich Rosa interessiert an den Gast.

»Abgesehen davon, dass ich Blauschimmelkäse nicht ausstehen kann, sind Rum-Rosinen und eine Schokoglasur nun das Letzte, was ich mir dazu vorstellen kann. Wie kommt man denn bitte auf so eine widerliche Kombination?«

»Dazu jehört jewissermaßen ooch Talent«, murmelte Rosa kopfschüttelnd.

Freddy schnappte empört nach Luft. »Das ist nicht irgendein beliebiger Blauschimmelkäse, sondern ein *Gorgonzola Dolce DOP*!«

Nein, wenn es um die richtige Bezeichnung von Käsesorten ging, verstand Freddy nun gar keinen Spaß.

In dem Moment rauschte Werner mit so viel Elan herein, dass er beinah den Gast mit der Tür erschlagen hätte. »Wat is denn hier los?«

Eine Antwort blieb aus.

Die linke Hand in die Taille gestemmt, stützte Rosa sich mit der rechten auf den Edelstahltisch und entließ zischend die Luft aus ihren aufgeblasenen Backen.

»Dürfte ick freundlicherweise ma kurz …?« Da niemand der Anwesenden Werner Beachtung schenkte, schob er sich umständlich an dem Gast vorbei, lud sich drei Teller auf die linke Hand und nahm den vierten mit der rechten.

Alle Blicke lagen angespannt auf ihm, während er sich mit einer Schulter gegen die Tür drückte, um sie zu öffnen und schnell das Weite zu suchen.

»Geschmäcker sind eben verschieden«, sagte Freddy, sobald hinter Werner die Tür zuschwang. »Ich kann doch auch nicht einfach das Überraschungsei im Supermarkt zurückgeben, wenn mir der Inhalt nicht passt.«

Rosa hatte genug gehört. Sie wusste schon, warum sie Freddy bisher nicht auf die Gäste losgelassen hatte. »Machen wir es kurz: Wenn der Gast ein anderes Dessert wünscht, kriegt er das selbstverständlich auch.«

Der Mann zeigte einen gönnerhaft-großherzigen Gesichtsausdruck. »Dann nehme ich den Apfelstrudel.«

»Kommt sofort. Und entschuldigen Sie die Unannehmlichkeiten.«

Der Gast nickte vornehm. Vor dem Verlassen der Küche schickte er Freddy noch einen finsteren Blick.

»Du bist mir ganz schön in den Rücken gefallen!« Rosas Küchenchef war jetzt die personifizierte Anklage.

Nun wurde es Rosa aber wirklich zu bunt. »Na, nu hört's aba uff! *Du* hast hinter meinem Rücken etwas auf die Speisekarte gesetzt.«

»Hab ich gar nicht.« Ungehalten rückte er seine Brille zurecht. »Ich habe dich um Erlaubnis gefragt und du hast eingewilligt, Han kann das bezeugen.«

Han blickte vom Kartoffelschälen auf, sah Rosa in die Augen wie ein verschrecktes Kaninchen in die Scheinwerfer eines heranfahrenden Lastwagens und senkte dann schnell wieder den Blick. Offenbar zog er es vor, nicht Partei zu ergreifen.

Da war ich eindeutig nicht bei der Sache, ging es Rosa durch den Kopf. »Wann soll das gewesen sein?«

»Gestern. Du bist ja nur noch mit deinen Gedanken bei diesem Mordfall.«

Wo er recht hat. Rosa unterdrückte ein Seufzen. Freddy fühlte sich vernachlässigt. Sie sah ein, dass sie es die letzten Tage verpasst hatte, ihm die nötige Aufmerksamkeit entgegenzubringen. »Und wenn schon: Der Gast ist König und wenn ihm etwas nicht schmeckt, solltest du nicht mit ihm diskutieren, sondern dafür sorgen, ihn zufriedenzustellen. Ich hatte gehofft, diese Regel wäre dir mittlerweile in Fleisch und Blut übergegangen.«

»Er hat mein Revier betreten und mich mir nichts, dir nichts angegriffen«, hielt Freddy dagegen.

Rosa hatte Mühe, nicht loszukichern. »Wir sind hier doch nicht im kenianischen Busch.«

Freddy ignorierte Rosas Einwurf und hielt ihr stattdessen einen Dessertteller mit einem mit Schokolade glasierten Muffin entgegen. »Dieses Dessert ist wirklich etwas Besonderes. Probier doch selbst.« Freddy reichte ihr eine Gabel.

Eigentlich war Rosa schon im Vorhinein klar, dass Freddys neue Kreation nicht nach ihrem Geschmack sein konnte. Aber sie wollte wenigstens Entgegenkommen zeigen und spießte ein Stück von dem weichen Muffin auf die Gabel, ehe sie sich diese in den Mund schob.

»Die Rum-Rosinen in Verbindung mit dem weichen Gorgonzolakern sind doch nicht zu toppen, oder?«

Rosa musste würgen. Eigentlich hatte sie gedacht, schlimmer als Tatjanas Sülze könnte es nicht sein, aber leider stand dieser Cupcake ihr an Ungenießbarkeit in nichts nach. »Ich habe mich ja nun durchaus experimentierfreudig deinen Vorschlägen gegenüber gezeigt, aber dieser Gorgonzola-Cupcake ist nun wirklich nicht eine deiner Glanzleistungen.«

»So experimentierfreudig wie eine bayrische Trachtenkapelle«, grummelte Freddy.

»Nu ma nich frech werden, junger Mann! Hast du das überhaupt schon mal selbst probiert?«

»Klar.«

Rosa sah ihn ungläubig an. Sekundenlang lieferten sich die beiden ein Blickduell, aus dem Rosa schließlich als Siegerin hervorging.

»Wenn du der Meinung bist, Vanille würde besser passen, dann kann ich die Glasur auch zusätzlich noch mit Mohn verfeinern«, schlug Freddy in jovialem Tonfall vor. »Oder aber …«

Rosas Geduld war nun wirklich am Ende. »Quatsch keene Opern, streich das Ding von der Karte und is jut.« Mit diesen Worten ließ sie ihn stehen und sauste zurück zum Personaltisch.

»Wo waren wir stehen geblieben?« Rosa war ganz außer Atem, so sehr hatte sie sich beeilt. »Hab ich was verpasst?«

Marie und Artus sahen von ihren Tellern auf und schüttelten die Köpfe.

»Gar nichts. Das Essen ist gerade gekommen«, erwiderte Erik und steckte sich ein Stück Bratwurst in den Mund.

Marie stocherte halbherzig in ihrem Salat herum und Artus löffelte schlürfend Kartoffelsuppe in sich hinein.

Staunend rutschte Rosa neben ihm auf die Bank. *Wie schnell er sich daran gewöhnt hat, mit der linken Hand zu essen.*

Marie schob ihren halb leer gegessenen Salatteller von sich und hielt das Papier mit den ausgeschnittenen Buchstaben hoch. »Leider kann man diesen Erpresserbrief auch nicht als Beweis vorlegen«, sagte sie und zerstörte Rosas Zuversicht damit auf einen Schlag. »Aber zumindest wissen wir jetzt, dass Schulze uns angelogen hat«, räumte sie ein. »Ihr macht euch gar nicht so schlecht als Miss Marple und Mr. Stringer. Aber von jetzt an keine illegalen Alleingänge mehr, verstanden?«

»Mister Stringer?« Vor lauter Empörung ließ Artus seinen Löffel in die Suppe platschen, dass es nur so spritzte.

Um Gleichmut bemüht, wischte Rosa sich einen Tropfen Kartoffelsuppe aus dem Auge. *Manchmal benimmt er sich wirklich wie ein trotziger Junge im Kleinkindalter.*

»Ich bin doch kein Nebendarsteller!«, fuhr Artus fort. »Schließlich habe ich den dementen Alten so überzeugend gemimt, dass Schulze abgelenkt war und Rosalinde sich in der Zeit umschauen konnte. Ohne mich wäre gar nichts gelaufen.« Artus reckte das Kinn und verschränkte die Arme vor der Brust so weit, wie es ihm mit dem Gips möglich war.

Marie rollte mit den Augen, sodass nur Rosa es sehen konnte. »Gut, dann eben wie ...« Ihre Hände fuchtelten auf der Suche nach dem passenden Vergleich umher. Offenbar erfolglos, denn einen Moment später ließ sie die Arme wieder sinken. »Ach, keine Ahnung. Such es dir doch selbst aus.« Sie seufzte, als wäre bei Artus sowieso Hopfen und Malz verloren.

Rosa hielt es nun für angebracht, an das eigentliche Thema anzuknüpfen. »Schulze kommt also doch als Täter infrage. Er könnte irgendwie herausgefunden haben, dass Keule hinter dem Erpresserbrief steckt. Und deshalb hat er ihn im Kühlhaus eingesperrt.«

Erik nickte. »So könnte es gewesen sein.«

Marie starrte in ihr Wasserglas, als würde die Lösung des Falls darin zu finden sein. »Oder aber ihm wurde erst bewusst, wer hinter dem Brief steckt, als wir ihn mit Keules Anschuldigung konfrontiert haben.«

»So oder so müssen wir Schulzes Alibi noch mal genau überprüfen«, sagte Erik. »Die Bestätigung seiner Frau ist jetzt nicht wirklich viel wert.«

»Und wenn Keules Bruder den Erpresserbrief geschrieben hat?«, gab Artus zu bedenken. »Das könnte doch genauso gut sein. Nachdem er durch Keule von Schulzes Betrug erfahren hat, sah er die Gelegenheit, schnell an Geld zu kommen.«

»Guter Einwurf«, pflichtete Erik ihm kopfnickend bei. »Demnach hätte er seinem Bruder auch die Hälfte der Firma ausbezahlen können. Vielleicht sah er keinen anderen Ausweg, an das Geld zu kommen und als er von Schulzes Betrug erfuhr, war das ein gefundenes Fressen für ihn.«

Rosa runzelte die Stirn. »Dann wurde Keule womöglich umsonst ermordet, weil Schulze den Falschen verdächtigt hat?«

»Für Dieter jedenfalls nicht.« Erik wischte sich mit seiner Serviette über den Mund. »So hat sich sein Geldproblem auf einfache Art erledigt. Die Schulden, die er bei seinem Bruder gehabt hätte, waren durch dessen Tod aus der Welt geschafft.

Vermutlich gab es auch gar keinen zweiten Erpresserbrief, weil er die Sache fallen gelassen hat.«

Mit hochgezogener Augenbraue ließ Marie den Blick hinüber zu Erik schweifen. »Das wissen wir nicht. Wer von den beiden Brüdern diesen Erpresserbrief geschrieben hat, ist mir eigentlich ziemlich egal. Wer der Mörder ist, will ich wissen. Wichtig ist doch, was Schulze glaubte.«

»Aber warum hat Dieter euch überhaupt davon erzählt, dass sein Bruder Schulze anzeigen wollte?« Rosa war kurz abgelenkt, weil ein Gast ihr zum Abschied zuwinkte.

»Natürlich um den Verdacht von sich zu lenken und zu zeigen, dass Schulze ein Motiv hatte, seinen Bruder umzubringen«, antwortete Marie.

»Dein Verstand arbeitet mal wieder messerscharf, Frau Fröhlich«, feixte Erik und grinste breit, ehe er wieder ernst wurde. »Das wäre sehr clever von ihm gewesen. So war er selbst fein raus.«

Artus grummelte etwas Unverständliches und wiegte dabei wenig überzeugt den Kopf.

»Lass uns doch bitte an deinen Gedanken teilhaben, Opa«, sagte Marie.

Artus tat, wie ihm geheißen. »Dieter wurde doch auch von seiner Nachbarin im Treppenhaus gesehen, an dem Abend, als sein Bruder ermordet wurde, richtig?«

Erik und Marie nickten synchron.

»Er hat Tatjana die Tür geöffnet, als sie kam«, sagte Erik.

»Wann genau war das?«, wollte Artus wissen.

Erik lehnte sich zurück. »Den Aussagen der Nachbarin nach um Viertel nach acht, kurz nach der Tagesschau.«

Artus runzelte die Stirn. »Dieter könnte also noch mal weggegangen und zur Schlachterei gefahren sein, nachdem er Tatjana in die Wohnung gelassen hatte.«

Am Nachbartisch brach man gerade in heiteres Gelächter aus.

»Gesehen hat ihn niemand«, erklärte Erik über das Lachen hinweg. »Wir haben alle Bewohner des Hauses befragt. Er braucht mit dem Auto mindestens vierzig Minuten bis zum Schlachthof. Keules Todeszeitpunkt war zwischen acht und neun. Es ist also eher unwahrscheinlich, dass Dieter in der kurzen Zeitspanne seinen Bruder im Kühlhaus eingesperrt hat.«

»Theoretisch wäre das aber schon möglich.« Artus suchte in Eriks Gesicht nach Bestätigung, der zuckte aber nur lapidar mit den Schultern.

Rosa konnte sich Keules Bruder beim allerbesten Willen nicht als Mörder vorstellen. »Traut ihr Dieter das wirklich zu? Er wirkt nicht sonderlich durchtrieben, eher gutmütig und friedfertig.«

Marie setzte sich in eine aufrechte Position und seufzte. »Bisher sind wir keinen Schritt weiter gekommen.«

Für einen Moment herrschte betroffenes Schweigen. Artus rutschte unruhig auf der Bank herum, während Erik geschäftig durch sein Handy scrollte.

»Wir könnten Schulze mit dem Erpresserbrief konfrontieren, ohne unsere Quelle preiszugeben«, durchbrach Marie die Stille. »Darauf muss er ja reagieren. So wissen wir gleich, ob er uns anlügt, wenn er es abstreitet. Und wenn er kein anderes Alibi vorweisen kann, nehmen wir ihn erst mal in Untersuchungshaft, da werden wir ihn schon weichklopfen.«

»Manchmal sind Ihre Ideen gar nicht so übel, Frau Kommissarin Fröhlich.« Erik zwinkerte ihr zu.

Marie hob eine Augenbraue und bedachte Erik mit einem strengen Blick. Das verräterische Zucken ihrer Mundwinkel entging Rosa jedoch nicht.

»Das ist wohl so ein Ding zwischen den beiden, dass die sich ständig aufziehen müssen«, bemerkte Rosa und sah Erik und Marie schmunzelnd hinterher, nachdem sie sich verabschiedet hatten.

Artus legte verständnislos die Stirn in Falten. »Wovon sprichst du?«

»Erik und Marie.«

»Ein Zeichen, dass sie sich mögen. Was sich liebt, das …«

»Seine Frau hat gerade ein Kind bekommen!«, unterbrach Rosa ihn empört.

»Das ist auch gut so! Man sollte nie etwas mit seinem Partner anfangen. Das bringt nur Ärger.«

Rosa kniff misstrauisch die Augenbrauen zusammen.

»Schau mich nicht so anklagend an. Das habe ich bei meinen Kollegen gesehen. Ich habe deine Mutter in all den Jahren nicht ein einziges Mal betrogen. Nicht mal dran gedacht habe ich.«

Kapitel 16

ARTUS' SKATRUNDE

Artus saß mit zwei Männern am Stammtisch und spielte Skat. Der eine hatte offenbar gerade etwas Witziges gesagt, denn die anderen beiden lachten auf und stießen ihre Bierkrüge klirrend aneinander.

Rosa lächelte. In der einen Woche, in der ihr Vater nun bei ihr wohnte, war er richtig aufgeblüht und fühlte sich sichtlich wohl. Er hatte sogar alte Bekanntschaften wieder aufleben lassen. Erwin, Artus' alten Kumpel von der Kripo, kannte Rosa sogar noch aus Kindertagen. Hartmut, den Dritten im Bunde, sah sie zum ersten Mal.

»Wir sind in dem Alter, wo wir beim Schuhe zubinden überlegen sollten, was wir noch machen können, wenn wir schon mal da unten sind«, scherzte Hartmut gerade, als Rosa an den Tisch trat.

Alle brachen wieder in ansteckendes Gelächter aus.

»Na, allet jut bei euch?«, fragte Rosa.

»Ick kann nich meckern!« Erwin mischte die Karten mit der Lässigkeit eines geübten Spielers.

»Siehste doch, der ist nicht totzukriegen«, feixte Artus.

Erwin lachte kurz auf und wandte sich dann an Rosa. »Machste mir noch 'n Bier?«

»Na klar, darf's sonst noch was sein?«, fragte sie in die Runde.

»Erst mal nicht«, antwortete Artus und seiner Einsilbigkeit nach zu urteilen, wollte er sie schnell loswerden, um weiterzuspielen.

Rosa stellte sich hinter den Tresen, hielt ein Glas unter den Zapfhahn und füllte Bier hinein, während ihre Gedanken zu dem Mordfall wanderten.

Marie und Erik hatten ihnen gestern mitgeteilt, dass Schulze nun ein hieb- und stichfestes Alibi vorweisen konnte. Nachdem sie ihn auf den Erpresserbrief angesprochen hatten, hatte er offenbar kalte Füße bekommen. Angeblich wusste er nicht, wer ihn erpresste und wie schon vermutet, hatte er keinen weiteren Brief mehr bekommen. Aber er hatte schnell damit rausgerückt, dass er während der Tatzeit einen Video-Chat mit einer Frau von einer Erotik-Hotline hatte, die das auch bestätigen konnte.

Rosa schnaubte. *Das sieht ihm ähnlich.* Natürlich hatte er diesen prekären Chat bei der ersten Befragung nicht zugeben wollen, aus Angst, seine Frau könnte davon erfahren. Die war nämlich während dieser Zeit bei der Nachbarin gewesen.

Aber wenigstens hatten sie Schulze wegen der ausländischen Frachtbriefe der Fleischkontroll-Behörde gemeldet, die ihn jetzt auf dem Kieker hatte. Weiter konnten sie nicht gegen ihn angehen, denn die Fleischproben hatten nichts ergeben. Rosa wurmte es, dass er damit durchkam und man ihn noch nicht drankriegen konnte. Aber sie würde kein Blatt vor den Mund nehmen und in Zukunft jedem erzählen, dass Schulze Dreck am Stecken hatte. Ob er es hören wollte oder nicht. Bei Fleischbetrug verstand Rosa nämlich keinen Spaß. Allein wenn sie sich ausmalte, solch minderwertige Ware unwissend ihren Gästen vorzusetzen, wurde ihr ganz anders.

Dass sie diesen unsympathischen Menschen als Tatverdächtigen wieder ausschließen mussten, war wirklich ärgerlich. Er hätte sich in der Tat gut in Rosas Vorstellung eines Mörders gemacht. *Zu gut.* Ein tiefer Seufzer entkam ihr. Sie musste sich endlich von diesen Klischeevorstellungen losmachen. In den Krimis war immer derjenige der Mörder, den die Polizei am wenigsten auf dem Kieker hatte. Oder jemand, der bisher noch gar nicht auf der Bildfläche erschienen war.

»Zwei Weizen und eine Cola«, riss Marion sie aus ihren Gedanken.

Rosa nickte und stellte Erwins Bier kurz zur Seite. Anschließend arbeitete sie mechanisch die Bestellung ab.

Ein bisschen einfacherer hatte sie sich das alles schon vorgestellt. Sie mussten also noch mal ganz von vorne anfangen und in eine andere Richtung ermitteln. Hinzu kam, dass Marie und Erik einen neuen Fall bekommen hatten, der angeblich mehr Dringlichkeit besaß, da es sich um ein brutales Gewaltverbrechen handelte. *Das kann doch nicht angehen!* Rosa hatte nicht damit hinter dem Berg gehalten, dass sie es höchst befremdlich fand, dass ein Mordfall Vorrang vor einem anderen hatte. *Mehr Dringlichkeit? Was soll das denn bitte schön heißen?* Für sie hatte die Aufklärung von Keules Tod höchste Priorität!

Dann mussten Artus und sie eben die Sache selbst in die Hand nehmen. Bei dem Gedanken zog Rosas rechter Mundwinkel sich ganz von allein nach oben.

Sie sollte tiefer graben und musste dazu Tatjana ein weiteres Mal aufsuchen. Vielleicht gab es noch irgendetwas in Keules Umfeld, das wichtig sein könnte.

In dem Moment betrat Keules Witwe das Restaurant. *Na, wenn das mal kein Zufall ist.*

Rosa stellte das fertig gezapfte Bier ab und wollte gerade auf sie zugehen, da fiel ihr Artus ein. Alarmiert blickte sie in seine Richtung und schnipste ein paarmal mit den Fingern, um seine Aufmerksamkeit zu erregen.

Gott sei Dank! Artus nickte, als Rosa unauffällig mit dem Kopf in Tatjanas Richtung wies. Sie hoffte inständig, dass er wusste, was zu tun war.

Rosa atmete durch und ging mit einladend offenen Armen auf Tatjana zu, die heute einen dunkelblauen Hosenanzug trug und mit allerlei Goldschmuck behängt war. In der Hand hielt sie Rosas Topf. Sie war in Begleitung einer nicht minder auffälligen Frau gekommen, die Rosa freundlich entgegenlächelte.

»Na, Lust auf Frikassee?«, fragte Rosa augenzwinkernd und hoffte dabei, mit ihrem Auftreten Tatjanas gesamte Aufmerksamkeit zu beanspruchen.

»Nee, heute mal Bouletten.« Die Witwe schien kurz abgelenkt und sah über Rosas Schulter hinweg, als würde sich hinter ihr etwas furchtbar Spannendes zutragen. »Kann dein Vater wieder laufen?«

Da haben wa den Salat! »Ha! Schön wär's. Wie kommst du denn da drauf?«

Eine kaum wahrnehmbare Falte entstand zwischen Tatjanas Brauen. »Ich hätte schwören können, dass er gerade auf die Toilette gerannt ist.«

Demnach hatte Artus geistesgegenwärtig die Flucht ergriffen. Links neben der Bar befanden sich die Toiletten, von dort führte eine Tür in den Innenhof, von dem aus man in Rosas Wohnung gelangte. Gesetzt den Fall man besaß einen Schlüssel. Bisher hatte Artus keinen gebraucht, weil Rosa ihn jedes Mal nach oben begleitet hatte, daher hatte sie es nicht für nötig befunden, ihm Maries Ersatzschlüssel auszuhändigen.

Wohl oder übel musste Artus also ausharren, bis Rosa ihm den Schlüssel geben konnte.

»Leider ist er dazu nicht mehr fähig. Ich habe ihn heute mal ausnahmsweise allein in der Wohnung gelassen und kann nur hoffen, dass das gut geht. Nicht immer leicht mit ihm.« *Wohl wahr.* Betrübt schüttelte sie den Kopf.

Tatjana bedachte sie mit einem mitfühlenden Blick. »Danke noch mal für das Essen neulich, es hat sehr gut geschmeckt. Eigentlich bin ich nur gekommen, um dir den zurückzugeben.« Sie hielt ihr den Topf entgegen.

Rosa nahm ihn ihr aus der Hand und grinste in sich hinein. *Wer's glaubt. Mit Sicherheit will sie nur herausfinden, wie weit Marie schon mit den Ermittlungen ist.* Aber das konnte ihr nur recht sein. So hatte sie die Gelegenheit, Keules Witwe noch mal unauffällig auf den Zahn zu fühlen.

»Bei der Polizei hat auch alles geklappt?«, wollte Rosa wissen.

Tatjana nickte. »Im Nachhinein bin ich froh, dass wir drüber gesprochen haben. Durch meine Aussage zählt Dieter jetzt nicht mehr zu den Verdächtigen.«

Da soll sie sich mal lieber nicht zu sicher sein. Artus' Theorie nach wäre es Dieter trotz seines Alibis gelungen, den Mord an seinem Bruder zu begehen. Aber das würde Rosa der Witwe natürlich nicht auf die Nase binden. Man sollte die Verdächtigen immer schön in Sicherheit wiegen, im Glücksfall würden sie sich irgendwann selbst durch eine Nachlässigkeit verraten. »Das freut mich. Dann werde ich ihn ja wohl jetzt öfters sehen, wenn er mein Fleisch anliefert.«

Tatjana ging nicht auf Rosas Worte ein, schaute stattdessen suchend durch das Restaurant. »Hast du einen Tisch für uns?«

»Für dich immer.« Rosas Blick schweifte durch den Durchgang in den zweiten Gastraum. Die Fensterplätze nebenan waren alle besetzt, der einzige freie Tisch an der Wand war reserviert. Es blieb ihr wohl nichts anderes übrig, als Tatjana und ihre Bekannte in den vorderen Gastraum gegenüber der Bar zu setzen.

»Ihr könnt euch gleich hier an den ersten Tisch setzen.« Rosa führte die beiden Frauen zu ihren Plätzen und gab ihnen je eine Speisekarte in die Hand.

Danach brachte sie Erwin das Bier.

»Wo ist denn deen Vadder abjeblieben?«, fragte Erwin in einer Lautstärke, die Tote wieder zum Leben erweckt hätte. »Der is uffjesprungen, als hätte er 'ne Knarre im Genick sitzen.«

Rosa spürte, wie ihr Hitze in den Kopf stieg. Unauffällig warf sie einen Blick zu Tatjana. Zum Glück befand sich noch ein besetzter Tisch zwischen ihr und Artus' Skatbrüdern. Keules Witwe unterhielt sich gerade angeregt mit ihrer Freundin, hatte also allem Anschein nach nichts mitbekommen. »Nicht mehr meinen Vater erwähnen«, raunte Rosa den beiden zu. »Der musste weg.«

»Wat hatta denn anjestellt?« Erwin hielt es noch immer nicht für nötig, seine Stimme zu senken.

»Nischt«, zischte Rosa. »Aber ...« Sie überlegte es sich anders und winkte ab. Jetzt war nicht der richtige Zeitpunkt für umständliche Erklärungen. »Erzähl ick euch 'n andermal.« Erneut blickte sie verstohlen zu Tatjana, was den beiden Skatbrüdern offenbar nicht entging. Neugierig reckten sie ihre Hälse. »Muss man die kennen? Die is ja so uffjedonnert wie 'n Fingstochse«, sagte Erwin mit dem Feingefühl eines gehörlosen Mammuts.

Rosa rollte mit den Augen und hatte Mühe, nicht die Beherrschung zu verlieren. *Der kommt ja wirklich aus'm Mustopf.* In der Hoffnung, dass Erwin endlich Ruhe gab, warf sie ihm einen beschwörenden Blick zu.

Erwin verstand den Wink mit dem Zaunpfahl und zuckte entschuldigend die Schultern.

»Nee, is nur die Witwe meines Bio-Schlachters«, flüsterte Rosa. »Die sieht immer aus wie aus'm Ei jepellt.«

»Die kommt mir irgendwie bekannt vor.« Hartmut runzelte die Stirn, während er die Karten einsammelte.

Rosa wurde hellhörig. »Ach ja? Woher denn?«

»Wenn mich nicht alles täuscht, hat die mal im *Le Mirage* gearbeitet.«

»Etwa in dem Puff?«, fragte Erwin, nun wieder in gleicher Lautstärke wie zuvor.

Rosa hielt den Atem an, als Tatjana irritiert in ihre Richtung sah.

»Lasst dit ma nich eure Frauen hören«, sagte Rosa wie vom Geistesblitz getroffen und wackelte gespielt mahnend mit dem Zeigefinger.

»Nee, wir wollen ja keinen Ärger zu Hause«, fing Hartmut sofort den Ball auf und lachte.

Aus dem Augenwinkel erkannte Rosa, dass Tatjana sich wieder ihrer Freundin zuwandte, die sich in die Speisekarte vertieft hatte und von ihr wissen wollte, welchen Wein sie zum Essen empfahl.

»Entweder als Stripperin oder als Prostituierte«, griff Hartmut das Thema mit gesenkter Stimme noch mal auf. »Daran kann ich mich nicht mehr erinnern. Aber kommt ja auch irgendwie aufs Gleiche raus.«

Hartmut hatte jetzt Rosas volle Aufmerksamkeit. »Ach! Das ist ja interessant. Bist du sicher, dass du dich nicht irrst?«

»Ziemlich sicher. Ich hab zwar ein Gedächtnis wie ein Sieb, aber Gesichter vergesse ich nie.«

»Könntest du dich in den Kreisen mal umhören und Näheres herausfinden? Wie sie sich damals genannt hat und warum sie dort aufgehört hat. Mit wem sie von den anderen Frauen Kontakt hatte und so weiter.«

»Tut mir leid. Kann mich da nicht mehr blicken lassen. Das wäre ja, als würde ich mich den Löwen freiwillig zum Fraß vorwerfen.«

»Also ick gloob nich, dass irjendwer von damals noch da arbeitet und dich wiedererkennt«, warf Erwin ein. »Dit muss doch drei Jahrzehnte her sein.«

»Ich will es auf jeden Fall nicht riskieren.«

Erwin nickte verständnisvoll.

Wovon reden die? Rosa legte die Stirn in Falten.

»Er war verdeckter Ermittler im Rotlicht-Milieu jewesen«, klärte Erwin sie auf. Endlich sprach auch er im Flüsterton. »Man hat ihn dort einjeschleust, weil der Besitzer des Ladens in irjendwelche Drogenjeschäfte verwickelt war. Irjendwann is er bei eener Razzia uffjeflogen und der Laden musste jeschlossen werden. Dit haben se ihm sicher übel jenommen. Später hat der Puff ja wieder jeöffnet, mit neuem Besitzer und unter anderem Namen.«

Rosa stützte eine Hand auf den Tisch und überlegte. Falls Tatjana wirklich dort als Prostituierte gearbeitet hatte, was hatte das dann mit dem Fall zu tun? Wusste jemand davon? Es war doch nachvollziehbar, dass man das nicht an die große Glocke hängte und so eine Vergangenheit lieber geheim hielt. An ihrer Stelle hätte Rosa dafür gesorgt, dass keiner davon erfuhr, um nicht angreifbar zu sein. Da sich Tatjana in der Rolle der Dame von Welt so gefiel, war das anzunehmen. Darauf ansprechen konnte Rosa sie aber auf keinen Fall. Also blieb ihr wirklich nur, auf eigene Faust Erkundigungen einzuholen.

Rosa schlug mit der flachen Hand auf den Tisch, um die Männer wieder auf ein anderes Thema zu bringen und sich selbst aufzurütteln. »Na, noch 'ne Runde aufs Haus?«

Erwin schüttelte den Kopf. »Nee, für heute is jenuch, muss noch Auto fahren.«

»Kann auch nicht mehr lange machen«, pflichtete Hartmut ihm bei. »Meine Kinder kommen heute noch zu Besuch, da muss ich pünktlich zu Hause sein. Mach uns doch bitte die Rechnung fertig.«

Rosa nickte und wechselte zum Tisch der Witwe.

»Gibt es denn schon einen neuen Tatverdächtigen?«, fragte Tatjana, nachdem Rosa ihre Bestellung aufgenommen hatte.

Rosa grinste in sich hinein. Von wegen ›nur Topf zurückbringen‹. Keules Witwe konnte ihr nichts vormachen. Ihr war nicht entgangen, dass die Beiläufigkeit in ihrer Stimme nur gespielt war. Sie hatte sie durchschaut und recht gehabt mit der Annahme, dass Tatjanas Auftauchen nur einen Grund hatte: Sie wollte den Stand der Ermittlungen herausbekommen.

»Nicht dass ich wüsste. Die Karten werden neu gemischt, der Mörder sollte sich auf keinen Fall zu sicher fühlen.« Es konnte nicht schaden, zum Ausdruck zu bringen, dass die Polizei an dem Fall dranblieb und auf keinen Fall aufgab.

»Das ist gut«, sagte die Witwe, ihr angespanntes Gesicht sprach jedoch eine andere Sprache.

In einer vornehmen Geste erhob Tatjanas Begleiterin sich von ihrem Platz. »Ich gehe mir mal eben die Nase pudern«, sagte sie zwinkernd, selbst diese wenigen Worte waren von einem starken russischen Akzent durchzogen. Ihre aufgespritzten Lippen erinnerten Rosa an zwei Würstchen kurz vor dem Platzen. *Das arme Ding,* dachte sie, *da muss ja ordentlich was schiefgelaufen sein.* Das konnte doch niemand so wollen.

Kaum war ihre Freundin fort, lehnte Tatjana sich vertraulich zu Rosa über den Tisch. »Dieser Schulze kommt auch nicht mehr als Verdächtiger infrage?«

»Nee, der hat wohl ein hieb- und stichfestes Alibi.«

Tatjana zog ein enttäuschtes Gesicht. »Es wäre beruhigend, zu wissen, dass Haralds Mörder keiner aus meinem Umfeld ist.«

Das konnte Rosa gut verstehen. Einen Moment lang schwiegen sie beide einträchtig, bis Rosa sagte: »Das kann ja immer noch der Fall sein. Vielleicht gibt es ja einen Außenstehenden, den die Polizei noch nicht in Betracht gezogen hatte, weil niemand wusste, dass er mit Harald in irgendeiner Verbindung stand.«

»Könnte sein. Aber wenn du mich fragst … Es gibt jemanden aus Haralds Verwandtschaft, der verdächtig auf mich wirkt.« Tatjana besah sich ihre perfekt manikürten Fingernägel.

Rosa rutschte zu ihr auf die Sitzbank, sie konnte ihre Neugierde kaum zügeln. *Jetzt wird es interessant.* »Wen meinst du?«

»Holgers Verhalten war schon sehr merkwürdig.«

Rosa runzelte die Stirn.

»Haralds Schwiegersohn.«

»Ja, ich weiß, wer Holger ist. Und warum?«, hakte Rosa nach, als Tatjana keine Anstalten machte, ihr eine nähere Erklärung abzugeben.

»Dass er Dieter angeschwärzt hat, er könnte seinen Bruder umgebracht haben, ist schon ein starkes Stück.«

Kam es Rosa nur so vor, oder versuchte Tatjana gerade, ihr den Mann von Keules Tochter als Verdächtigen aufzuschwatzen? »Er hat ihn nicht angeschwärzt. Jemand von der Polizei hat ein Gespräch zwischen Holger und seiner Frau aufgeschnappt, in dem es darum ging, dass Keule seinen Anteil von seinem Bruder verlangt hat und er dadurch in Geldnot geraten wäre.« Rosa hatte ein schlechtes Gewissen, diese

Informationen weitergegeben zu haben. Aber auch nur für einen kurzen Moment, denn dann fiel ihr wieder ein, dass sie ja jetzt auch zum Ermittlerteam gehörte. »Hätte Holger denn ein Motiv?«, lenkte sie das Thema in eine andere Richtung.

»Na ja, er mochte Harald wohl nicht sonderlich, weil er Oliver Kerstin vorgezogen hat. Die hat ihren Vater doch sicher schon des Öfteren verflucht und ihm den Tod gewünscht.« Tatjana deutete die Halsabschneider-Geste an. »Im Kühlhaus konnte Holger das Problem einfach lösen, ohne seinen Job zu riskieren. Ich habe meine Tarotkarten dazu befragt und sie haben ganz eindeutig offenbart, dass der Mord aus Rache geschah. Ich habe die Karten für Holger gelegt und zog *Die Fünf der Schwerter*, diese Karte bedeutet Abrechnung. Und glaube mir, Rosa, die Karten lügen nicht.«

Tarotkarten. Ach du liebe Güte. Das klang alles ziemlich zurechtgelegt, fand Rosa, und irgendwie wenig überzeugend. Doch sie enthielt sich eines Kommentars, auch deshalb, weil Tatjanas Freundin in dem Moment von der Toilette wiederkam.

Rosa beschloss, die Angelegenheit mit Artus unter vier Augen zu bereden. *Apropos...* Dem sollte sie langsam den Schlüssel bringen, bevor er wieder ungehalten wurde.

Nachdem sie ihren Schlüsselbund aus dem Personalraum geholt hatte, ging sie zur Herrentoilette und öffnete die Tür. »Vati!«, rief Rosa in den Raum hinein.

»Na endlich!«, kam es unwirsch aus der zweiten Kabine. »Ich sitze schon eine geschlagene Stunde auf dem Toilettendeckel und warte, dass mich jemand holt.« Die Tür wurde entriegelt und Artus erschien mit verärgertem Gesichtsausdruck.

»Es waren fünfzehn Minuten, um genau zu sein«, stellte Rosa richtig. »Du hättest doch auch hinten im Hof warten können.«

Artus schnaufte entrüstet. »Bei dem Regen?«

Rosa sah zum Fenster. Rinnsale liefen an der Scheibe hinab. »Während du hier gesessen hast, hab ich etwas Interessantes in Erfahrung gebracht.«

»Von der Witwe?«

»Nee, von Hartmut.«

Irritation malte sich auf seine Züge. Einen Augenblick später sah er Rosa misstrauisch an, als suchte er nach Anzeichen von Ironie in ihrem Gesicht.

»Ich bringe dich erst mal hier raus, dann erzähle ich dir alles.«

Artus ging ihr entgegen, wollte durch den Spalt der Tür schlüpfen, doch Rosa hielt ihn zurück. »Einen Moment noch.«

Schnell warf sie einen kurzen Blick in den Gastraum, um sich zu vergewissern, dass sie Tatjana nicht in die Arme liefen. Die Luft war rein, also winkte sie ihren Vater heraus und führte ihn über den Hof ins Treppenhaus ihres Wohnhauses.

Während sie vor Artus die Stufen hinaufstapfte, erzählte sie ihm, was sie von seinem Skatkumpel erfahren hatte.

»Na, das wäre ja ein dickes Ding!«, war alles, was Artus dazu zu sagen hatte.

Wie Rosa ihren Vater kannte, musste er diese neue Information erst mal sacken lassen. Genau wie sie. Bis heute Abend hatten sie ausreichend Gelegenheit dazu.

»Wir sprechen uns später, Vati.«

Artus nickte und hing augenscheinlich seinen Gedanken nach, als er in Richtung des Wohnzimmers steuerte.

Während Rosa wieder ihrer Arbeit hinter der Bar nachging, suchte sie fieberhaft nach einem Vorwand, um noch mal in Ruhe unter vier Augen mit Tatjana zu reden. Sie musste den neuen Erkenntnissen über ihre Vergangenheit auf den Grund gehen. Konnte wirklich etwas dran sein, dass sie damals dem ältesten Gewerbe der Welt nachgegangen war? Oder hatte Hartmut sie mit jemandem verwechselt?

Mit der Masche, ihr zur Unterstützung Essen zu bringen, konnte sie Tatjana jetzt nicht mehr kommen. Die Witwe würde Rosa durchschauen, dass sie nur herumschnüffeln und aus ihr etwas herausbekommen wollte. Sie musste es geschickter anstellen. Nur wie?

Als Rosa ihr Restaurant spät am Abend geschlossen hatte, lief sie nach oben in ihre Wohnung.

Im Wohnzimmer brannte noch Licht. Im *Onkel Theo* war so viel los gewesen, dass sie es versäumt hatte, Artus etwas zum Abendessen zu bringen und ihn bettfertig zu machen. Mittlerweile ließ er sich anstandslos von ihr behilflich sein, was Rosa sehr erleichterte.

Sicherlich ist er nach den Tagesthemen im Fernsehsessel eingeschlafen, ging es Rosa durch den Kopf. Eigentlich benutzte er Theos altes Arbeitszimmer, das mittlerweile zum Gästezimmer umfunktioniert worden war.

Ganz leise legte Rosa ihre Schlüssel auf der Garderobe ab, schlüpfte aus ihren Schuhen und tapste durch den Flur ins Wohnzimmer.

Richtig geraten. Artus saß aufrecht im Fernsehsessel, hatte aber die Augen geschlossen. Seine Hose war mit Bröseln übersät. Vor ihm eine leere Packung Schokoladenkekse. Es brauchte keinen detektivischen Spürsinn, um zu wissen, woraus sein Abendessen bestanden hatte. Rosa musste schmunzeln. Früher hatte ihre Mutter ihm immer diese Sorte gekauft. Rosa hatte sich daran erinnert und sie ihm neulich mitgebracht, aber Artus hatte abgelehnt und behauptet, er mochte sie nicht mehr. Offensichtlich hatte er es sich anders überlegt.

Erst jetzt fiel Rosa auf, dass ein weißes Tuch über dem Fernseher hing, das mit Wäscheklammern am Einbauschrank befestigt worden war. Bei genauer Betrachtung erkannte Rosa, dass es sich dabei um ihre geliebte Spitzentischdecke handelte. Sie stöhnte schmerzlich auf. Theo hatte sie ihr zum fünften Hochzeitstag geschenkt und Rosa holte sie nur zu besonderen Anlässen aus dem Schrank.

Das gehörte jetzt der Vergangenheit an. »Ah!«, entfuhr es Rosa, während sie wütend die Hände in die Taille stemmte. »Das ist ja wohl …« Artus hatte die Spitzendecke zum Whiteboard umfunktioniert und mit schwarzem Edding Namen darauf geschrieben. Manche hatte er durch Pfeile miteinander verbunden, andere stark umkringelt. Die von Natur aus krakelige Schrift ihres Vaters ließ sich durch sein Schreiben mit der linken Hand nun kaum noch entziffern. In Rosas Augen wirkte das Ganze nicht mehr als ein einziger großer Misthaufen, aus dem sie nicht schlau wurde.

»Vati«, flüsterte Rosa, als sie sich vom ersten Schock erholt hatte. Zum Schlafen sollte er ins Bett gehen und nicht in diesem Sessel die Nacht verbringen, sonst bekam er zusätzlich zu seinen Arm- und Beinschmerzen auch noch Rückenprobleme.

Artus öffnete die Augen. »Rosalinde!«, sagte er, offenbar erschrocken, dass sie direkt vor ihm stand. »Ich habe mir Gedanken gemacht«, nuschelte er mit belegter Stimme und richtete sich im Sessel auf.

»Das sieht man.« Mit hochgezogener Augenbraue wies Rosa auf die Tischdecke. »Ich verstehe nur Bahnhof.«

»Das sind die Namen aller Beteiligten. Verwandte und

Bekannte, die einen Bezug zueinander hatten, habe ich miteinander verbunden.«

Hauptsache er versteht, was gemeint ist. »Aha. Und was bringt das jetzt?«

»Es hilft mir, die Zusammenhänge besser zu erkennen.«

Rosa nickte, hatte aber keinen blassen Schimmer, welche Zusammenhänge er meinte. Doch ihr Ärger war bereits verpufft. Was brachte es schon, Artus Vorhaltungen zu machen? Er scherte sich nun mal nicht um den Wert von Gegenständen, für ihn zählte nur die Funktionalität. Er konnte ja nicht wissen, dass diese Tischdecke einen emotionalen Wert für Rosa hatte und kostbare Erinnerungen an ihr hingen.

»Meinst du, es könnte in irgendeiner Weise für den Fall relevant sein, wenn Tatjana tatsächlich als Prostituierte gearbeitet hat?«

Artus rieb sich die Augen und unterdrückte ein Gähnen. »Man sollte der Sache zumindest nachgehen. Morde haben meist etwas mit der Vergangenheit zu tun. Und Keules Witwe macht den Eindruck, als läge ihr daran, die ihre zu vertuschen. Mit so einer Sache ist man erpressbar, wenn niemand davon wissen darf. Man sollte unbedingt rausbekommen, bis wann sie in diesem Bordell gearbeitet und wann sie Harald kennengelernt hat. Vielleicht ist Oliver sogar von einem Freier gezeugt worden.«

Rosa staunte, wie glasklar Artus' Sicht auf die Dinge war. Sie dachte immer, er hätte geistig abgebaut, aber was die Polizeiarbeit betraf, war er immer noch ein alter Fuchs. »Das ist mir auch schon durch den Kopf gegangen. Du meinst also, wir sollten Marie davon erzählen?«

»Jetzt, wo ein anderer Fall dringlicher ist? Nein, ich denke, die setzen gerade andere Prioritäten. Wie es aussieht müssen wir uns der Sache selbst annehmen.«

Rosa und Artus wechselten einen Blick.

»Ich werde mir den Laden mal ansehen«, ergriff Artus wieder das Wort.

»Aber doch nicht ohne mich!«, begehrte Rosa auf.

»Ich denke, es ist besser, ich gehe da allein hin. Das ist nichts für Frauen.«

»Kommt überhaupt nicht infrage! Das ist unsere Ermittlung. Ich begleite dich natürlich.«

»Wo hast du nur diese Sturheit her, Kind?« Artus schmunzelte und Rosa konnte ein Grinsen nun auch nicht mehr unterdrücken.

Kapitel 17

RIN INS VERJNÜGEN

Rosa blieb stehen, ließ den Anblick für einen Moment auf sich wirken.

Es hätte wie ein ganz normales Wohnhaus ausgesehen, wenn es nicht rot illuminiert gewesen wäre und die von hinten beleuchtete Silhouette einer barbusigen Frau rhythmisch geblinkt hätte. Darüber prangte in Neonpink der Schriftzug *Chez Nadine*.

Rosa fragte sich, ob Artus auch mal in einem solchen Etablissement gewesen war. Nein, eigentlich wollte sie es gar nicht wissen. Das würde nur zu unerwünschtem Kopfkino führen. Und wer wollte schon wissen, ob der eigene Vater mal ein Freudenhaus besucht hatte?

»Ich war schon mal hier.«

Rosa fiel vor Schreck die Kinnlade herunter. Diese Informationen hätte sie jetzt wirklich nicht gebraucht. Schockiert wanderte ihr Blick zu Artus.

Ihr Vater verdrehte die Augen. »Schau mich nicht so vorwurfsvoll an. Das war bei einer Razzia, Ende der Achtziger, so lange gibt es diesen Schuppen nämlich schon. Damals hieß er allerdings noch *Le Mirage*.« Artus hielt inne und wirkte auf einmal zögerlich.

»Was ist?«

»Vielleicht sollten wir das Ganze doch lieber der Polizei überlassen.«

»Kriegst du etwa kalte Füße?«, fragte Rosa belustigt.

»Quatsch!« Artus war die Empörung selbst. Offensichtlich hatte sie ihn in seiner Ehre gekränkt.

Rosa hob fragend die Augenbrauen. »Aber?«

»Ich mache mir nur Sorgen um *dich*«, rückte er endlich damit raus. »Du solltest so etwas nicht sehen.«

Rosa lachte auf. »Vati, ich bin 54 Jahre. Dachtest du etwa, ich habe noch nie halb nackte Frauen und geile Männer zusammen in einem Raum gesehen?«

»Das nicht, aber …«, druckste er herum. »Na ja, irgendwie ist das ja eine öffentliche Diskriminierung von Frauen. Ich kenne dich, du könntest …«

»Vati, solange die Frauen das freiwillig machen und nicht dazu gezwungen werden, ist das ja wohl ihre Sache, wie sie ihr Geld verdienen«, schnitt Rosa ihm das Wort ab. »Ich werde auch ganz brav sein, versprochen!«

»Also gut. Jetzt ist es eh zu spät, um jung zu sterben. Ziehen wir es durch.« Artus humpelte zielstrebig auf den Eingang zu.

Rosa wieselte hinter ihm her und versuchte, zu ihm aufzuschließen. »Können wir einfach so da reinmarschieren?« Sie sah an sich herunter. Wurde man als Frau überhaupt in ein Bordell hereingelassen? Darüber hatte sie sich bisher noch gar keine Gedanken gemacht.

»Ich wüsste nicht, was dagegenspricht.«

Rosa fiel da so einiges ein, aber sie zog es vor, Artus nicht davon in Kenntnis zu setzen. »Ich bin jedenfalls auf alles gefasst.«

»Wir verhalten uns einfach so unauffällig wie möglich und sehen uns erst mal um.«

Ungefähr so unauffällig wie zwei Walrösser auf einem Fuß-

ballfeld, dachte Rosa in einem Anflug von Ironie. Die beiden mussten schon ein ulkiges Bild abgeben. Der hinkende Opa mit dem Gipsverband und eine korpulente Frau im reifen Alter mit Jutebeutel über der Schulter. Aus gegebenem Anlass hatte Rosa sich für den mit dem Aufdruck *Rin ins Verjnügen* entschieden. Die Sache mit ein wenig Humor anzugehen, konnte schließlich nicht schaden.

Der Eingang des Sexclubs lag verlassen da. Rosas Befürchtung, es gäbe eine Einlasskontrolle, erfüllte sich nicht. Problemlos passierten sie den langen dunklen Flur, der in einen Barbereich mündete.

Rosa verschaffte sich erst einmal einen Überblick. Sie hatte sich das Ganze anders vorgestellt. Irgendwie klischeehafter. Ein in die Jahre gekommener Puff mit dunkelroten Samtsofas und schummrige Beleuchtung, diese Bilder waren ihrer Fantasie entsprungen. Aber dieser Laden war komplett renoviert und saniert worden, was Rosa jetzt ebenfalls daran zweifeln ließ, dass sie jemanden trafen, der schon so lange hier arbeitete, dass er Tatjana kannte.

Ein großer Lounge-Bereich mit weißen Sofas tat sich vor ihnen auf. Eine kleine Showbühne mit goldener Tanzstange, Fliesen in Metalloptik, Wandgemälde mit barbusigen, lasziv blickenden Frauen, die unter akutem Männermangel zu leiden schienen. In der Ecke standen Skulpturen, die ebenfalls nackte Frauen darstellten.

Weil Rosa es so aus Filmen kannte, nahm sie an, dass die Damen sich ihre Freier an der Bar angelten, wo sie sich erst auf einen Drink einladen ließen und sich anschließend auf eines der Zimmer zurückzogen.

Eine von ihnen saß auf einem Barhocker. Sie war sorgfältig geschminkt, das Haar fiel weich, sie trug Highheels und roten Nagellack. Den Neuankömmlingen schenkte sie keine

Beachtung, da sie gerade damit beschäftigt war, einen ihrer künstlichen Fingernägel anzukleben.

Aus den Boxen neben der Bar erklang *Je t'aime*. Fasziniert verfolgte Rosa die Darbietung einer Tänzerin, die gerade kopfüber die Stange runterrutschte. Sie war nur in String und in einen mit Pailletten besetztem BH gekleidet. *Hoffentlich knallt das arme Ding nicht mit dem Kopf auf dem Boden auf*, war Rosas einzige Sorge.

Ein Lachen erklang. Zwei ältere Herren in der Ecke am Eingang erregten Rosas Aufmerksamkeit. Sie steckten die Köpfe zusammen und schienen über sie zu reden.

Rosa warf den beiden einen finsteren Blick zu.

»Na, Muttchen, haste dich verlaufen? Oder hat der Alte dich mitjenommen, damit de ihm die Hose uffmachst?«, rief einer der beiden quer über die Bar.

Schallendes Lachen ertönte.

Rosa tat so, als fühlte sie sich nicht angesprochen, und wandte sich suchend um.

»Nee, dit is seine persönliche Krankenschwester. Wenn der kommt, jibt se ihm 'ne Spritze, damit er keenen Herzinfarkt krijt«, setzte der andere noch einen drauf.

Wieder brüllten beide los vor Lachen.

Langsam wurde es Rosa zu bunt. Sie war schon mit ganz anderen Typen fertig geworden. »Passt ma uff, ihr Backpfeifenjesichter ...«

»Lass gut sein, Rosalinde«, sagte Artus und zog sie an der Schulter mit sich. Schnurstracks ging er auf die Bar zu und schwang sich energiegeladen auf den knallroten Lederhocker neben die Dame, die jetzt von ihren Fingernägeln aufsah. Gelangweilt wanderte ihr Blick erst zu Artus und danach weiter zu Rosa. Kurz verzog sie verständnislos das Gesicht, wandte sich dann aber wieder ab und nippte an ihrer Cola.

»Rosalinde, gib mir mal dein Handy.«

Rosa fischte es aus ihrem Jutebeutel, scrollte darin herum und reichte es ihrem Vater.

Artus hielt der Bardame das Display mit Tatjanas Profilbild entgegen. »Kennen Sie die Frau?«

Die Brünette in Latex und streng nach hinten gegelten Haaren interessierte sich ebenfalls nicht für die zwei Neuankömmlinge. Kaugummikauend warf sie einen kurzen Blick auf das Foto. »Noch nie gesehen.«

»Gibt es denn jemanden, der schon länger hier arbeitet?«, wollte Artus wissen.

»Definiere länger.«

»Na ja, als es noch den Namen *Le Mirage* trug, so ungefähr dreißig Jahre.«

Die Barfrau warf Artus einen skeptischen Blick zu und ließ eine Kaugummiblase platzen. »Soviel ich weiß, hat Manfred den Laden vor neun Jahren übernommen. Aber Siegfried, der Hausmeister, sieht so aus, als könnte er schon so lange da sein.«

»Wo finden wir den?«, wollte Artus wissen.

»Glaub, der ist schon weg, sitzt aber bestimmt nebenan im *Schmidtchen Schleicher* bei seinem Feierabendbier.«

»Na dann versuchen wir da mal unser Glück.«

Verstohlen ließ Rosa den Blick umherschweifen und versuchte ein letztes Mal alle Eindrücke in sich aufzunehmen. So schnell würde sie sicher nicht mehr ein derartiges Etablissement besuchen. Insgeheim war sie jedoch erleichtert, dass ihre Nachforschung hier nur von kurzer Dauer gewesen war.

Beim Verlassen des Clubs konnte Rosa es dann aber doch nicht lassen, den feixenden älteren Herren mit dem wackelnden Zeigefinger zu drohen.

Es gehörte nicht viel dazu, den Hausmeister in der Kneipe nebenan aufzuspüren.

Ein einzelner Mann um die sechzig saß mit zerbeulter Lederweste und Karohemd an der Bar und starrte Löcher in die Luft. Er hatte sein Haar mithilfe von Pomade streng nach hinten über seine Halbglatze gekämmt und trug eine eckige Brille, wie sie in den Achtzigern mal modern gewesen war. Sein gerötetes Gesicht ließ auf zu hohen Blutdruck und erhöhten Alkoholkonsum schließen.

»Sind Sie der Hausmeister vom Bordell nebenan?«

Als Artus ihn ansprach, drehte er sich schwerfällig um und sah ihn an. »Wer will das wissen?« Sein Blick aus kleinen dunklen Augen war voller Misstrauen. Sie erinnerten Rosa an die eines Marders.

»Wir.« Artus setzte ein einnehmendes Lächeln auf, das etwas verrutschte und dann dem eines Haifischs ähnelte.

Klarer Fall von gegenseitiger Antipathie auf den ersten Blick, dachte Rosa im Stillen und unterdrückte ein Seufzen.

Der Mann verströmte einen unangenehmen Geruch nach Zigaretten und Schweiß.

Unauffällig wich Rosa zurück und versuchte so wenig wie möglich zu atmen. Für mangelnde Körperpflege konnte sie gar kein Verständnis aufbringen. Ihr Theo hatte immer gut gerochen, sogar noch nach einer Zehn-Stunden-Schicht im *Onkel Theo.*

Siegfried nahm einen großen Schluck Bier und sah Artus und Rosa von oben bis unten an, ehe er sich zu einer Antwort herabließ. »Womit kann ich dienen?«

»Wir suchen eine alte Bekannte«, sagte Artus. »Ihre letzte Spur ist angeblich im *Le Mirage* zu finden. Vielleicht können Sie uns ja weiterhelfen.«

Rosa zückte ihr Mobiltelefon, suchte nach dem Foto und reichte es an Artus weiter.

Der hielt dem Mann das Display vor die Nase. »Kennen Sie die?«

Der Hausmeister warf nur einen kurzen Blick auf Tatjana. »Wie kommen Sie darauf, dass ich etwas über die wissen könnte?«

»Die Barfrau aus dem *Chez Nadine* meinte, dass Sie schon eine Weile dort arbeiten und der Einzige wären, der sie kennen könnte.«

»Die hat mir gegenüber doch noch nie die Zähne auseinandergekriegt«, sagte er mürrisch, mehr zu sich selbst.

»Was darf's denn sein, die Herrschaften?« Eine in die Jahre gekommene Barfrau mit leichtem russischem Akzent sah sie abwartend an.

»Ein Wasser«, antwortete Rosa brav, denn sie wusste, wie unhöflich es war, einen Laden zu betreten und nichts zu bestellen.

»Für mich dann auch«, brummte Artus, als die Frau ihn mit hochgezogenen Augenbrauen ansah.

»Was springt denn für mich dabei raus?«, fragte der Hausmeister, als die Russin begann, mit Gläsern zu hantieren. Offenbar witterte er jetzt ein Geschäft.

»Erst Informationen, danach sehen wir weiter«, sagte Artus ruhig und in souveränem Tonfall, wie Rosa es von ihm in solchen Situationen gewohnt war. *Ganz der ehemalige Bulle,* dachte sie amüsiert.

Der Hausmeister stierte ihn eine Weile aus schmalen Augen an, ehe er sich zu einer Antwort durchrang. »Sie nannte sich Irina. Ihren wirklichen Namen kenne ich nicht.«

Bingo. Aufregung prickelte in Rosas Magen. Wieder hatten sie etwas herausgefunden, das sie in dem Mordfall einen Schritt weiterbringen konnte.

»Also hat sie damals im *Le Mirage* gearbeitet?«, hakte Artus sicherheitshalber nach.

Der Mann nickte. »Ich erinnere mich an sie. Damals hatte sie noch dunkle Haare. Eine hochnäsige Tussi, die mich nicht mit dem Hintern angesehen hat.«

Wenn er damals schon so unleidlich war, wie er sich jetzt gibt, wundert mich das nicht, dachte Rosa.

»Aber Polina kennt sie besser.« Siegfried wies mit dem Kinn auf die Barfrau.

»Irina?« Die Barfrau wurde hellhörig. »Zeigen Sie mal her.« Artus hielt ihr ebenfalls das Bild von Tatjana vor die Nase.

Sie lachte bitter auf. »Allerdings. Die Schlampe hat mich im Stich gelassen.«

Artus und Rosa wechselten einen erstaunten Blick.

»Sind Sie damals zusammen aus Russland hierhergekommen?«, fragte Artus.

Sie schüttelte den Kopf. »Sie kam nach mir. Ich habe ihr einen Job als Kindermädchen bei einer Familie organisiert, weil Irina ein wenig Deutsch konnte. Aber es muss etwas vorgefallen sein, denn sie haben sie schon nach kurzer Zeit wieder vor die Tür gesetzt.« Mit einem schmutzigen Lappen wischte sie gedankenverloren über den Tresen. »Ich nehme an, sie hat den Familienvater verführt. Mir hat sie erzählt, er wollte ihr an die Wäsche gehen und seine Frau hat das mitbekommen. Sie war schon immer ein ausgekochtes Luder. Sie wollte unter keinen Umständen zurück nach Belarus, deshalb stand sie erst mal auf der Straße und hat ein paar Wochen bei mir gewohnt, bis ich ihr gesagt habe, so geht das nicht weiter. Ich habe als Stripperin im *Le Mirage* gearbeitet und habe sie meinem Boss vorgestellt. Sie konnte sofort bei ihm anfangen. Natürlich hatte sie keine Schwierigkeiten, sich zu prostituieren. Das hat sie ja früher schon getan, wenn sie etwas erreichen wollte.« Die Verachtung in ihrer Stimme war nicht zu überhören.

So hart das klang, aber Rosa konnte sich vorstellen, dass da etwas dran war. Sie schätzte Tatjana so ein, dass sie sich für nichts zu schade war, um ihre Ziele zu erreichen.

»Irina suchte einen Mann, der sie da rausholt und ihr ein besseres Leben ermöglicht«, fuhr die Barfrau fort. »Das hat sie mir erzählt. Und das ist ihr ja offenbar gelungen.«

»Deshalb hat sie dann dort aufgehört?«, wollte Artus wissen.

»Sie wurde schwanger, von einem Freier.« Die Russin schnaubte bitter. »Aber Irina war nicht blöd und hat sich schnell einen Versorger geangelt.«

»So ein aufgeblasener Wichtigtuer, der glaubte, er hätte ein Recht auf sie«, mischte der Hausmeister sich wieder ein. »Manfred hat gesagt, es gäbe kein Exklusivrecht auf seine Damen. Als der Typ daraufhin richtig Ärger machte, hat er ihm Hausverbot erteilt. Kurz darauf hat Irina ihre Sachen gepackt, ist abgehauen und wart nie wieder gesehen. Würde mich nicht wundern, wenn die wieder in der Gosse gelandet ist.« Es folgte ein spöttisches Lachen, eine Kombination aus chronischer Bronchitis und Raucherhusten, die Rosa noch einen Schritt zurücktreten ließ.

»Das glaube ich nicht«, hielt die Barfrau dagegen. »Irina ist der Typ Frau, der immer wieder auf den Füßen landet.«

Rosa trank einen Schluck aus ihrem Wasserglas. Vor Aufregung war ihre Kehle ganz trocken geworden. »Wissen Sie zufällig noch den Namen des Mannes, der sie da rausgeholt hat?«

Die Barfrau nickte. »Sie nannte ihn Harry.«

Rosa und Artus wechselten einen Blick. Sie hatten also ins Schwarze getroffen. Das musste Keule gewesen sein, der sie aus dem Schuppen rausgeholt hatte. Und dann hat er ihr einen Heiratsantrag gemacht und ihr geholfen, ihre Vergangenheit hinter sich zu lassen. Deshalb hatte er sie auch später wie seinen Besitz behandelt, schlussfolgerte Rosa, weil er der Meinung war, er hätte sie gerettet und sie gehörte nun ihm.

»Irina hat gesagt, sie hilft mir, aber sie hat sich nie wieder bei mir gemeldet und auch nichts hinterlassen, wo ich sie hätte erreichen können.« Die Stimme der Barfrau klang so hasserfüllt, als hätte sie bis heute noch nicht damit abgeschlossen. »Ihr Worte waren nichts als leere Versprechungen. Es ging immer nur um sie und dann kam lange nichts.«

Sie macht ihre ehemalige Freundin für ihr gesamtes verkorkstes Leben verantwortlich, dachte Rosa und wunderte sich, wie man nach so langer Zeit noch so nachtragend sein konnte.

»Wenn Sie sie wiederfinden, sagen Sie ihr, sie kann mich mal kreuzweise«, gab sie Rosa und Artus noch mit auf den Weg.

Beim Gehen legte Artus jedem von ihnen einen Zwanzigeuroschein auf den Tresen.

Das fand Rosa sehr anständig von ihm, zumal die Barfrau gar nicht danach verlangt hatte.

Kapitel 18

NÜTZT JA NÜSCHT

An Rosas freiem Tag hatten Artus und sie sich mit Marie zum Eisessen am Winterfeldplatz verabredet, denn die wohnte nur ein paar Straßen weiter und konnte zur Eisdiele laufen.

Das Thermometer war auf über 30 Grad geklettert und die Sonne strahlte unbarmherzig herab.

»Ich bin gespannt, wie Marie die Neuigkeiten aufnimmt«, sagte Artus, während er aus dem Auto stieg. »Schließlich haben wir einen großen Beitrag zu dem Fall geleistet und die neuen Erkenntnisse, die wir über Keules Witwe gewonnen haben, könnten eine wichtige Rolle für die Ermittlungen spielen.« Er setzte sich Theos alten Strohhut auf den Kopf, den Rosa ihm gegen die Sonne gegeben hatte.

Rosa stellte belustigt fest, dass er jetzt aussah wie ein Landstreicher, den sie von der Straße aufgelesen hatte. Eine Rasur hatte er nämlich mal wieder nicht für nötig befunden. Aber wenigstens blieb er so von einem Sonnenstich verschont.

Sie selbst schützte sich mit einem Strandhut, den Theo ihr mal in einem Urlaub an der Adria geschenkt hatte. Er hatte gesagt, der Hut ließe sie sehr elegant erscheinen. Das hatte Rosa sehr geschmeichelt, denn das Wort Eleganz in Verbindung mit ihr passte in etwa so gut zusammen wie eine Gazelle und eine Seekuh.

Gut gelaunt liefen sie den Weg bis zu dem italienischen Eisladen, entlang an niedlichen Cafés, einem Souvenirladen und Restaurants, die alle einen köstlichen Duft verströmten. Menschen saßen an kleinen Tischen in der Sonne, lachten, unterhielten sich oder tippten eifrig in ihre Laptops oder Smartphones, während Kellner geschäftig um sie herumwuselten. Rund um den Winterfeldplatz herrschte buntes Treiben, Rosa liebte diesen Teil der Stadt.

Marie war schon da. Sie hatte draußen unter einem Sonnenschirm einen Tisch für sie freigehalten und empfing sie mit einem Lächeln.

»Was gibt es Neues?«, fragte Rosa, nachdem jeder einen Eisbecher bestellt hatte.

»Keules privates Handy wurde im Schweinestall gefunden«, sagte Marie. »Offenbar hat er es dort liegen gelassen.«

Rosa nahm ihren Hut ab und band sich die Haare mit einem Zopfgummi zusammen. »Wenn er es dort vergessen hat, hat er es wohl nicht besonders oft gebraucht.«

»Seine sozialen Kontakte beschränkten sich auch nur auf ein paar wenige Personen.« Marie steckte sich die Sonnenbrille ins Haar.

Rosa fielen die Sommersprossen auf, die sich um Maries Nase verteilten. Sie mochte sie, ließen sie nicht so streng wirken, doch ihre Tochter hatte sie schon immer als Fluch empfunden.

»Mit wem hat er zuletzt telefoniert?«, wollte Artus wissen.

»Mit dem Freund, mit dem er regelmäßig Dart gespielt hat. Das war am Tag vor seinem Tod.«

Artus seufzte. »Also hilft uns das auch nicht weiter.«

»Komisch ist nur, dass dieser Freund gar nicht auf der Beerdigung erschienen ist«, sagte Marie nachdenklich.

Artus zuckte mit den Schultern. »Vielleicht ist ihm etwas dazwischengekommen.«

Rosa sah ihn kopfschüttelnd an. »Zu einer Beerdigung eines Freundes geht man doch, schon allein aus Anstand und Respekt.«

»Habt ihr ihn schon befragt?«, wollte Artus wissen.

»Bisher nur telefonisch. Er sagte, er wäre am Tag der Bestattung verhindert gewesen, da niemand seine Schicht übernehmen konnte. Er ist Optiker, sein Laden befindet sich Ku'damm Ecke Tauentzin.«

Artus lehnte sich interessiert nach vorne. »Lehmann?«

Marie nickte.

»Den kenn ich, da war ich schon einmal wegen einer Lesebrille. Der Sache solltet ihr nachgehen. Schließlich war das die Person, mit der Keule als Letztes telefoniert hat.«

»Wir sind dran.«

Das Gespräch wurde von der Kellnerin unterbrochen, die das Eis servierte.

Als alle ihren Eisbecher vor sich hatten, erzählte Artus in aller Ausführlichkeit von ihrem Besuch im Bordell. Den Stolz in seiner Stimme konnte er nur schwer verhehlen. »Wir hatten Glück, und in der Kneipe nebenan haben wir gleich zwei Personen angetroffen, die Keules Witwe von früher kannten. Hartmut hat also richtig gelegen.«

Bisher hatte Marie kommentarlos seinem Bericht gelauscht, jetzt ließ sie klirrend den Löffel in ihr Eisglas fallen. »Das geht jetzt wirklich zu weit!« Kopfschüttelnd lehnte sie sich zurück. »Hatten wir nicht ausgemacht, dass es keine Alleingänge mehr gibt?« Maries Augen funkelten, ihr wütender Blick streifte Rosa.

Erstaunt über Maries Reaktion verschlug es ihr für einen Moment die Sprache. Sie schluckte den Rest ihres Pistazieneises hinunter und legte ebenfalls ihren Löffel zur Seite. Ihre Tochter tat gerade so, als ob sie die Anstifterin gewesen sei.

Dabei trugen Artus und sie zu gleichen Teilen die Schuld. Und wieso eigentlich Schuld? Sie hatten die Idee gehabt, Hartmuts Behauptung nachzugehen, um ein weiteres Motiv für den Mord herauszufinden. »Es war von *illegalen* Alleingäng...«, setzte sie an.

Aber Marie ließ ihre Mutter gar nicht zu Wort kommen. »Ihr hättet das mit Erik und mir absprechen und uns gleich darüber aufklären müssen, was ihr herausgefunden habt.«

Wenn Artus Maries Reaktion überraschte, ließ er es sich zumindest nicht anmerken. »Haben wir doch.« Er war ganz die Ruhe selbst und schob sich noch einen Löffel Schokoeis in den Mund.

Marie schnaubte. »Aber erst danach. Ihr hättet es schon davor machen müssen, als dein Kumpel den Verdacht geäußert hat, dass er Keules Witwe aus dem Bordell kennt und nicht erst nachdem ihr den Laden aufgemischt habt.«

»Wir haben nichts aufgemischt, sondern uns ganz unauffällig verhalten.« Rosa wusste wirklich nicht, warum Marie sich so aufregte. Was war schon dabei, ein wenig selbst nachzuforschen? Sie hatten die Ermittlungen nicht behindert, sondern vorangetrieben! »Außerdem wollten wir euch Arbeit abnehmen, wo ihr doch einen neuen Fall reinbekommen habt, der wichtiger ist.« Diese Spitze konnte Rosa sich einfach nicht verkneifen, denn noch immer ärgerte es sie, dass der Mord an Keule weniger Priorität hatte.

»Das ist kein Grund für eure Alleingänge.« Maries Stimme hatte sich mittlerweile so hochgeschraubt, dass sich nun sogar die zwei Frauen am Nachbartisch nach ihr umdrehten und empört die Köpfe schüttelten. »Damit ist jetzt ein für alle Mal Schluss. Es wäre unsere Aufgabe gewesen, uns in dem Bordell umzuschauen.«

Artus lachte leise. »Sei doch froh, dass wir das für euch erledigt haben.«

Kann es sein, dass Marie es fuchst, dass wir bisher mehr herausbekommen haben als sie und Erik? Dieser Gedanke war Rosa bisher noch gar nicht gekommen. Vermittelten sie ihr etwa das Gefühl, sie machte ihren Job nicht richtig? Dachte sie etwa, sie wären darauf aus, ihre Kompetenz zu untergraben? Das wollte Rosa auf keinen Fall. Sie war sich sicher, dass ihre Tochter eine richtig gute Kommissarin war. Das musste sie klarstellen.

Doch Marie war bereits dabei zu gehen. Mit einem lauten Scharren schob sie ihren Stuhl zurück und erhob sich. »Ich hätte wissen müssen, dass ihr den Bogen überspannt«, waren ihre letzten Worte. Sie schickte ihnen noch einen letzten wütenden Blick entgegen, dann wandte sie ihnen den Rücken zu.

»Nun bleib doch noch«, rief Artus hinter ihr her. »Du hast doch noch die Hälfte deiner Eiscreme übrig.«

Marie ignorierte den Einwand ihres Großvaters und überquerte im Laufschritt die Straße.

Artus zuckte die Schultern und zog Maries Eisbecher zu sich heran. »Dann muss ich mich halt aufopfern«, brummte er, ehe er sich über die im Vanilleeis schwimmenden Erdbeeren hermachte.

Selbst diese Bemerkung konnte Rosa kein Lächeln mehr entlocken. Kopfschüttelnd warf sie einen letzten Blick auf ihre Tochter, die hinter der nächsten Ecke verschwand. Momentan erschien Marie ihr sehr gestresst. So kannte Rosa sie gar nicht. Normalerweise war sie cool und ließ sich nicht so schnell aus der Ruhe bringen. Plötzlich kam ihr ein Gedanke. Vielleicht hatte ihre Gereiztheit gar nichts mit der Arbeit zu tun. Ob sie persönliche Probleme hatte, die ihr Verhalten erklärten? Hatte ein Mann sie verletzt, wie schon einmal? Und wenn sie wegen Erik Liebeskummer hatte? So oft, wie die beiden sich neckten, konnte das sogar der Fall sein. Erik würde sich sicherlich für seine kleine Familie entscheiden und Marie würde zurückbleiben. Rosa wünschte, dass es nicht so war und sie falsch lag. Nicht noch einmal sollte ihrer Tochter das Herz gebrochen werden. Mit Anfang zwanzig hatte sie eine Affäre mit ihrem verheirateten Ausbilder begonnen. Über den Status Geliebte war sie aber nie hinausgekommen. Trotz seiner Versprechungen entschied er sich gegen sie und für seine Frau, was Marie nur schwer überwunden hatte.

So was würde ihr nicht noch einmal passieren, hatte sie Rosa damals unter Tränen versichert und sich vorgenommen, sich ganz auf ihre Arbeit zu fokussieren, um auf der Karriereleiter stetig nach oben zu steigen.

Rosa musste ergründen, ob ein Mann für Maries Verhalten verantwortlich war. Es tat ihr in der Seele weh, wenn es ihrer Tochter nicht gutging.

Aber zunächst musste sie die Fleischlieferung annehmen, die Dieter heute angekündigt hatte. Er hätte logistische Probleme, hatte er ihr erklärt, und ob es ausnahmsweise möglich wäre, das Bio-Fleisch am Ruhetag anzuliefern.

Natürlich hatte Rosa zugestimmt. Sie hatte vollstes Verständnis, dass durch Keules Tod erst mal alles durcheinander geraten und in der Kürze der Zeit noch nicht für neues Personal gesorgt worden war.

Eigentlich passte es ihr auch ganz gut, mit Dieter allein zu sein, ohne dass Freddy mit großen Ohren um sie herumschwirrte. Denn Rosa wollte die Gunst der Stunde nutzen, um herauszufinden, ob Dieter von Tatjanas Vergangenheit wusste. Wenn nicht, war sie erpressbar und das wiederum ein Grund, jemanden zu töten.

»Wo bist du mit deinen Gedanken?«, fragte Artus.

Rosa zuckte vor Schreck zusammen, so versunken war sie in ihren Grübeleien gewesen.

»Du isst dein Eis ja gar nicht.«

»Ach, ich wundere mich nur über Marie.«

»Die beruhigt sich schon wieder.«

Rosa überlegte einen Moment lang, ob sie ihren Vater an ihren Gedanken teilhaben lassen sollte, entschloss sich dann aber dagegen. Marie wäre es sicher nicht recht, wenn sie mit Artus ihr Liebesleben breittreten würde. »Was sollen wir jetzt tun? Marie wird uns sicher nicht mehr in die Ermittlungen einbeziehen.« Lustlos steckte Rosa sich noch einen Löffel Eis in den Mund. Aber ihr war der Appetit vergangen und sie schob den Becher von sich.

»Wir machen weiter wie bisher. Was hältst du davon, wenn wir dem Optiker mal einen Besuch abstatten? Sein Laden ist doch fast um die Ecke.«

Rosa kurvte nun schon fünfzehn Minuten auf der Suche nach einem Parkplatz umher. Vergeblich.

»Mit dem Fahrrad ist alles einfacher.« Seufzend verschränkte Artus die Arme vor der Brust.

»Aber nur, wenn man sich auch an die Verkehrsregeln hält.« Rosa warf einen demonstrativen Blick auf den eingegipsten Arm ihres Vaters.

Artus überhörte Rosas Anspielung geflissentlich. »Und wenn ich kurz allein reingehe und du wartest im Auto?«

Rosa schnappte empört nach Luft. »Das kannst du schön vergessen. Ich fahre jetzt ins Parkhaus.«

»Vom KaDeWe? Weißt du, was das kostet? So dicke haben wir es jetzt auch nicht, dass wir das Geld zum Fenster rausschmeißen müssen.«

Rosa rollte mit den Augen. Diesen Spruch kannte sie von ihrem Vater schon seit Kindesbeinen. *Manche Dinge ändern sich eben nie.* »Was anderes fällt mir nicht ein. Ich will auch nicht den ganzen Tag im Auto verbringen.«

»Ach, mach doch, was du willst«, brummte Artus und sah beleidigt aus dem Fenster.

Kurze Zeit später schwenkte Rosa enthusiastisch ihren Jutebeutel mit dem passenden Aufdruck ›Nützt ja nüscht‹. An manchen Tagen blieb einem nichts anderes übrig, als den ganzen Ärger wegzulächeln. Und genau mit dieser Attitüde betrat Rosa den Laden, gefolgt von ihrem schlecht gelaunten Vater.

Gespielt interessiert sah Rosa sich um und ging zu den Sonnenbrillen. Sie drehte den Ständer, wartete, bis er zum Stehen kam, und nahm die erstbeste Brille, die ihr ins Auge fiel. Sie setzte sie auf und begutachtete sich in dem kleinen Spiegel am Ständer. Die runden Gläser mit der rosa Tönung gefielen ihr, sie gaben ihr einen lässigen Touch. Wenn man durch sie blickte, sah alles irgendwie viel freundlicher aus.

Artus trat neben sie. Sein Gesicht im Spiegel schien amüsiert. »Ich wollte schon immer mal wissen, wie Janis Joplin heute ausgesehen hätte.«

Rosa schnaubte entrüstet. »Vati, die wäre heute an die achtzig, so alt bin ich nun noch nicht. Aber schön, dass dich das so erheitert und du jetzt wieder bei besserer Laune bist.«

»Darf ich helfen?«, grätschte eine männliche Stimme dazwischen. Ein Mann mit grauem Haarkranz und randloser Brille sah Rosa erwartungsvoll entgegen.

Rosa lächelte einnehmend. »Sind Sie Herr Lehmann persönlich?«

»Der bin ich.«

»Sie sind uns empfohlen worden«, warf Artus ein.

Lehmanns Augen blitzten erfreut auf, sahen von einem zum anderen. »Von wem, wenn ich fragen darf?«

»Von Harald Keule.«

Lehmann kniff misstrauisch die Brauen zusammen. »Das kann nicht sein, der ist tot.«

»Vor seinem Tod natürlich«, sagte Artus, etwas zu ungehalten für Rosas Geschmack. »Warum waren Sie nicht auf seiner Beerdigung?«, fragte sie ohne Umschweife.

»Ich war verhindert.« Die Freundlichkeit in Lehmanns Stimme hatte sich nun auch verabschiedet. »Was wollen Sie eigentlich von mir?«

Rosa runzelte die Stirn. »Verhindert? Aber waren Sie nicht befreundet?«

Peinlich berührt sah der Optiker sich um, als könnte jemand etwas von ihrem Gespräch mitbekommen. Doch außer ihnen war nur noch eine alte Frau in dem Laden. Sie stand an der Kasse und kramte umständlich Münzen aus ihrer zerknitterten Geldbörse, während die Verkäuferin ihr geduldig dabei zusah. »Wieso fragen Sie das, wer sind Sie überhaupt?«, wollte Lehmann mit gesenkter Stimme wissen.

»Ich bin Rosa Fröhlich, das ist mein Vater. Keule war jahrelang mein Bio-Lieferant.«

Der Optiker ließ Rosas Antwort unkommentiert. »Wir waren nicht befreundet«, beantwortete er stattdessen die Frage von zuvor. »Wenn ich ehrlich bin, konnte ich ihn noch nicht einmal besonders leiden. Er war auf eine gewisse Art ein primitiver Mensch. Nicht besonders gebildet, einfältig in seiner Denkweise und absolut nicht mein Niveau.« Etwas Hochnäsiges lag in seiner Stimme, als er das sagte.

Soso, er hält sich also für etwas Besseres, ging es Rosa durch den Kopf. Sie konnte sich nur wundern, wie dieser Mann über einen gerade Verstorbenen sprach. »Aber Sie haben doch zusammen Dart gespielt.«

»Nur aus diesem Grund haben wir uns ab und zu getroffen. Ich kannte sonst keinen, der Dart spielt.«

Ein Pragmatiker also, schlussfolgerte Rosa. Ihr lag eine zynische Bemerkung auf der Zunge, die sie aber gerade noch runterschlucken konnte.

»Wo haben Sie sich kennengelernt?«, schaltete Artus sich wieder ein.

»Wir sind zusammen zur Schule gegangen. Keule wollte schon immer in allem besser sein als ich. Hat er aber nie geschafft.« Voller grimmiger Genugtuung reckte Lehmann das Kinn.

»Aha. Zwischen ihnen bestand also eine alte Fehde«, bemerkte Artus und Rosa hatte Mühe, ein Kichern zu unterdrücken. Ihr Vater verstand es, seinem Gegenüber geschickt das Wort im Mund umzudrehen.

»Nein, das habe ich nicht gesagt. Waren *Sie* denn befreundet mit ihm?« Offenbar hatte der Mann Artus' Taktik durchschaut und wollte den Spieß jetzt umdrehen. »In welcher Funktion treten *Sie* denn hier auf?«

»Wir hatten jahrelang eine hervorragende Verkäufer-Käufer-Beziehung, die auf Vertrauen basierte«, antwortete Rosa für Artus mit einer Bestimmtheit, die schon fast an Empörung grenzte.

Mit Adleraugen nahm Lehmann Rosa ins Visier. »Sie fragen mich jetzt aber nicht gleich nach meinem Alibi?«

»Doch, das hatten wir eigentlich vor«, erwiderte Artus ernst.

»Erstens, bin ich Ihnen gegenüber zu keiner Aussage verpflichtet, und zweitens geht Sie das überhaupt nichts an.«

»Ihr unkooperatives Verhalten kommt mir mehr als verdächtig vor. Wir sind an der schnellen Aufklärung dieses Falls interessiert und wollen dazu beitragen. Sie etwa nicht?« Artus zeigte ein listiges Lächeln.

Der Optiker seufzte tief.

Das klang eindeutig nach Kapitulation. Rosa musste sich ein Grinsen verkneifen. *Gegen Artus kommt er eh nicht an.*

»Wie ich schon vorhin der Polizei erklärt habe, war ich im Wald joggen.« In einer vornehmen Geste rückte der Optiker seine Brille auf der Nase zurecht.

Es ist also schon jemand von Maries Kollegen da gewesen, ging es Rosa durch den Kopf. Aber es konnte sicher nicht schaden, selbst Nachforschungen anzustellen. Doppelt hält bekanntlich besser.

»Meine Frau kann das bezeugen«, fügte Lehmann hinzu.

»War sie dabei?« Artus hob herausfordernd die Brauen.

Die Augen hinter Lehmanns Brillengläsern funkelten ihm aufgebracht entgegen. »Nein, aber sie hat mich gegen halb zehn wiederkommen sehen.«

»Aha.« Artus nickte verständnislos, was Lehmann offenbar völlig aus dem Konzept brachte. Eine einzelne Schweißperle glitzerte auf seiner Stirn. Er nahm seine Brille von der Nase, hauchte gegen die Gläser und begann sie mit dem Zipfel seines weißen Kittels emsig zu putzen.

Erst jetzt fiel Rosa auf, dass sie noch immer die Sonnenbrille auf der Nase trug. »Wann haben Sie zuletzt etwas von Keule gehört?«, wollte sie wissen, während sie die Brille absetzte und zurück in den Ständer stellte.

Mit zusammengekniffenen Augen prüfte Lehmann die Sauberkeit seiner Gläser, indem er sie gegen das Licht hielt. »Ach, das muss schon Wochen her sein.«

Er lügt. »Sind Sie sicher?«, hakte Rosa nach.

»Ja, da bin ich sicher.«

»Und warum steht ihr Name dann als letzter auf der Liste seiner angenommenen Anrufe?«

Entgeistert sah der Optiker von einem zum anderen. »Das kann nicht sein, da muss ein Irrtum vorliegen! Ich habe ihn nicht angerufen!« Mit entschiedenem Gesichtsausdruck setzte er die Brille wieder auf seine Nase.

Das Einzige, was Rosa an seiner Glaubhaftigkeit zweifeln ließ, war das nervöse Zucken des Muskels unter seinem linken Auge.

»Schon merkwürdig, dass er gelogen hat«, sagte Rosa, kaum dass sie aus der Tür waren.

Artus zuckte mit den Schultern. »Es kann auch eine ganz einfache Erklärung dahinterstecken.«

»Hinter einer Lüge?« Rosa schnaubte. »Ein hieb- und stichfestes Alibi hat er auch nicht. In der Zeit, wo er angeblich joggen war, hätte er auch zum Schlachthof gefahren sein können. Ich frage mich nur, was er für ein Motiv gehabt haben könnte?«

»Zwischen Keule und ihm bestand offenbar das ganze Leben lang eine Art Wettstreit, einer wollte besser sein als der andere. Vielleicht Rivalität.«

Rosa seufzte tief. »Die dann zum Äußersten führte«, sprach sie ihre Gedanken laut aus. »Wie soll man das nur nachweisen?«

»Was weiß ich. Ohne polizeiliche Hilfsmittel ist es schwieriger jemanden zu überführen, als ich dachte.«

»Was du nicht sagst! Wirfst du jetzt etwa die Flinte ins Korn?« Rosa grinste herausfordernd.

»Ha! Da kennst du deinen Vater aber schlecht. Nicht, bis der Fall abgeschlossen ist. Darauf kannst du wetten.«

Kapitel 19

MA JANZ IM VERTRAUEN

Gerade als Rosa einen Parkplatz genau vor *Onkel Theo* ergattert hatte, kündigte ein Piepsen ihres Handys eine Nachricht an.

Rosa kramte in ihrem Jutebeutel und zog es hastig hervor. Es konnte ja gut sein, dass Marie sich beruhigt hatte und ihr unbeherrschter Abgang ihr jetzt leidtat.

»Ist die von Marie?«, wollte Artus wissen.

Enttäuschung regte sich in Rosa. Aber es hätte sie auch gewundert, wenn ihre Tochter mal klein beigegeben hätte. »Nee, die ist von deinem Nachbarn.« Rosa überflog schnell die Nachricht. »Er schickt Fotos von deinem Gewächshaus.«

»Warum schickt er das dir und nicht mir?« Der beleidigte Unterton in der Stimme ihres Vaters war nicht zu überhören.

»Vielleicht, weil du ihm deine Nummer nicht gegeben hast.« Rosa hob einen Mundwinkel.

Artus brummte etwas Unverständliches und zog Rosa das Handy aus der Hand.

Eine Weile herrschte Stille, in der Artus mit angestrengtem Blick durch die Bilder scrollte. »Ich muss zugeben, ich hätte es mir schlimmer vorgestellt«, sagte er schließlich.

»Er ist Landschaftsgärtner und kennt sich aus mit Pflanzen, schon vergessen?« Rosa schüttelte belustigt den Kopf.

»Das muss nichts heißen. Aber die Tomaten scheint er gut zu bewässern, nichts wirkt vertrocknet. Das bedeutet, ich kann dir noch ein paar Tage auf die Nerven gehen.« Sein Blick wanderte zu Rosa und ein schelmisches Grinsen schlich sich um seine Mundwinkel.

»Langsam gefällt es dir bei mir, was?«

Artus wurde wieder ernst und er blickte durch die Windschutzscheibe. »Ich bleibe so lange, bis der Fall abgeschlossen ist. Dann muss ich zurück zu deiner Mutter und meinen Pflanzen.«

Pünktlich um 16 Uhr erschien Dieter an der Warenannahme in Rosas Einfahrt. »Tachchen Rosa.« Dieter rutschte von seinem Sitz, sprang aus dem weißen Transporter, ging hinten zum Laderaum und holte zwei Paletten Fleisch daraus hervor.

Rosa hielt ihm die Tür zur Küche auf. Lange hatte sie sich den Kopf darüber zerbrochen, wie sie es anstellen sollte, Dieter auszuhorchen ohne Tatjana dabei auf den Schlips zu treten und war schließlich zu der Erkenntnis gelangt, dass es immer noch am einfachsten war, die Unbedarfte zu spielen. »Na, kommt ihr klar in der Schlachterei?«

Dieter schob sich seitlich an Rosa vorbei und ließ die zwei übereinander gestapelten Paletten mit einem lauten Rums auf die nächstliegende Arbeitsfläche knallen. »Muss ja irjendwie weiterjehn.«

»Und du übernimmst jetzt in Zukunft Haralds Route?«

»Joa.« Dieter drehte sich zu ihr und tastete seinen weißen Arbeitskittel nach einer Zigarettenpackung ab. In der rechten oberen Kitteltasche wurde er fündig, zog eine Zigarette daraus hervor und steckte sie sich hinters Ohr.

Rosas Versuch, ihn zum Plaudern zu animieren, verlief irgendwie ins Leere. Da musste sie wohl etwas nachhelfen.

»Nicht weglaufen, bin gleich wieder da«, ließ sie verlauten und wetzte schnell vor an die Bar. Dort holte sie zwei Schnapsgläser aus der Vitrine, eine Flasche Kräuterschnaps aus dem Kühlschrank und kehrte in die Küche zurück.

»Willst'n Kurzen? Hat dein Bruder jedes Mal von mir bekommen. War sozusagen unser wöchentliches Ritual«, flunkerte Rosa. Ohne seine Antwort abzuwarten, schenkte sie die zwei Gläser bis zum Rand voll und reichte ihm eins davon.

Dieter lachte erfreut. »Da kann ick wohl schwer Nein sagen, wa?«

Klirrend stießen sie die Gläser aneinander, warfen den Kopf in den Nacken und tranken den Schnaps in einem Zug.

Der Hochprozentige rann brennend Rosas Kehle hinab. Sie kniff die Augen zusammen und hatte Mühe sich nicht zu schütteln. Sie hasste Schnäpse jeglicher Art, nur im allergrößten Notfall trank sie einen mit. So wie jetzt. *Der Zweck heiligt die Mittel.* Ob Dieter über Tatjanas Vergangenheit Bescheid wusste, würde seine Reaktion zeigen. *Denn Betrunkene und Kinder können sich nicht verstellen.* Rosa grinste in sich hinein.

»Wie läuft's denn so? Kommt ihr klar ohne Harald?« Rosa war bewusst, dass sie die gleiche Frage am Anfang schon gestellt hatte. Aber warum sollte sie nicht noch einmal ihr Glück versuchen? Vielleicht wurde Dieter mit gelockerter Zunge plauderfreudiger.

Dieter hob die Schultern. »Müssen wa ja irjendwie. Nur die Polente jeht bei uns ein und aus. Unjelogen drei Mal sind se den enen Tag uffjeschlagen.«

»Das wird sich auch wieder legen, wenn der Mörder erst hinter Schloss und Riegel ist.«

»Dit kann ja wohl noch dauern. Oder weeste vielleicht mehr? Durch deene Tochter biste doch mitten im Jeschehen.«

Dieter setzte ein herausforderndes Grinsen auf und legte leicht den Kopf schräg.

Rosa musste ebenfalls grinsen. Langsam konnte sie verstehen, was Tatjana an Dieter fand. Er hatte definitiv charmante Züge und in seinen dunkelbraunen Augen blitzte der Schalk. »Sie konnten den Verdächtigen bisher nichts nachweisen.«

»Wenn mich nich allet täuscht, jehör ick ja wohl och dazu.«

»Jetzt ja nun nich mehr, nachdem du ein hieb- und stichfestes Alibi von Tatjana und deiner Nachbarin bekommen hast.« Vertraulich zwinkernd buffte Rosa ihm mit dem Ellbogen in die Seite.

»Meen Bruder und ick waren zwar nich immer eener Meinung, aber mir wäre nie im Traum einjefallen, ihn im Kühlhaus einzusperren. Es stimmt, er wollte seinen Anteil des Betriebs ausbezahlt haben und dit hätte mich in Jeldnot jebracht, aber irjendwie hätten wir eine Lösung jefunden.«

Rosa dachte an den Erpresserbrief. Ob das seine Lösung gewesen war? »Aber sag mal, verkaufen willste den Betrieb doch nich, oder?«, lenkte Rosa das Thema in eine andere Richtung.

»Wie kommste denn jetzt da druff?«

»Na ja, könnte ja sein.«

Harald winkte ab. »Nee, keene Sorje, bleibt erst mal allet, wie et war.«

Rosa atmetet auf. »Da bin ick jetzt aber erleichtert. Wo dit doch heute so schwierich is, eenen vernünftigen Bio-Schlachter zu finden.« Ganz automatisch, ohne es beabsichtigt zu haben, war Rosa wieder in den Berliner Dialekt verfallen. *Gut so.* So fiel es ihr leichter, mit Dieter eine Vertrauensbasis zu schaffen. »Na, noch eenen? Jetzt, wo wa jewissermaßen 'nen direkten Draht zueinander haben?«

Dieter lachte kurz auf. »Na, eh ick mir schlagen lasse.«
Wieder schenkte Rosa großzügig bis zum Rand ein.

Die beiden stießen noch mal an.

Als Dieter den Kopf in den Nacken schmiss, nutzte Rosa den kurzen Moment der Ablenkung und schüttete ihren Schnaps hinter sich in die Spüle. Sie hatte genug und musste bei klarem Verstand bleiben. »Stell dir vor, neulich hat doch tatsächlich ein Gast behauptet, er kenne Tatjana.«

»Ach ja?« Interesse blitzte in Dieters Augen auf.

»Er saß eenen Tisch weiter als sie und war felsenfest davon überzeugt, sie schon eenmal jesehen zu haben. Obwohl dit Jahrzehnte her sein muss.«

»Woher meinte er se denn zu kennen?« Dieters Augen schimmerten bereits glasig.

Rosa entschied sich spontan für eine abgespeckte Version, damit der Gute nicht gleich vor Schreck aus den Latschen kippte. »Jetzt halt dich fest: Er sagte, sie hat mal als Stripperin in einem Nachtclub jearbeitet.« Sie stieß ein amüsiertes Lachen aus, ließ Dieter jedoch nicht mehr aus den Augen. Jede Regung könnte ein Hinweis sein.

Einen Moment lang blickte Dieter sie irritiert an, doch dann fiel er lauthals in ihr Lachen mit ein, übertrumpfte sie sogar. Doch nur einen Augenblick später verabschiedete sich sein Lachen schlagartig und grußlos aus seinem Gesicht.

Rosa presste die Lippen aufeinander. Sein Mimikwechsel war filmreif. So gut konnte er sicherlich nicht spielen. Dieter wusste von nichts, davon war sie nun überzeugt.

»Dit kann aber jarnich sein.« Dieter machte eine betroffene Miene. Man konnte förmlich sehen, wie es in ihm arbeitete und seine Gedanken so langsam, aber unaufhaltbar in Fahrt kamen wie eine uralte Dampflok.

»Weeß ick doch«, beeilte Rosa sich ihm beizupflichten. »Dafür is se doch jar nich der Typ.«

»Als Harald sie kennenjelernt hat, war se Kindermädchen. Bei der Familie, wo se jearbeitet hat, hat se dann och Deutsch jelernt.«

Sie hatten Keules Familie also eine Halbwahrheit aufgetischt, das war gar nicht mal so blöd. »Na ja, irjendwo uf der Welt hat jeder eenen Zwilling, wa? Dass der sich in der gleichen Stadt uffhält, ist zwar 'n Zufall, aber so kann es manchmal jehn im Leben, wa?« *Der wird bestimmt heute Nacht nicht gut schlafen können,* ging es Rosa durch den Kopf. Ein bisschen tat er ihr leid. Ihm würde sicherlich immer wieder die gleiche Frage im Kopf umherkreisen: *Ist es Tatjana zuzutrauen, dass sie als Prostituierte gearbeitet hat?*

Dieter versuchte einen unbeteiligten Eindruck zu machen, aber sie sah, wie es hinter seiner Stirn rotierte.

»Wo haben die beeden sich eijentlich kennenjelernt?«, versuchte Rosa seine Gedanken zu zerstreuen.

Dieter lachte amüsiert auf, als hätte Rosa einen guten Witz erzählt. »Uff da Sonnenbank.«

»Nee, sach bloß? Dit hatte Harald doch jar nich nötig. Der musste doch nur die Sonne anschauen und wurde braun. Jenau wie du.« Rosa lächelte. Ein wenig Honig ums Maul schmieren konnte nicht schaden.

»Früher schon. Als er noch nicht unter da Haube war, issa 'n ziemlich eitler Fatzke jewesen.«

Rosa schenkte noch mal einen Schnaps in jedes der Gläschen. Drei konnte ein Mann von Dieters Statur sicher vertragen.

»Uff unsre Zusammenarbeit«, sagte Rosa.

»Uff unsre Zusammenarbeit«, sagte Dieter und trank ohne zu zögern sein Glas auf ex.

Dynamisch schüttete Rosa erneut ihren Schnaps über die Schulter und hoffte, dass der erste als Zielwasser wirkte. »Aber jetzt ma janz im Vertrauen: Wäre dit denn so schlimm jewesen, wenn Tatjana jestrippt hätte?«

»Na ja.« Dieter wiegte den Kopf hin und her. »Ick finde, strippen ist ja fast ditselbe wie anschaffen jehn. Niemals hätte Harald so jemanden mit in die Familie jebracht. Sich mit so eener zu amüsieren, is dit eene, aber se och zu heiraten … Nee, dit hätte er nich jemacht. So weit kenne ick meenen Bruder«, sagte er mit einer Entschiedenheit, als müsste er sich selbst von der Wahrheit seiner Worte überzeugen. »Und ick hätte mich erst recht nich uf so eene einjelassen, wenn de verstehst, wat ick meene.«

Rosa nickte. Sie konnte sich nun gut vorstellen, wie Dieter reagiert hätte, wenn die Wahrheit durch Harald ans Licht gekommen wäre. Er hätte das Verhältnis mit Tatjana sofort beendet und sich womöglich geschämt, mit wem er sich da eingelassen hatte.

Und vermutlich wusste Tatjana das auch. Demzufolge war die Enthüllung ihrer Vergangenheit das perfekte Erpressungsmittel, um jemanden an sich zu binden.

Kapitel 20

GELEGENHEIT MACHT DIEBE

Am späten Nachmittag des gleichen Tages stand Rosa vor Maries Wohnhaus und drückte auf den Klingelknopf. Doch auch nach sechsmaligem Klingeln öffnete sie nicht. *So ein Käse!*

Hätte ich doch lieber anrufen sollen? Bei dem schönen Wetter hätte Rosa es sich ja denken können, dass ihre Tochter unterwegs war. Rosa biss sich auf die Unterlippe und trat unschlüssig von einem Bein aufs andere. Sie musste klären, was zwischen ihnen stand. Unstimmigkeiten zwischen Marie und ihr schlugen ihr jedes Mal auf den Magen und sie wollte sie so schnell wie möglich aus der Welt schaffen. Ein harmonisches Miteinander war ihr wichtig, sie hatte schließlich nur diese eine Tochter. Und wenn sie Probleme mit einem Mann hatte, konnte Rosa ihr vielleicht tröstend zur Seite stehen. Wenn sie es denn zuließ. Vielleicht würde es Marie guttun, wenn sie ihrer alten Mutter das Herz ausschütten konnte. Das wäre ja nicht das erste Mal. Deshalb beschloss Rosa, in der Wohnung ihrer Tochter zu warten. Marie hatte nichts dagegen, sie hatte es ihr sogar angeboten, falls sie mal nicht da sein sollte. Den Ersatzschlüssel hatte Rosa wie immer dabei. Vielleicht sollte sie Marie eine Nachricht schreiben, damit sie sich nicht überfallen fühlte? Ja, das sollte sie als Erstes erledigen, wenn sie oben angekommen war, dachte Rosa, während sie die Eingangstür aufschloss.

In den eigenen vier Wänden fiel es leichter, jemanden zuzuhören und ihre Tochter würde nicht so schnell auf die Idee kommen, die Flucht zu ergreifen. Vielleicht gelang es Rosa, Marie zu besänftigen und Frieden mit ihr zu schließen. Das war Rosas größter Wunsch, denn sie hasste es, wenn Familienmitglieder untereinander zerstritten waren. Wenn ihre Tochter nicht mit ihr sprach, litt sie besonders darunter. Marie war eben eine starke Persönlichkeit, die sich nichts gefallen ließ, wenn sie sich im Recht fühlte. Aber Rosa wollte an ihrer Seite stehen, wenn sie Probleme hatte und jemanden zum Reden brauchte. Es war ihr von jeher wichtig gewesen, dass Marie ihr vertraute und sich ihr öffnete. Dieses kostbare Band zwischen ihnen durfte nicht reißen, dafür musste sie sorgen.

Nachdem sie im dritten Stock angekommen war und die Tür aufgeschlossen hatte, warf sie zuerst einen Blick in die Küche.

Grundgütiger! Es herrschte das reinste Chaos! Rosa blieb stehen und kratzte sich seufzend am Kopf. Sie hatte Marie schon als Kind alles hinterherräumen müssen. Es kribbelte ihr in den Fingern, auch jetzt wieder Ordnung zu schaffen. Doch das würde Marie gar nicht gefallen, das hatte sie in der Vergangenheit schon zur Genüge zum Ausdruck gebracht.

Schnell wandte Rosa den Blick ab und setzte ihren Weg über den Flur fort. Das an der Wand angebrachte Rennrad fiel ihr ins Auge. Seit Maries Einzug vor vier Jahren hatte es dort seinen festen Platz. Ihre Tochter war schon immer sportlich gewesen, ganz im Gegensatz zu Rosa, die jede Art von sportlicher Betätigung hasste. Außer Kegeln und Bowlen. Das hatte sie mit Theo früher oft gemacht. In der Schule hatte sie Kugelstoßen gemocht, darin war sie stets die Beste gewesen. Da waren ihre kräftige Figur und ihre muskulösen Oberarme wenigstens zu etwas gut gewesen.

Der Flur mündete in das Wohnzimmer der geräumigen Altbauwohnung. Die hohen, stuckverzierten Wände waren grau gestrichen und durch die bodentiefen Fenster fiel fahles Licht.

Rosa ließ den Blick durch den Raum schweifen. Sie war lange nicht mehr hier gewesen. Meist kam Marie bei ihr vorbei, wenn sie in der Gegend war oder etwas brauchte. Da sie das Wohnzimmer nur zum Fernsehen nutzte, oder wenn Besuch vorbeikam, war es hier einigermaßen aufgeräumt. Ihr Einrichtungsstil war schlicht und von wenigen persönlichen Dingen geprägt. Wüsste sie es nicht besser, hätte Rosa gedacht, hier wohnte ein Mann. Nirgendwo standen gerahmte Fotos oder dekorative Staubfänger. Eine cognacfarbene Couch im Kolonialstil dominierte den mit Parkett ausgelegten Raum. Ein einfaches Bücherregal verdeckte die Hälfte der gegenüberliegenden Wand, daneben befand sich ein verwaister Schreibtisch.

Rosa schaute auf den Esszimmertisch. Offenbar hatte Marie sich Arbeit mit nach Hause gebracht. Mehrere Ordner stapelten sich auf dem Tisch und lose Blätter flogen herum.

Rosa ging zurück durch den Flur, ihr Blick fiel ins Schlafzimmer.

Das Bett war ungemacht, die Luft stickig. Einen Moment lang blieb sie stehen und überlegte, ob sie das Fenster zum Lüften öffnen sollte. *Nein, besser nicht.* Sie wollte nicht den Eindruck erwecken, sich in die Angelegenheiten ihrer Tochter einmischen zu wollen.

Ach, was soll's. Rosa konnte es einfach nicht lassen, es war wie ein innerer Zwang, sie musste es einfach tun. Über ein bisschen frische Luft würde Marie sich sicher nicht beklagen.

Wieselflink schob sie sich an dem Doppelbett vorbei und öffnete das Fenster.

Frische Luft flutete den Raum und sie nahm einen tiefen Atemzug. *Vielleicht merkt Marie es nicht einmal, wenn sie zurückkehrt. Die äußere Ordnung ist der Spiegel unseres Gemütszustandes,* ging Rosa der Lieblingsspruch ihrer Mutter durch den Kopf. Bei Marie bewahrheitete sich diese Aussage, so kratzbürstig wie sie sich heute verhalten hatte. Bei Rosa traf genau das Gegenteil zu. Je chaotischer es in ihrem Inneren aussah, desto sauberer war ihre Wohnung. Rosa hatte das Gefühl, das Aufräumen half ihr, sich von ihren Problemen abzulenken. Wenn es schon in ihr drunter und drüber ging, wollte sie wenigstens, dass außen eine gewisse Ordnung herrschte.

Zurück in der Küche, hängte sie ihren Jutebeutel über die Stuhllehne, setzte sich an den Küchentisch und sah sich um.

Leere Kaffeetassen standen auf dem Tisch, ein Teller mit Toastbröseln gesellte sich dazu. Ein Strauß verwelkter Rosen, der in einer Vase auf der Fensterbank stand, erregte Rosas Aufmerksamkeit. Rot und langstielig. Also hatte ihre Tochter wirklich einen Verehrer. So mitgenommen und lieblos die Blumen aussahen, hoffte Rosa inständig, dass ihrer Tochter nicht wieder das Herz gebrochen worden war. Das hätte aber zumindest ihr aufbrausendes Verhalten erklärt.

Gedankenverloren nahm Rosa die angebrochene Chipstüte zur Hand, die offen und einladend vor ihr lag. Es knirschte, als sie sich ein paar davon in den Mund steckte und herzhaft hineinbiss. Wie ferngesteuert schaufelte sie einen Kartoffelchip nach dem anderen in sich hinein und hing ihren Gedanken nach. *Das arme Kind.* Wie sehr sie sich doch eine Familie für Marie wünschte.

Plötzlich wurde Rosa bewusst, was die da tat, und hielt kurz im Kauen inne. *Ach du liebe Güte!* Hastig schluckte sie hinunter, verschloss von lautem Knistern begleitet die Tüte und schob sie brüsk von sich. Wenn sie einmal mit dem Knabbern anfing, konnte sie nicht mehr damit aufhören.

Seufzend stand sie auf, wusch sich die fettigen Finger über der vollgestellten Spüle und wischte sich die Hände am Geschirrtuch ab.

Gerade als Rosa beschloss, das schmutzige Geschirr, das sich vor ihr türmte, zu spülen, hörte sie ein Geräusch aus dem Treppenhaus. Einen Moment später schob sich ein Schlüssel ins Schloss und drehte sich.

Marie kommt nach Hause! Erleichterung durchflutete Rosa. Sie hatte schon befürchtet, dass sie vergeblich wartete und unverrichteter Dinge wieder gehen musste, um Artus sein Abendessen zu machen.

Schnell hängte sie das Geschirrtuch wieder an den dafür vorgesehenen Haken.

Rosa hörte ein Männerlachen. Da war noch jemand, Marie war nicht allein!

»Hab wohl vergessen die Tür abzuschließen«, hörte sie Marie sagen.

»Kann schon mal passieren, wenn man verknallt ist«, sagte die männliche Stimme, die Rosa irgendwie bekannt vorkam.

Marie kicherte. »Du Blödmann, wer sagt das denn?«

»Deine Augen, dein Blick, deine Körpersprache ...«

»Du bist ganz schön eingebildet, weißt du das?«

»Das mochtest du doch immer so an mir, oder nicht?«

Ist das nicht ...? O mein Gott! Oliver! Hatte Marie sich etwa wieder auf ihn eingelassen? *Aber ... das geht doch nicht!*

Was soll ich jetzt bloß tun? Rosa stand wie vom Donner gerührt mitten in der Küche und fühlte sich einen Moment lang nicht fähig, eine Entscheidung zu treffen. *Mich verstecken oder mich zeigen? Verstecken oder mich zeigen?*

Viel Zeit blieb Rosa nicht mehr. Nur noch wenige Sekunden, dann würde sie entdeckt. Nein, sie musste hören, was die beiden sich zu sagen hatten. Und ob ihre Befürchtung sich bewahrheitete. Also blieb ihr nichts anderes übrig, als sich irgendwo zu verstecken.

Rosas Blick irrlichterte umher.

Die Kammer! Sie zweigte von der Küche ab und war ihr am nächsten. Mit angehaltenem Atem schnappte sie sich ihren Jutebeutel und schlich auf Zehenspitzen zur Abstellkammer.

Ein Telefon klingelte. Die Eingangstür fiel ins Schloss, die beiden standen jetzt im Flur.

»Meine Mutter«, hörte Rosa Oliver sagen.

»Geh nicht ran.«

»Geht ganz schnell.«

Nur einen Moment später hörte Rosa, wie Oliver fragte: »Was gibt's?« Es folgte eine Pause, in der er vermutlich zuhörte, was Tatjana ihm zu sagen hatte. Dann: »Okay, ich komme heute Abend kurz vorbei. Bis später.«

»Keine Angst, Marie, ich komme wieder«, richtete er das Wort wieder an ihre Tochter. »Vorausgesetzt, du möchtest den Abend mit mir verbringen.«

Leise schloss Rosa die Tür der Kammer hinter sich. Hier drinnen war es so eng, dass nur die Waschmaschine und der Trockner hineinpassten und Rosa sich gerade mal um sich selbst drehen konnte. Sie lehnte sich mit dem Rücken an das lasierte Holz und atmete durch. Ihr Herz wummerte gegen ihre Brust. *In was für eine verflixte Lage hab ich mich nur gebracht?* Rosa legte ihr Ohr an die Tür und horchte angestrengt.

»Ich könnte uns was kochen«, sagte ihre Tochter.

Rosa presste die Lippen aufeinander. Marie kochte nie. Sie hatte zwei linke Hände, was das Kochen und die Hausarbeit betraf.

»Klingt gut.« Ein leises Lachen ertönte.

»Warte, ich will nur schnell die nasse Wäsche aus der Maschine nehmen und in den Trockner geben«, hörte sie Maries Stimme sagen. »Ich hasse es, wenn sie nach nassem Hund stinkt.«

Rosas Herz setzte einen Schlag lang aus. *Was soll ich jetzt bloß machen?* Sie saß in der Falle. Wie sollte sie das erklären? Selbst die beste Ausrede der Welt könnte ihr jetzt nicht weiterhelfen. Marie würde noch viel wütender sein, als sie es sowieso schon war und würde kein Wort mehr mit ihr reden, weil Rosa sich hier versteckt hielt und sich ihr nicht zu erkennen gegeben hatte.

Schritte näherten sich.

Rosa war einem Herzinfarkt nahe. Kalter Schweiß brach ihr aus. Gleich würde Marie die Tür aufreißen und …

»Ach, das hat doch Zeit bis später«, sagte Oliver. »Ich weiß was viel Besseres.«

Offenbar hörte Marie auf Oliver, denn ihre Schritte waren verklungen, als hätte er sie am Arm festgehalten und zu sich gezogen.

Rosa verzog schmerzlich das Gesicht und verdrehte die Augen. Diese Situation wünschte sie wirklich nicht mal ihrem ärgsten Feind. Sie schämte sich in Grund und Boden, so in die Intimsphäre ihrer Tochter einzudringen. Aber sich ihr jetzt zu erkennen zu geben, ging auf gar keinen Fall.

»Du weißt, dass niemand von uns wissen darf«, raunte Marie jetzt fast zärtlich. »Du könntest schließlich der Mörder sein.«

Oliver lachte auf.

Was Marie so feixend dahingesagt hatte, lag Rosa schwer im Magen. Was, wenn das wirklich der Fall war? Wie konnte Marie nur dieses Risiko eingehen? Waren echte Gefühle im Spiel oder handelte es sich bei Oliver wieder nur um eines ihrer Abenteuer?

»Psst, sei jetzt ruhig, wir haben Besseres zu tun«, hörte sie Olivers bestimmenden Bass. »Komm her.«

»Hey, lass das.«

»Das gefällt mir so an dir, dass du mir immer so die kalte Schulter zeigst, mein unbezähmbares Kätzchen.«

Maries Kichern erklang.

»Macht mich ganz rasend.«

Grundgütiger! Rosa bekam Hitzewallungen, sie spürte, wie ihr das Blut in die Ohren schoss. Hierbei wollte sie wirklich nicht Mäuschen spielen. Sie musste bei nächster Gelegenheit so schnell wie möglich von hier verschwinden.

Begleitet von Kichern entfernten sich Schritte und Stille legte sich über den Raum.

Rosa atmete auf. Doch die Gefahr, dass Marie zurückkehrte, war noch nicht gebannt. Sie klappte ihr Amulett auf und beobachtete wie der Uhrzeiger vorrückte. Als sie nach einer Minute kein Geräusch mehr vernahm, öffnete sie die Tür einen Spalt breit.

Kein Laut war zu hören, nur Rosas stoßweiser Atem. Die Luft war rein, sie konnte raus aus ihrem Versteck.

Während sie leise in Richtung Flur tapste, hörte sie unsittliche Geräusche von nebenan. *Lieber Himmel!* Am liebsten hätte Rosa sich die Ohren zugehalten. Diese Unanständigkeiten waren nicht für die Ohren einer Mutter bestimmt. Offenbar befanden die beiden sich jetzt im Schlafzimmer und wälzten sich durchs Bett. Rosas Kopf glühte. Sie schämte sich so sehr. Für Oliver, für Marie, aber vor allem für sich selbst und dass sie ungewollt Zeuge dieser Intimitäten geworden war. *Schnell weg hier.*

Huch! Fast wäre sie gestolpert. Mitten in der Küche auf dem Boden lag eine Jacke. Sie musste Oliver gehören. Rosa blieb stehen, wollte sie aufheben, hielt sie bereits in der Hand, als ihr einfiel, dass sie keine Spuren hinterlassen durfte. Also ließ sie die Jacke wieder fallen. Etwas polterte und Rosa erschrak, als sie sah, dass ein Handy aus der Tasche gerutscht und auf den Boden gefallen war.

Mit klopfendem Herzen lauschte sie für einen Moment in die Stille. Nichts rührte sich, abgesehen von dem Stöhnen nebenan, das erneut einsetzte und immer mehr an Lautstärke gewann.

Rosa verdrehte die Augen. *Heiliger!* Ihr Blick wanderte hinab auf das Handy. Bevor sie näher darüber nachdachte, lag es schon in ihrer Hand.

Gelegenheit macht Diebe. Einerseits plagte Rosa ihr schlechtes Gewissen, andererseits ermittelte sie in einem Mordfall. Jeder Detektiv, der was auf sich hielt, würde diese Gelegenheit beim Schopfe packen!

Bei der eigenen Tochter in der Wohnung zu schnüffeln, wäre ihr nie im Traum eingefallen. Aber was, wenn Oliver wirklich was mit dem Tod seines Stiefvaters zu tun hatte? Es gab zwar kein ersichtliches Motiv, aber vielleicht stieß sie ja auf etwas, das ihr wichtig erschien und sie bei den Ermittlungen weiterbrachte. So viel Zeit musste sein. Die beiden nebenan würden so schnell nicht voneinander ablassen, so viel war sicher.

Rosa sah auf das Display und machte einen Wisch nach oben. Erleichtert stellte sie fest, dass die Sperrfunktion des Handys nicht eingestellt war. Oder aber nach Tatjanas Anruf noch nicht wieder eingesetzt hatte. So gut kannte Rosa sich nun auch nicht aus. Aber wie auch immer. *Glück im Unglück!*

Rosa tippte auf die Nachrichten-App und scrollte durch die Kontakte. Die Namen sagten ihr alle nichts, bis sie auf Harald stieß. *Warum Harald?* Ob damit sein Stiefvater gemeint war? Aber Oliver hatte doch erst vor kurzem erfahren, dass er nicht sein leiblicher Vater war. Oder hatte er ihn vorher schon beim Namen genannt? Rosa überlegte. Bei ihrem Gespräch auf dem Friedhof hatte er ihn mit Vater betitelt. Das erschien Rosa irgendwie verdächtig. Vielleicht hatte er ja doch schon länger gewusst, dass er nicht von Harald gezeugt worden war. Das bedeutete dann aber auch, dass Tatjana sie belogen hatte.

Rosa öffnete den Nachrichtenverlauf, doch der war leer. *Seltsam.* Ob Oliver ihn erst vor kurzem gelöscht hatte, weil er Nachrichten enthielt, die keiner lesen dürfte? Womöglich die Polizei? Die hätte den Chat sicherlich durch einen Computerspezialisten wiederherstellen können.

Rosa las die letzten Nachrichten, die *Mama,* also Tatjana, und Oliver miteinander ausgetauscht hatten.

Kommst du heute noch?

Ich werde es nicht mehr schaffen.
Warte nicht mit dem Essen auf mich,
melde mich.

Nichts Bedeutendes. Ein ganz normaler Nachrichtenverlauf zwischen Mutter und Sohn. Rosa atmete tief durch und scrollte etwas höher.

Mach dir keine Sorgen, es wird alles
gut. Ich werde dafür sorgen.

Sie scrollte noch ein wenig höher, doch da stand nichts, was in den Zusammenhang passte. Diese zwei Sätze mussten sich auf ein Gespräch beziehen. Doch worum ging es dabei?

Aufregung durchfuhr sie mit einem Mal. Von wann stammte die Nachricht? Sie sah noch mal genau hin.

Oliver hatte sie vor einer Woche, einen Tag vor Keules Tod, abgeschickt. Ein seltsames Gefühl beschlich sie. Was meinte er damit, dass alles gut würde? *Das klang ja fast so, als ob ...*

Rosa schnappte nach Luft, ihr wurde warm und kalt zugleich. *Das wäre ja ein starkes Stück!* Nein, diesen Gedanken wollte sie gar nicht zu Ende denken. Für lange Überlegungen blieb jetzt aber auch keine Zeit mehr.

Schnell zog Rosa ihr Mobiltelefon aus dem Jutebeutel und machte ein Foto von der Nachricht. Über den Inhalt konnte sie sich später noch den Kopf zerbrechen. Artus konnte ihr sicherlich dabei behilflich sein.

Auf leisen Sohlen tapste Rosa zur Tür, lauschte noch mal kurz in den Flur.

Das Stöhnen war allgegenwärtig. Schnell öffnete sie die Wohnungstür, schlüpfte hindurch und zog sie geräuschlos wieder hinter sich zu.

Rosa hastete die Stufen des Treppenhauses hinunter und war noch immer ganz durch den Wind. Jetzt wurde ihr auch klar, warum Marie heute beim Eisessen so aufbrausend reagiert hatte. Sie hatte Angst, dass ihre Affäre mit Oliver aufflog, weil Artus und sie so viel herumschnüffelten. *Vielleicht sogar ... dass wir herausfinden würden, dass Oliver mit dem Mord an seinem Stiefvater zu tun hat.* Ihr wurde ganz schlecht bei dem Gedanken, dass ihre Tochter womöglich mit einem Mörder ins Bett stieg.

Mit einem Mal blieb sie stehen. *Da war doch noch was gewesen.* Ach ja, jetzt kam es ihr wieder in den Sinn. Rosa hatte ihrer Tochter doch eigentlich eine Nachricht schicken wollen, dass sie in ihrer Wohnung auf sie wartete. Hätte sie daran gedacht, wäre alles anders gekommen. Doch nun musste sie ihre neuen Erkenntnisse nutzen, um den Fall zu lösen.

Langsam setzte Rosa ihren Weg fort. Ihre schweißfeuchte Hand glitt über das Treppengeländer, während ihr Herzschlag sich allmählich beruhigte.

Plötzlich fiel ihr noch etwas ein und sie hielt erneut inne. »Ach, du Schreck!«, sagte sie leise zu sich selbst und schlug die Hand vor den Mund. Das Fenster stand offen und sie hatte die Chipstüte verschlossen. Sie konnte nur hoffen, dass Marie diese kleinen Veränderungen nicht auffielen, in dem ganzen Chaos, in dem sie sich momentan befand. So was durfte einer guten Detektivin nicht passieren. Rosa hätte sich in den Hintern beißen können wegen ihrer Unachtsamkeit. Da sie keinesfalls ins Schlafzimmer hätte zurückgehen können, wäre es ihr nicht mehr möglich gewesen, das Fenster zu schließen. Die Chipstüte hätte sie allerdings so offen wie vorgefunden liegen lassen müssen.

Wenn Marie dahinterkam, dass Rosa ihr heimlich einen Besuch abgestattet hatte, war Polen offen.

Kapitel 21

VERBLENDET

Am nächsten Morgen um kurz vor 6 Uhr schlüpfte Rosa in ihre froschgrünen Pantoffeln und schlurfte durchs Schlafzimmer. Sie hatte lange genug tatenlos herumgelegen. Den größten Teil der Nacht hatte sie sich von einer Seite auf die andere gewälzt. Die Affäre ihrer Tochter mit Oliver ließ Rosa einfach keine Ruhe.

Sie brauchte jetzt erst mal einen starken Kaffee, um sich genau zu überlegen, wie sie vorgehen sollte.

Während das starke Gebräu hustend und sprotzend durch die alte Maschine lief, putzte Rosa sich die Zähne, stieg unter die Dusche und zog sich an.

Herrlicher Kaffeeduft empfing sie, als sie zurück in die Küche kam. Sie goss sich ihre bauchige *Nicht-stören-bin-im-Winterschlaf*-Tasse zu Dreiviertel voll und inhalierte mit geschlossenen Augen das herrliche Aroma. Am Rand der Tasse war schon ein Stück abgebrochen, aber Rosa brachte es einfach nicht übers Herz sie wegzuwerfen, denn sie liebte sie heiß und innig. Aber Kaffee ohne Milch war wie Eisbein ohne Sauerkraut und für Rosa undenkbar, deshalb nahm sie die Milchtüte aus dem Kühlschrank, schenkte zwei Fingerbreit davon in eine andere Tasse und erhitzte sie kurz in der Mikrowelle. Danach bearbeitete Rosa die heiße Flüssigkeit mit dem Milchaufschäumer, während sie die Löwengesichts-Übung machte. Dabei öffnete sie so weit wie es ging den Mund, atmete durch die Nase, streckte die Zunge zum Kinn und rollte die Augen zur Nasenspitze. Diese Position musste fünf Sekunden gehalten werden, ehe sie ausatmen und entspannen konnte. Das Ganze wiederholte sie dann noch dreimal. Sie hatte mal gelesen, dass diese Gesichtsyoga-Übung Mimikfalten vorbeugte und seitdem gehörte sie zu ihrem morgendlichen Ritual genauso wie Zähneputzen und Hände waschen. Warum minutenlang einer eintönigen Sache nachgehen, wenn man währenddessen auch noch etwas für seine Haut tun konnte? Zugegeben, Rosa hatte kaum Falten. Das Fett polsterte die Haut von innen auf und machte sie praller. Zu etwas mussten ihre überschüssigen Pfunde ja schließlich gut sein. Aber durch das Gesichtsyoga kam sie morgens einfach schneller in Schwung und fühlte sich danach gleich fitter.

Rosa schüttete den wolkigen Milchschaum in ihre Kaffeetasse und schaufelte zwei Teelöffel Zucker hinein, ehe sie sich an den Küchentisch setzte. Eine Weile rührte sie in ihrer Tasse herum und pustete auf die dampfende Oberfläche, bis sie einen großen Schluck nahm. *Das tut gut.* Sie konnte regelrecht spüren, wie das Koffein durch ihre Blutbahn schoss und ihre Lebensgeister weckte.

Rosas Gedanken wanderten wieder zu Marie zurück. Sie musste unbedingt mit ihr sprechen und sie vor Oliver warnen. Bisher wusste sie allerdings noch nicht, wie sie das anstellen sollte, ohne ihr zu beichten, dass sie gestern in ihrer Wohnung gewesen war und in Olivers Nachrichten gelesen hatte.

Mach dir keine Sorgen, es wird alles gut. Ich werde dafür sorgen. Sooft sie sich diese beiden Sätze durch den Kopf gehen ließ, sie kam immer wieder zu dem Punkt, dass sie sich auf den Mord bezogen und Oliver ein Problem aus der Welt schaffen wollte. Wollte er seine Mutter beschützen? Etwa vor Keule? Aber weshalb? Wenn er oder seine Mutter wirklich mit drin hingen, war ihre Tochter großer Gefahr ausgesetzt. Wenn Marie etwas herausfand, das ihn belastete, würde er sicherlich nicht mehr den Schmusekurs fahren.

Plötzlich bekam es Rosa mit der Angst zu tun. Benutzte er Marie nur als Mittel zum Zweck, um sie vom Täter abzulenken oder sie zu beeinflussen?

Oder interpretierte Rosa einfach zu viel in diese paar Worte und es war alles nur ganz harmlos?

Ihre Gedanken drehten sich im Kreis, sie kam einfach nicht weiter.

Rosa stand ruckartig auf, leerte ihre Tasse und stellte sie im Spülbecken ab. Die Zeiger der Küchenuhr standen erst auf fünf vor halb sieben, doch sie hatte einen Entschluss gefasst. Sie würde eine Runde durch den Park laufen, frische Schrippen beim Bäcker kaufen und anschließend zu Marie fahren. Oliver hatte höchstwahrscheinlich bei ihr übernachtet, also musste sie so früh wie möglich bei ihr aufschlagen, um ihn dort noch anzutreffen. So konnte sie ihn zur Rede stellen. Eigentlich sträubte sich alles in ihr dagegen. Nein, sie war wirklich nicht der Typ, der sich in das Leben ihrer Tochter einmischte und gute Ratschläge gab, was ihre Männerbekanntschaften betraf. Aber jetzt war Handlungsbedarf angesagt. Diese Affäre musste ein Ende finden. Und zwar besser gestern als heute. Wenn nötig, würde sie sogar riskieren, dass ihre Tochter eine Zeitlang nicht mehr mit ihr sprach. Irgendwann würde sich auch das wieder legen. Aber hier ging es um Maries Job und vor allem –, was viel wichtiger war – um ihre Sicherheit.

Artus schlief noch und sie war froh, dass sie keine Erklärungen abgeben musste. Sie hatte ihm noch nicht von ihrem gestrigen Erlebnis in Maries Wohnung erzählt, nur, dass sie Marie nicht angetroffen hatte. Es genügte, wenn einer sich Sorgen machte.

Rosa schloss die Tür des Wohnhauses auf und lief die Treppenstufen bis in den dritten Stock. Oben angekommen war sie erst mal aus der Puste und brauchte einen Moment, bis sich ihre Atmung wieder normalisierte. Dann drückte sie den Klingelknopf. In dem Moment regte sich ihr schlechtes Gewissen und sie kam sich vor wie ein Überfallkommando. Aber jetzt, wo sie schon mal da war, gab es kein Zurück mehr.

Es dauerte eine ganze Weile, bis sie Schritte hinter der Tür vernahm.

Marie öffnete mit zerzausten Haaren, im schlabbrigen Männerhemd und mit Schlaf in den Augen. »Was machst du denn hier um diese Zeit?«, fragte sie mit angerauter Stimme.

Rosa hielt die Papiertüte hoch. »Ich dachte, wir beide frühstücken zusammen.« Ohne abzuwarten, dass Marie sie hereinbat, trat sie an ihr vorbei in die Wohnung.

Wider Erwarten hielt Marie sie nicht zurück, sondern trottete verschlafen hinter ihr her. Also hatte sie die kleinen Veränderungen in ihrer Wohnung nicht bemerkt, und wenn doch, ihre Mutter zumindest nicht in Verdacht.

Während Rosa auf die Küche zusteuerte, linste sie unauffällig in den Flur. Die Schlafzimmertür stand offen, es gab keine Anzeichen, dass Oliver sich in der Wohnung befand.

»Das machen wir doch sonst nie«, murmelte Marie beim Hinterhergehen.

»Eben«, sagte Rosa. »Deshalb dachte ich, es wird Zeit dafür. Wir müssen reden.« Sie legte die Brötchentüte ab, hängte ihren Jutebeutel über einen Stuhl und machte sich an der Kaffeemaschine zu schaffen. Einerseits fiel Rosa ein Stein vom

Herzen. Vor der Konfrontation mit Oliver hatte ihr gegraut. Andererseits hätte sie so offiziell von ihrer Affäre gewusst und hätte Marie direkt darauf ansprechen können. So musste sie etwas subtiler vorgehen. Was nicht gerade zu Rosas Stärken gehörte. Aber auch das machte eine gute Detektivin aus. Und die wollte Rosa sein.

»Was gibt es denn so Wichtiges?« Marie fuhr sich durch ihre Haare. »Du hättest anrufen können. Heute ist mein freier Tag, da wollte ich wenigstens ein bisschen ausschlafen.«

Ein wenig plagten Rosa Gewissensbisse, den wohlverdienten Schlaf ihrer Tochter unterbrochen zu haben. Aber es nützte ja nichts, sie hatte schließlich einen triftigen Grund. »Kannst du später immer noch. Wir müssen über den Fall reden.«

»Ich will aber nicht mit dir über den Fall reden, Mama!«

»Jetzt zieh dich erst mal an, ich decke inzwischen den Tisch und koche Kaffee. Dann frühstücken wir in Ruhe und reden.«

Für Diskussionen fehlte Marie wohl noch die nötige Energie, denn sie verschwand anstandslos im Bad.

Keine fünf Minuten später kam sie zurück in die Küche und setzte sich an den fertig gedeckten Tisch. Vor ihr dampfte schon eine Tasse schwarzer Kaffee. Der Brotkorb war mit den noch warmen Schrippen gefüllt und verschiedene Marmeladengläser hatten sich auf dem Tisch versammelt.

Rosa konnte jetzt nicht mehr länger an sich halten. »Also. Ich habe da eine Theorie.«

Marie verdrehte die Augen und nahm einen Schluck Kaffee. »Und die wäre?«

»Nachdem ich ja nun herausgefunden habe, dass Tatjana vor Jahren als Prostituierte gearbeitet hat, glaube ich, dass ihr Mann sie erpresst hat.«

»Erpresst? Inwiefern?« Marie runzelte die Stirn.

»Keule wusste von Tatjanas Affäre mit seinem Bruder. Er wollte sie zurückgewinnen und deshalb beschloss er, seinen Anteil der Firma zu verkaufen, um ihr ein noch schöneres Leben bieten zu können. Gemeinsame Reisen, mehr Zeit zu zweit. Wer weiß, was er ihr alles versprochen hat. So einfach, wie er sich das vorgestellt hat, ging das aber nicht.« Rosa biss herzhaft in ihre dick mit Butter und Pflaumenmus bestrichene Schrippe und wappnete sich innerlich gegen Maries Reaktion, die unweigerlich folgen würde.

Marie sah sie mit hochgezogenen Augenbrauen an, lehnte sich zurück und verschränkte die Arme vor der Brust. »Und? Wie lautet jetzt deine Theorie?«

»Als Keule erfahren hat, dass Tatjana es mit ihrem Bruder ernst meint und sie ihn verlassen wollte, hat er sie erpresst. *Wenn du nicht bei mir bleibst, erzähle ich allen von deiner Vergangenheit* – so oder ähnlich muss er ihr gedroht haben. Er kannte seinen Bruder und wusste, dass er mit einer ehemaligen Hure nicht zusammen sein wollte. Tatjana war am Boden zerstört und hat sich Oliver anvertraut. Der hat sich dann darum gekümmert, dass ihre Angst ein Ende findet und sie ein Leben nach ihren Vorstellungen führen kann.«

Marie lachte auf. »Du glaubst also, dass Oliver seinen Stiefvater vorsätzlich im Kühlhaus eingeschlossen hat, um seine Mutter vor Keule zu beschützen.«

Rosa nickte. »Vielleicht wollte er Keule auch eine Lektion erteilen und ihn später wieder herauslassen«, schaltete sie einen Gang zurück. »Aber dann war es zu spät und Keule war bereits seinem Herzinfarkt erlegen.«

»Weißt du was, Mama? Das ist der größte Bullshit, den ich je gehört habe! Glaubst du wirklich, dass Tatjana sich ihrem eigenen Sohn anvertraut hätte? Er hätte doch wissen wollen, was Keule für ein Druckmittel hat. Niemals hätte sie Oliver in ihr Geheimnis eingeweiht. Er wäre doch sicherlich der Letzte gewesen, der von ihrer Zeit als Prostituierte hätte erfahren sollen. Hast du so weit schon mal gedacht?«

Rosa senkte den Blick und legte ihre Schrippe auf dem Teller ab. Marie hatte recht. Darüber hatte sie sich bisher noch keine Gedanken gemacht. »Aber die beiden stehen sich sehr nahe. Da ist es doch nachvollziehbar, dass er zu ihr hält, wenn sie ihm von ihrer Vergangenheit beichtet.«

»Nichts ist nachvollziehbar. Du denkst wohl, einen Mord aufzuklären ist einem Spiel gleichzusetzen. Aber das ist es nicht. Du hast wirklich keine Ahnung von Ermittlungsarbeit. Das ist alles wilde Spekulation, die einen Unschuldigen zum Mörder macht. Ich möchte jetzt, dass du gehst.«

Rosa erhob sich. Sie hatte es ja kommen sehen, aber die Enttäuschung über Maries Verhalten nagte an ihr. »Das werde ich. Und weißt du, was ich glaube?« Rosa machte eine Pause und sah ihr tief in die Augen. »Dass du verblendet bist und mit der rosaroten Brille herumrennst, weil du nicht sehen willst, dass Oliver in der ganzen Sache mit drin steckt.«

Für einen Moment sah Marie sie verdattert an. Dann ergriff ihre Wut die Oberhand. »Wie kommst du denn auf so einen Mist?«

»Ist schon gut. Ist schon gut.« Rosa winkte ab, schnappte sich ihren Jutebeutel und drehte ihr den Rücken zu. An der Tür wandte sie sich noch einmal zu ihr um. »Bitte sei vorsichtig und pass auf dich auf!«

Eine halbe Stunde später und in ihren eigenen vier Wänden konnte es Rosa immer noch nicht fassen. »Marie will einfach nicht sehen, in welcher Gefahr sie sich befindet.« Während sie Artus von ihrem Erlebnis in Maries Wohnung und ihrem Besuch am Morgen berichtet hatte, hatte sie sich so in Rage geredet, dass ihr ganz warm geworden war. Sie brauchte dringend frische Luft. Ihr Brustkorb fühlte sich an, als würde jemand auf ihm sitzen.

Sie öffnete die Balkontür des Wohnzimmers und trat hinaus. Kopfschüttelnd lehnte sie sich über die Brüstung und schaute hinab auf den Hinterhof.

Sie spürte die Hand ihres Vaters auf ihrer Schulter. »Kinder lassen sich selten etwas von ihren Eltern sagen, das weißt du doch am besten.«

Rosa ging nicht auf Artus' Bemerkung ein. Zu Sticheleien dieser Art war sie jetzt wirklich nicht aufgelegt. »Marie ist kein Kind mehr. Aber sie liebt es, mit dem Feuer zu spielen. Das gefällt mir nicht.« Energisch zupfte Rosa die welken Blätter von ihrem Salbeitopf, nahm die Gießkanne und goss das restliche Wasser mit so viel Schwung über den Geranienkasten, dass die Hälfte davon auf den Boden platschte. Aber das war ihr egal, sie musste schließlich irgendwohin mit ihrer Wut.

»Du hast recht, es weist alles darauf hin, dass Keule seine Frau mit ihrer Vergangenheit erpresst hat. Dieters Reaktion zeigt, welche Konsequenz die Enthüllung für Tatjana gehabt hätte. Olivers Nachricht an seine Mutter erscheint auch eindeutig im Zusammenhang mit dem Mord.« Artus machte eine kurze Pause, in der er Rosa an der Schulter fasste und ihren Blick suchte. »Aber nicht alles ist manchmal so, wie es scheint. Das habe ich in meiner Zeit bei der Kripo gelernt. Ich kann deine Angst um Marie verstehen, aber meinst du nicht, du verbeißt dich da in etwas? Nicht nur Oliver kommt als Täter infrage. Dieter könnte seinen Bruder ebenso im Kühlhaus eingesperrt haben. Oder auch dieser Lehmann, der uns offenbar eine Lüge aufgetischt hat. Ohne Beweise kommen wir nicht weiter. Wir treten auf der Stelle.«

»Pah!«, entfuhr es Rosa. »Es gibt aber keine eindeutigen Beweise, das ist ja das Schlimme! Und Marie will der Sache nicht nachgehen. Es lässt mir einfach keine Ruhe, wie sie meine Theorie abgetan hat.«

Artus seufzte tief. »Ich sehe momentan nur eine Möglichkeit, den Fall abzuschließen: Man muss den Täter so in die Enge treiben, dass er ein Geständnis ablegt.«

Kapitel 22

AUSGEMISTET

Rosa parkte ihr Auto direkt vor dem Wohnhaus. Im Laufe des Vormittags war es schwül geworden und Rosa schwitzte in ihrem langen Kleid. Nachdem sie den Klingelklopf gedrückt hatte, schälte sie sich aus ihrer Strickjacke und hängte sie sich über den Arm.

Nach viermaligem Klingeln ertönte der Summer noch immer nicht. Vielleicht hätte sie ihren Besuch doch lieber ankündigen sollen.

Rosa seufzte und wollte gerade auf dem Absatz kehrtmachen, als die Tür aufging und ein Junge herauskam. Rosa erhaschte einen Blick auf das Treppenhaus.

In diesem Augenblick kam Tatjana die Stufen hinunter. Obwohl sie eine sperrige Umzugskiste schleppte, trug sie Schuhe mit hohen Absätzen und ihre Hochsteckfrisur war sturmtauglich, denn sie bewegte sich keinen Zentimeter.

»Ach Rosa, gut, dass du kommst«, rief die Witwe, als sie Rosa sah. »Fass doch bitte kurz mal mit an!«

»Ich komme!« Rosa wieselte an ihre Seite und packte die Kiste seitlich am eingestanzten Handgriff. *Uff, schwerer als gedacht.* Rosa staunte, wo eine so grazile Frau die Kraft hernahm. Tatjana hatte nicht mal eine Schweißperle auf der Stirn.

Gemeinsam trugen die beiden die Kiste durchs Treppenhaus. Keules Witwe war so in ihrem Element, dass sie überhaupt nicht nachfragte, was Rosa von ihr wollte. »Ich habe endlich mit Ausmisten begonnen«, ließ sie Rosa stattdessen wissen. »Das ganze alte Zeug muss weg.« Tatjana öffnete die Tür zum Hinterhof. »Morgen kommt die Müllabfuhr und nimmt die Papiertonne mit, dann bin ich das endlich alles los. Einen Teil muss ich heute noch zum Wertstoffhof bringen. Ich sage dir, wenn das alles entsorgt ist, kann ich die Wohnung endlich so einrichten, wie es mir gefällt.«

Tatjana hatte offenbar ganze Arbeit geleistet. Neben der Papiertonne stapelten sich schon vier weitere Kartons mit alten Büchern und Ordnern.

Rosas Blick blieb an einem Kunstdruck von Käthe Kollwitz hängen – eins ihrer bekannten Selbstbildnisse in Denkerpose. Es würde sich wunderbar im *Onkel Theo* machen. *So was kann man doch nicht einfach wegschmeißen!* Rosa nahm sich vor, es später einfach mitzunehmen. Aber jetzt gab es erst mal Wichtigeres.

Verstohlen beobachtete Rosa die Witwe von der Seite. Bisher verhielt sich Tatjana ganz normal ihr gegenüber. Demnach hatte Dieter ihr nichts davon erzählt, was ihn durch Rosas Bemerkung zum Grübeln gebracht hatte.

»Was machst du eigentlich hier?« Tatjana klopfte sich den Staub von den Händen.

Rosa setzte einen ernsten Gesichtsausdruck auf. »Ich muss etwas mit dir besprechen.«

Tatjana nickte. »Gut, aber das machen wir bei einer Tasse Kaffee oben in meiner Wohnung.«

Rosa atmete erleichtert auf. Sie hatte schon befürchtet, sie müsste das prekäre Thema hier zwischen Tür und Angel zur Sprache bringen. »Das klingt gut.«

Oben in der Wohnung angekommen, mussten sie sich erst einmal einen Weg durch den Flur bahnen. Er war vollgestellt mit Kisten, aus denen Wollpullover, Schuhe und Cordhosen herauslugten.

»Alles für die Altkleidersammlung«, sagte Tatjana. »Wenn das raus ist, kann ich endlich wieder frei atmen.«

Rosa quetschte sich seitlich an den Kisten vorbei und folgte Tatjana in die Küche.

»Was hältst du von einem schönen Glas Sekt vor dem Kaffee?« Ohne Rosas Antwort abzuwarten, öffnete die Witwe den Kühlschrank und holte eine Flasche Krim-Sekt daraus hervor.

»Für mich nicht.«

»Bringt den Kreislauf in Schwung.« Tatjana zwinkerte ihr zu und ließ gekonnt den Korken knallen.

Rosa musste grinsen. »Lass mal, mein Kreislauf ist schon beschwingt genug.« *Oder besser gesagt zum Zerreißen gespannt*, fuhr sie in Gedanken fort.

Tatjana zuckte mit den Schultern, schenkte sich großzügig eine Sektflöte voll und trank das Glas bis zur Hälfte leer.

Danach ging sie zur Kaffeemaschine und befüllte sie mit Wasser. »Was wolltest du denn mit mir besprechen?«

Räuspernd ließ Rosa sich am Küchentisch nieder. Wie sollte sie nur anfangen? »Es geht um Marie und Oliver.«

»Was ist mit den beiden?« Tatjana füllte die Filtertüte mit Kaffeepulver. Ihr Mund bewegte sich, während sie im Stillen die gestrichenen Löffel abzählte.

»Ich habe herausgefunden, dass sie ein Verhältnis miteinander haben.«

Tatjana hielt inne und blickte auf. »Ach! Wie hast du das denn herausgefunden?«

Kater Vladislav schwänzelte in die Küche, direkt auf Rosa

zu und schmiegte sich an ihre Beine. Ohne zu zögern nahm sie ihn auf den Schoß und streichelte kräftig durch sein dichtes Fell. Es schien ihm zu gefallen. Vertrauensvoll rieb er seine Schnauze an ihrer Brust und sein lautes Schnurren erfüllte die Küche.

»Ich habe die beiden miteinander gesehen. Sie waren sehr … nun sagen wir mal … vertraut miteinander. Wenn das rauskommt, wird Marie der Fall entzogen. Es könnte sie sogar ihren Job kosten.«

Tatjana hob abschätzig die Augenbraue. »Die beiden sind alt genug. Sie wissen schon, was sie tun.«

Rosa gefiel es gar nicht, dass sie das so auf die leichte Schulter nahm.

»Vielleicht ist es zwischen den beiden ja auch mehr als eine Affäre, schließlich hatten sie schon in der Schule was miteinander.«

Rosas Freude über diese Aussicht hielt sich in Grenzen. »Dein Sohn will sich nicht festlegen, das hat er mir auf der Beerdigung erzählt. Außerdem geht es gar nicht darum. Oliver ist noch immer ein Verdächtiger in einem Mordfall.«

Tatjanas Gesichtsausdruck veränderte sich schlagartig, als wäre ihr gerade die Tür vor der Nase zugeschlagen worden. Es fühlte sich an, als hätte Rosas letzter Satz jeglichen Sauerstoff aus dem Raum gesaugt.

Es herrschte Stille, nur durchbrochen vom Sprotzen der Kaffeemaschine und dem Rauschen des Blutes in Rosas Ohren.

»Du verdächtigst meinen Sohn als Mörder?« Tatjanas Stimme klang so ungewohnt schrill, dass Vladislav die Krallen ausfuhr und sie schmerzhaft in Rosas Oberschenkel bohrte.

»Tue ich nicht«, ruderte Rosa zurück.

Vladislav erklärte sich solidarisch mit seinem Frauchen, sprang von Rosas Schoß und zeigte ihr die kalte Schulter.

»Aber man sollte ihn zumindest nicht ausschließen, denn er hat kein Alibi.« Es konnte nicht schaden, Tatjana ein wenig herauszufordern. *Wenn Menschen sich angegriffen oder provoziert fühlen, zeigen sie manchmal ihr wahres Gesicht. Besonders wenn es um ihre Kinder geht, verstehen Mütter keinen Spaß.* Das ging Rosa nicht anders. Für Marie würde sie alles tun, wenn es drauf ankam.

Tatjanas Augen verengten sich. Eine Hand in die Taille gestützt, beugte sie sich ein Stück zu Rosa hinab und fixierte sie. »Oliver ist ein sensibler Junge, er kann keiner Fliege was zu leide tun.«

Rosa hing ein dicker Kloß im Hals. Aber sie würde sich sicher nicht einschüchtern lassen und versuchte ein unbeteiligtes Gesicht zu machen.

»Was für ein Motiv sollte er denn haben?«

Rosa nahm all ihren Mut zusammen. Eine richtige Detektivin würde keinen Moment zögern, ihren Verdacht zu äußern. Selbst wenn der Mörder oder die Mörderin direkt vor ihr stand. Es wurde Zeit, ihre Theorie hervorzubringen.

Tatjanas Augen funkelten ihr aufgebracht entgegen.

Jetzt bloß keinen Rückzieher machen. Sie sollte sich ein Beispiel an ihrem Vater nehmen. Der würde auch in dieser Situation Souveränität und Stärke ausstrahlen. *Obwohl…* Bisher war Rosa gut damit gefahren, die Naive zu spielen, die unbedarft ihre Meinung äußerte. Sie sollte jetzt nicht einfach den Kurs wechseln und lieber bei ihrer Masche bleiben. Tatjana konnte zur Löwin werden, wenn es um Oliver ging. Das hatte sie gerade bewiesen.

Rosa zuckte mit den Schultern und senkte den Kopf.

»Ich weiß es ehrlich gesagt auch nicht. Ich bin ja keine Ermittlerin. Ich mache mir halt nur Sorgen um Marie. Das macht mich ziemlich fertig.« In einer theatralischen Geste presste sie mit Daumen und Zeigefinger die Nasenwurzel zusammen.

Tatjanas Gesichtsausdruck glättete sich wieder. »Das kann ich gut verstehen.« Sie strich ihr tröstend über die Schulter. »Jetzt gibt es erst mal einen schönen Kaffee.«

Rosa beglückwünschte sich innerlich für ihren gelungenen Auftritt. Das schauspielerische Talent hatte sie eindeutig von Artus geerbt. Gott sei Dank hatte sie in letzter Sekunde noch ihre Strategie geändert. *Wer weiß, was geschehen wäre, wenn ich die Katze aus dem Sack gelassen und die Erpresser-Theorie ins Spiel gebracht hätte.* Weitergebracht hätte sie es sicher nicht. Damit hätte sie nur schlafende Hunde geweckt und Marie in Gefahr gebracht, falls das Mutter-Sohn-Gespann wirklich hinter dem Mord steckte. Es hätte Tatjana nur noch mehr verärgert und womöglich hätte es zu ihrem Rauswurf geführt. Oliver war derjenige, den sie sich vorknöpfen musste. Und zwar so bald wie möglich.

»Ich wollte noch etwas Wichtiges zur Sprache bringen«, sagte Rosa, als Tatjana eine dampfende Kaffeetasse vor ihr abstellte. »Mir ist da ein Gerücht zu Ohren gekommen.«

Mit gerunzelter Stirn setzte sich die Witwe ihr gegenüber und nippte an ihrem Kaffee.

»Ein Kripobeamter behauptet, du hättest mal im *Le Mirage* gearbeitet. Angeblich kennt er dich von früher und hat dich erkannt, als du im *Onkel Theo* gegessen hast.«

Tatjana stellte die Tasse so heftig auf dem Tisch ab, dass ein wenig Flüssigkeit auf ihre Hand und auf die weiße Spitzendecke schwappte. Doch sie schien es nicht mal zu bemerken. Wie versteinert saß sie da und starrte ins Leere.

»Ich befürchte, dass er es nicht nur mir erzählt hat und dass es jetzt im Präsidium die Runde macht. Ich wollte nur, dass du das weißt.«

Tatjana war alle Farbe aus den Wangen gewichen. Sie stützte die Ellbogen auf den Tisch und vergrub das Gesicht in den Händen.

Nanu. Ihre Reaktion war ganz anders, als Rosa erwartet hatte. Sie stritt es nicht ab, sondern zeigte offen, was in ihr vorging.

»Ich habe gewusst, dass irgendwann der Tag kommen wird. Auch in einer Großstadt wie Berlin kommt so was früher oder später ans Licht. Da hilft auch keine andere Haarfarbe. Die Vergangenheit holt einen immer ein.« Tatjana seufzte schwer, als würde ihr eine große Last auf der Seele liegen.

Rosa streckte ihren Arm über den Tisch und tätschelte ihre Hand. »Dann ist es also wahr?« Sie suchte den Blick, doch Tatjana ließ den Kopf hängen. »Vor mir brauchst du dich aber nicht dafür zu schämen. Deshalb bist du doch kein schlechterer Mensch.«

»Es wäre gelogen, zu sagen, ich hätte keine andere Wahl gehabt«, sagte die Witwe nach einer ganzen Weile mit belegter Stimme, erhob sich, goss sich noch ein Glas Sekt ein und trank es in einem Zug leer. »Ich stand auf der Straße, wollte aber auf keinen Fall in meine Heimat zurück. Deutschland war für mich das Land der unbegrenzten Möglichkeiten, der Inbegriff von Freiheit. Eine russische Freundin hat mich ihrem Boss im Bordell vorgestellt. Er hat seine Mädchen gut behandelt. Es war das Einfachste und ich sah den Job als eine Art Sprungbrett zu etwas Besserem.« Tatjana warf ihre guten Manieren über Bord und trank jetzt direkt aus der Flasche. »Ich habe mir damals keine Gedanken über die Folgen und die Zukunft gemacht, ich lebte im Hier und Jetzt«, sagte sie und wischte sich mit dem Handrücken über den Mund.

Eine Mischung aus Faszination, Bewunderung und Entsetzen regte sich in Rosa. Dass Tatjana nun schon beinah die ganze Flasche intus hatte, merkte man ihr nicht an.

»Doch schon nach kurzer Zeit wollte ich weg«, fuhr die Witwe fort. »Und dann kam Harald. Ich sah in ihm alles, was ich mir erträumt habe. Er hat mir Versprechungen gemacht, war gut zu mir und vor allem: Er hat mich vergöttert. Er war der richtige Mann zum richtigen Zeitpunkt und er hat mich da rausgeholt. Damals war ich schon schwanger mit Oliver und wusste nicht, von wem das Kind ist.«

»Also wart ihr doch am Anfang glücklich.« Rosa schlürfte ihren Kaffee, weil er immer noch so heiß war. Er schmeckte scheußlich ohne Milch und Zucker, aber um nichts in der Welt wollte sie Tatjana jetzt in ihrem Redeschwall unterbrechen.

Tatjana zog die Nase hoch und trank den Rest der Flasche leer. »Ja, aber er hat sich verändert«, fuhr sie fort und noch immer merkte man ihr den Alkohol nicht an. »Ich war ihm zu eigenständig, habe selbst meine Entscheidungen getroffen. Er wollte über mich bestimmen.«

Mein lieber Scholli, ging es Rosa durch den Kopf. *Die ist so trinkfest wie eine ganze Rugby-Mannschaft.* »Warum habt ihr euch nicht scheiden lassen?«

»Harald hätte mich nicht gehen lassen.« Tatjana presste die Lippen zusammen und sah jetzt wirklich verzweifelt aus. »Was soll ich denn jetzt bloß tun? Dieter darf auf keinen Fall davon erfahren. Er könnte es nicht verstehen. Außerdem haben wir ihn angelogen, so wie alle anderen auch, was meine Vergangenheit betraf. Ich will ihn einfach nicht verlieren.«

»Und Oliver?«

Tatjana sah sie alarmiert an. »Oliver! Nein, der erst recht

nicht. Wer will schon eine Mutter mit so einer Vergangenheit. Ich will nicht, dass er sich für mich schämt.«

Ist sie wirklich so eine gute Lügnerin trotz des ganzen Alkohols? Oder hat sie Oliver wirklich nicht eingeweiht?

»Ich kann versuchen mit dem Mann von der Kripo zu sprechen. Ich kenne ihn flüchtig, weil er mit Marie zusammenarbeitet.«

»Ja, bitte tu das.« Tatjana brauchte jetzt offenbar etwas zu tun, denn sie begann geräuschvoll schmutzige Teller und Besteck in den Geschirrspüler einzuordnen.

»Vielleicht wollte Harald deshalb seinen Anteil der Firma verkaufen, um mehr Zeit mit dir zu verbringen und dir etwas zu bieten.«

»Oder er wollte allein weg. Ich habe Reiseprospekte von Thailand in seiner Nachttischschublade gefunden.«

»Ganz alleine? Und er hat dir nichts davon gesagt?«

Sie schüttelte den Kopf.

»Vielleicht hatte er eingesehen, dass er dich vernachlässigt hat und wollte sich bessern. Deshalb wollte er dich mit einer Reise überraschen und eurer Beziehung eine Chance geben.« *Aber du wolltest nicht und hast ihm gesagt, dass eure Beziehung keine Zukunft mehr hat. Womöglich hast du ihm sogar dein Verhältnis zu Dieter gestanden. Oder er hat es rausgekriegt. Dann sah er alle Felle davonschwimmen, geriet in Panik. Wusste sich nicht anders zu helfen, als dich zu erpressen.*

So musste es gewesen sein.

Tatjana zuckte mit den Schultern. »Ich weiß es wirklich nicht.«

Aber Rosa wusste es, sie war sich sogar sicher. *Tatjana lügt, die ganze Zeit. Keule hat ihr gedroht, ihre Vergangenheit preiszugeben, wenn sie ihn verlässt.* Unruhe überkam Rosa mit einem Mal und nagte an ihr. Sie musste direkt danach zu

Oliver, um ihn sich vorzuknöpfen. Es war alles so eindeutig. Wenn sie es geschickt anstellte, würde sie ihm vielleicht sogar ein Geständnis entlocken.

»Sicher hat er noch auf den richtigen Zeitpunkt gewartet. In letzter Zeit haben wir doch nur noch gestritten.«

»Keule wollte also noch mal ganz von vorne anfangen«, sinnierte Rosa.

»Es war zu spät. Ich wollte nicht mehr mit ihm leben. Ich liebe seinen Bruder. Schon eine ganze Weile.«

»Und wenn er es doch wusste?«

Teller schepperten, als Tatjana schwungvoll die Klappe des Geschirrspülers zuschlug. Statt einer Antwort schüttelte sie den Kopf und seufzte aus tiefster Seele.

Jetzt oder nie. »Hat er dich mit deiner Vergangenheit erpresst, damit du bei ihm bleibst?«, fragte Rosa kaum hörbar.

»Was? Nein, wie kommst du denn darauf?«

»Nur so ein Gedanke.« *Sie streitet es ab. Sie ist überzeugender, als ich dachte. Dabei liegt es doch auf der Hand. Jetzt muss ich nur noch ihren Sohn weichklopfen.*

»Ich habe ein Alibi, schon vergessen?«, sagte Tatjana plötzlich.

Sie war also Rosas Gedankengängen gefolgt und noch ganz klar im Kopf. *Du schon, dein Sohn aber nicht.* Rosa schenkte ihr ein besänftigendes Lächeln. »Nein, natürlich nicht. Aber nach dem, was ich von dir über Keule erfahren habe, wäre ihm so eine Erpressung zuzutrauen.« Seufzend erhob sie sich. »Ich muss jetzt los, hab noch was zu erledigen.«

Tatjana brachte sie zur Tür. »Du solltest dir das mit Marie und Oliver nicht so zu Herzen nehmen«, sagte sie zum Abschied. »Deine Tochter weiß schon, was sie tut. Und ganz abgesehen davon: Die beiden sind doch ein schönes Paar, findest du nicht?«

Rosa ging nicht auf ihre Frage ein. »Manchmal glaube ich nicht, dass Marie weiß, was sie tut, trotz ihres Alters. Was Männer betrifft, ist sie sehr wankelmütig. Sie sollte besser vorsichtig sein«, sagte Rosa und ergänzte in Gedanken: *mit wem sie sich einlässt.*

Nachdem sie Keules Wohnung verlassen hatte, beeilte Rosa sich, die Treppen hinunterzulaufen. Gerade als sie aus der Tür wollte, fiel ihr etwas ein. *Da war doch noch was.* Sie machte auf dem Absatz kehrt und lief zur Hintertür, die zum Hof führte. *Hoffentlich ist es noch da.*

Rosa atmete auf, als sie das Käthe-Kollwitz-Bild aus der Kiste herauslugen sah. Bei der Gelegenheit konnte sie gleich schauen, ob ihr vielleicht noch etwas anderes gefiel. Rosa liebte es, auf dem Trödelmarkt zu stöbern. Dabei hatte sie schon so tolle Sachen entdeckt. Man musste nur richtig gucken, dann fand man immer etwas.

Zwischen Reiseführern für Rumänien und Bulgarien fiel ihr ein Bildband mit der Aufschrift ›Würste aus aller Welt‹ ins Auge. Rosa bückte sich und fischte es heraus. Ein muffiger Geruch von Alter und Feuchtigkeit schlug ihr entgegen, als sie die erste Seite aufschlug. Sie rümpfte die Nase und begann zu lesen. In schnörkliger Schrift stand dort eine Widmung:

Hier geht's um die Wurst!
Herzliche Glückwünsche zur bestandenen Prüfung
und viel Erfolg für die Zukunft.
Das kleine Präsent macht dir hoffentlich viel Freude.

Willi Wackner, IHK Prüfungskommission

PS.: Lass dir nie die Wurst vom Brot nehmen!

Rosa musste schmunzeln. Sein Prüfer schien ja ein richtiger Witzbold gewesen zu sein. Beiläufig blätterte sie durch die Seiten, die mit bunten Überschriften und Bildern versehen waren. Plötzlich hielt sie inne. Für einen Moment verschlug es ihr den Atem.

Das ist doch ... Aus den Seiten waren bunte Buchstaben ausgeschnitten worden! Genau die, die jetzt auf Schulzes Erpresserbrief klebten. Das war ein ganz eindeutiger Beweis, dass Keule derjenige war, der Schulze erpresst hatte!

Verstohlen blickte Rosa hinauf zu den Fenstern, doch da war niemand. Hastig steckte sie das Buch in ihren Jutebeutel und schnappte sich das Bild. *Und jetzt nüscht wie weg.*

Kapitel 23

EINE GEWAGTE THEORIE

Den Kunstdruck unter den Arm geklemmt, wetzte Rosa zu ihrem Käfer. Sie wollte nur kurz im *Onkel Theo* nach dem Rechten sehen und danach direkt weiter zu Oliver fahren. Sie konnte die Sache nicht länger herauszögern, wollte das Ganze rasch hinter sich bringen. Der Schuldige musste so schnell wie möglich hinter Gitter und der Fall abgeschlossen werden.

»Ich muss noch mal wohin.« Eiligen Schrittes fegte Rosa durchs Restaurant. Niemand sollte ihr jetzt in die Quere kommen und sie aufhalten.

Artus saß an der Bar und war mit Werner in ein Gespräch über die richtige Pflege von Rosen vertieft. Jetzt horchte er auf. »Wohin denn?«

»Zu Oliver.«

Artus rutschte bereits von seinem Hocker. »Da muss ich doch mit.«

»Nee, Vati, das geht nicht. Da kann ich dich nicht mitnehmen, sonst musst du wieder den Demenzkranken spielen. Außerdem ist es besser, wenn ich allein mit ihm rede. Zu mir hat er Vertrauen gefasst und vielleicht kann ich ihm ein Geständnis entlocken.«

»Ich halte das für keine gute Idee. Was ist, wenn er dich

bedroht und dich in seiner Wohnung festhält?« Artus sah ehrlich besorgt aus.

»Das wird er nicht, versprochen!« Rosa tätschelte kurz seine Hand und war schon auf dem Weg in die Küche, als Artus hinter ihr herrief: »Nimm wenigstens das Pfefferspray mit, das ich dir besorgt habe.«

Rosa verdrehte die Augen. »Das wird nicht nötig sein, Vati.«

»Und ob das nötig ist. Ich bestehe darauf.«

Rosa blieb stehen, atmete einmal kurz durch und nickte dann artig. *Wenn es ihn beruhigt.* »Okay, ich steck es ein«, sagte sie und marschierte nach hinten zum Personalraum, um es zu holen.

Als sie bei der Küche vorbeikam und Freddy sie sah, winkte er sie heran. »Rosa, bitte komm mal her.«

»Hat das nicht Zeit bis später? Ich muss noch mal weg.«

»Nein, ich brauche deine Meinung.«

»Was kann denn jetzt so wichtig sein?«, murmelte Rosa vor sich hin.

Freddy steuerte mit einem Saucenlöffel auf sie zu und hielt ihn ihr vor den Mund. »Pusten, ist noch heiß.«

Rosa runzelte die Stirn. »Was soll das sein?«

»Die Jus für den Wildbraten. Han ist der Meinung, sie wäre zu salzig.«

Rosa pustete auf die Oberfläche des Löffels und schob ihn sich in den Mund. »Zu salzig.«

Freddy stöhnte theatralisch. »Das heißt, ich muss alles noch mal machen?«

»Du kannst sie mit Sahne binden.«

»In eine Jus kommt keine Sahne!«

»Wo ist deine Kreativität geblieben? Du bist doch sonst nicht so rezeptversessen.«

»Ich möchte vermeiden, dass noch einmal ein Gast mein Revier betritt und sich beschwert. Das war ein Albtraum, ich schlafe jetzt noch unruhig deshalb.«

Freddys divenhaftes Benehmen konnte Rosa jetzt in etwa so gut gebrauchen wie Hämorrhoiden, deshalb beschloss sie, es einfach zu ignorieren. »Um auf Nummer sicher zu gehen, musst du die Jus halt noch mal machen. Daran führt kein Weg vorbei. Und jetzt muss ich gehen.« Hastig drehte sie sich um und machte, dass sie davonkam.

Fast wäre sie mit Marion zusammengestoßen, die gerade durch die Schwingtür in die Küche wollte. »Gut, dass ich dich sehe. Rosa, es gibt da ein Problem mit dem Dienstplan. Ich hatte doch schon vor Wochen angekündigt, dass…«

»Das muss warten bis später«, schnitt Rosa ihr das Wort ab. »Ich muss weg.« Längere Diskussionen musste sie direkt unterbinden, denn Marion konnte sehr dominant sein, wenn sie ihr Anliegen durchsetzen wollte.

»Nein, das kann jetzt nicht warten.« Marions Stimme überschlug sich beinah. »Gestern hast du mich auch schon vertröstet. Ich bin am Freitag auf dem Klangschalenmassage-Workshop, das hatte ich dir schon vor Wochen gesagt, und der geht den ganzen Tag. Du hast mich aber für den Spät-dienst eingetragen.« Geschwind zog Marion einen Flyer un-ter ihrer Schürze hervor, als hätte sie nur darauf gewartet, da-mit vor Rosas Nase herumzuwedeln. »Ganesha Shakti leitet das Seminar und ich empfinde es als große Ehre, beim Guru selbst dabei sein zu dürfen.« Rosa riskierte einen kurzen Blick auf den Flyer, auf dem ein asketischer Jesuslatschen-Typ mit Zottelbart abgebildet war. »Das wäre ja nicht das Problem, ich könnte ja mit Celine tauschen, aber die meint jetzt, dass sie da auf keinen Fall kann, weil sie mit der Kleinen allein ist und ihre Eltern …«

Da wird doch der Hund inna Pfanne verrückt! Rosa war jetzt wirklich mit ihrer Geduld am Ende. »Stopp!«, rief sie Einhalt gebietend.

Marion starrte sie entgeistert an. So viel Durchsetzungskraft war sie von ihrer gutmütigen Chefin gar nicht gewohnt.

»Wir finden eine Lösung. Aber erst wenn ich zurück bin.« Eilig schob sie sich am Tresen vorbei ohne ihr oder jemand anderem auch nur einen letzten Blick zu gönnen.

»Sei bitte vorsichtig«, dröhnte die Stimme ihres Vaters hinter ihr, als sie das Restaurant verließ.

Rosa flitzte die Straße hinunter. Jetzt konnte sie niemand mehr aufhalten.

Rosa hatte Olivers Adresse gegoogelt und sie in ihr Navi eingegeben, das bis zum Zielort weniger als fünf Minuten Fahrtzeit anzeigte. *Weit gefehlt.* Im Schritttempo zuckelte sie den Ku'damm hinauf und fluchte dabei wie ein Bierkutscher. Tatsächlich dauerte es ganze fünfzehn Minuten durch den Berufsverkehr, bis sie die gediegene Wohngegend in Charlottenburg erreichte.

Rosa quetschte Hans-Gustav in eine schmale Parklücke in der Uhlandstraße. Nachdem sie vier Euro in die Parkuhr geworfen hatte, bog sie in die Ludwigkirchstraße ein.

Teure Restaurants, edle Boutiquen und Feinkostläden säumten ihren Weg, während sie im Lauftempo die Straße entlangfegte.

Als Rosa um die Ecke bog, verließ Oliver gerade das Haus. *So ein Glück aber auch.* Noch länger hätte Rosa nicht warten können. Sie glühte förmlich vor Aufregung, vor dem was ihr bevorstand.

Noch ehe Oliver in seinen Tesla stieg, wetzte sie über die Straße. »Oliver, warte!«

Tatjanas Sohn blieb stehen und sah ihr erstaunt entgegen. »Frau Fröhlich? Wollten Sie zu mir?«

»Ja«, keuchte Rosa atemlos.

Er sah sie irritiert an.

»Können wir irgendwo in Ruhe reden?« Sie warf einen demonstrativen Blick nach oben zum Wohnhaus.

»Ich habe einen Termin mit den *Eisbären*, aber wir können uns kurz ins Auto setzen, wenn es Ihnen nichts ausmacht.«

Rosa nickte. *Vielleicht soll es so sein,* dachte sie. Sie befanden sich in einer belebten Gegend, hier kamen unentwegt Passanten vorbei. Die Gefahr war geringer, dass er sie angriff und wenn, konnte sie aus dem Auto springen und um Hilfe rufen.

Rosa setzte sich auf den Beifahrersitz und zog die Tür zu. Sie sparte sich die Vorrede und fiel gleich mit der Tür ins Haus. »Wie ich mitbekommen habe, ist das Verhältnis zu deiner Mutter ein sehr gutes. Sie würde für dich die Hand ins Feuer legen.« Rosa hatte noch seine Worte von der Beerdigung im Ohr. *Sie hat immer zu mir gehalten und mich in meinen Plänen unterstützt.*

Oliver runzelte die Stirn. »Worauf wollen Sie hinaus?«

Rosa ging nicht auf seine Frage ein. »Und auch du würdest alles für sie tun, nicht wahr?«

Er wandte sich ein Stück zu ihr um und sah ihr unverwandt in die Augen. »Frau Fröhlich, was wollen Sie mir sagen?« Oliver trommelte ungeduldig auf sein Lenkrad.

Wieder diese Unerschütterlichkeit in seinem Blick – *Niemand kann mir etwas anhaben.* »Du wolltest deine Mutter vor Keule beschützen, nicht wahr?«

»Warum hätte ich das tun sollen? Er hat sie ja nicht geschlagen oder so.« Er stieß ein humorloses Schnauben aus.

»Das nicht. Aber vielleicht hat er sie ja erpresst und du hast dafür gesorgt, dass seine Drohungen aufhören.«

»Wollen Sie mir etwa gerade unterstellen, ich hätte meinen Stiefvater aus dem Weg geräumt?« Seine Augen funkelten aufgebracht. »Und überhaupt: Womit sollte er sie denn erpresst haben?«

Keine Spur von Nervosität ist ihm anzumerken. Rosas Herz hämmerte gegen ihre Rippen. *Bleib so gelassen wie möglich*, schärfte sie sich ein. »Du weißt, dass es mit der Ehe deiner Eltern nicht zum Besten stand?«

Oliver nickte und fuhr sich mit der Hand übers Gesicht. »Ja, schon, aber was hat das damit zu tun?«

Er stellt sich dumm, wirklich überzeugend. »Sie wollte ihn verlassen, er wollte das verhindern.«

»Und dann hat er sie erpresst?«, fragte er ungläubig. »Womit denn?«

Er ließ nicht locker. Aber Rosa würde Tatjanas Geheimnis nicht lüften, das hatte sie sich geschworen. Ihm das beizubringen, war nicht ihre Aufgabe. »Es muss irgendetwas geben, wovon niemand erfahren darf. Du wusstest das und hast ihr gesagt, dass sie sich keine Sorgen machen muss und dass du dich darum kümmerst. Deshalb bist du an dem Abend, als Keule starb, zu ihm gegangen und wolltest ihn dir zur Brust nehmen. Aber dann ist die Situation eskaliert und du hast ihn im Kühlhaus eingesperrt.«

Oliver stieß einen empörten Laut aus und schüttelte den Kopf. »Ist Mord jetzt Ihr neues Hobby, oder was? Was haben Sie sich denn da zusammenfantasiert? Wenn Sie einen Schuldigen suchen, warum gerade mich? Was geht Sie das überhaupt an? Sie sind nicht die Polizei.«

Er lässt sich nicht in die Enge treiben. Aber Rosa würde sich nicht von ihm blenden lassen. Sein abgebrühtes Verhalten bewies nur einmal mehr seine Skrupellosigkeit. »Stimmt es nicht, dass du deiner Mutter eine Nachricht geschrieben hast, in der du ihr versicherst, dass du dafür sorgst, dass alles gut wird?«

Einen Moment lang wirkte Oliver irritiert und runzelte die Stirn. »Kann sein, aber sicher nicht in dem Zusammenhang.«

So irritiert, dass er noch nicht einmal danach fragt, wie ich darauf komme.

»Mein Stiefvater wusste gar nicht, dass meine Mutter ihn verlassen wollte. Sie hatte Angst, ihm das zu sagen. Ich habe ihr nur versichert, dass ich an ihrer Seite stehe, falls er ihr Schwierigkeiten macht.«

Von wegen! An dir werde ich mir nicht die Zähne ausbeißen. Rosa musste an sein Gewissen appellieren. »Oder war es deine Mutter, die noch mal losgegangen ist, nachdem sie im Treppenhaus vor Dieters Wohnung gesehen wurde? Sie hätte es zeitlich geschafft, zur Schlachterei zu fahren.« Rosa machte eine Pause, um ihre Worte wirken zu lassen. Sie lächelte in sich hinein. Langsam hatte sie den Dreh raus. »Um Keule ins Kühlhaus zu locken und ihn dort eiskalt erfrieren zu lassen.«

Irritation vermischt mit Unglauben malte sich auf Olivers Gesicht. Einen Moment lang herrschte Stille.

Rosa straffte sich und sah ihn herausfordernd an. *Jetzt hab ich ihn soweit.* Eine gewisse Genugtuung durchfuhr sie. Oliver hätte seine Mutter doch niemals der Polizei ausgeliefert, sondern hätte dazu gestanden, dass er der Mörder war. *Oder etwa nicht?*

Er lachte.

Verdutzt wanderte Rosas Blick zu Oliver.

Ja, er lachte sie tatsächlich aus, sein ganzer Körper vibrierte dabei. Doch schon im nächsten Moment wurde er wieder ernst. »Das ist eine verdammte gequirlte Scheiße und das wissen Sie selbst!«, sagte er ruhig, aber der scharfe Unterton entging Rosa nicht. »Los steigen Sie aus, ich muss jetzt weg! Ich werde mir nicht länger ihre haltlosen Anschuldigungen anhören.«

Rosa unterdrückte ein Seufzen. *Oliver ist wirklich ein harter Brocken.* Sie musste wohl stärkere Geschütze auffahren. »Meine Tochter als Kommissarin kam dir gerade recht, nicht wahr?« Sie war jetzt die Gelassenheit in Person. *Was Oliver kann, kann ich schon lange.* »Du hast mit ihr angebändelt, um sie vom Täter abzulenken. Und sie …« Weiter kam sie nicht.

»Raus!«

Beeindruckend. Seine Stimme stand der von Tatjanas an Intensität in nichts nach. So wütend hatte Rosa ihn noch nie erlebt. Einen Moment lang bekam sie es mit der Angst zu tun, als sie Oliver ins Gesicht sah. Es hatte eine beunruhigend rote Farbe angenommen und eine Ader pulsierte auf seiner Stirn.

Rosa zog es vor, jetzt doch lieber das Weite zu suchen.

Was habe ich falsch gemacht? Rosa zermarterte sich das Gehirn, während sie schon eine Ewigkeit auf der Suche nach einem Parkplatz herumkurvte. An welcher Stelle hatte sie die Kontrolle über das Gespräch verloren? Hätte sie das Ruder noch mal rumreißen können?

So oder so: Sie hatte es versaut. Oliver würde niemals ein Geständnis ablegen. Ohne Beweise hatte sie keine Chance, ihn als Täter zu überführen. Wenn Marie von dem Gespräch mit Oliver erfuhr – und das würde sie mit Sicherheit – war sie ganz unten durch bei ihrer Tochter. »Verdammter Käse!« Rosa versetzte dem Lenkrad einen harten Schlag. Marie würde bis zum Sankt Nimmerleinstag nicht mehr mit ihr sprechen. Und was noch viel schlimmer war: Rosa hatte schlafende Hunde geweckt. Oliver wusste jetzt, dass sie ihn des Mordes verdächtigte und würde auf der Hut sein. Wenn er niemals überführt werden konnte, war es ihre Schuld, so viel stand fest. Was würde das für Auswirkungen auf Marie haben? Würde Oliver auf Abstand zu ihr gehen? Oder sogar nicht vor Gewalt zurückschrecken? Rosa konnte absolut nicht einschätzen, wie er sich ihr gegenüber verhalten würde.

Nachdem Rosa noch eine letzte Runde um den Savignyplatz gedreht hatte, bog sie in die Kantstraße. Es war heute einfach aussichtslos einen Parkplatz in Restaurantnähe zu finden. Aber während der langen Sucherei hatte Rosa einen Entschluss gefasst: Sie würde Marie selbst von ihrem Gespräch mit Oliver berichten und ihren Fehler eingestehen. Und zwar so schnell wie möglich. Besser so, als wenn sie es von ihm erfuhr. Marie musste endlich erkennen, in welcher Gefahr sie sich befand. Es war Rosas Pflicht als Mutter sie zu warnen und zu beschützen. Ihre Tochter würde sie verfluchen, aber da musste sie jetzt durch. Rosa hatte sich die Suppe eingebrockt, also musste sie sie auch auslöffeln und mit den Konsequenzen klarkommen.

Schließlich parkte Rosa ziemlich weit weg vor einem türkischen Obst- und Gemüseladen. Sie fischte ihr Handy aus dem Jutebeutel und ging auf ihre Favoriten-Liste. Ein letzter tiefer Atemzug, dann tippte sie auf das Hörersymbol und wählte Maries Nummer. Vor Anspannung hielt Rosa den Atem an.

Das Besetztzeichen erklang. *Hoffentlich ist es noch nicht zu spät*, betete Rosa im Stillen, *und sie redet gerade mit Oliver.* Tief seufzend ließ sie ihr Handy in den Beutel gleiten. Sie musste es später noch mal probieren.

Gerade als sie auf die Straße trat und ihren Käfer verriegelte, hörte sie eine Stimme ihren Namen rufen.

Sie drehte sich um und sah Kerstin aus dem Gemüseladen kommen. »Hab ich also doch richtig gesehen. Musst du nicht im Restaurant sein?«

Auch das noch. Für Small Talk hatte Rosa jetzt keinen Nerv. »Ich habe meine Mannschaft so weit gut im Griff, dass sie auch mal ohne mich klarkommt«, sagte sie amüsiert, aber so kurz angebunden wie möglich. »Hab noch einen schönen Tag.« Sie wollte sich umdrehen, da fiel ihr Blick auf Kerstins Einkaufstasche.

Wie vom Blitz getroffen blieb Rosa stehen und starrte auf die Pfirsiche, die obenauf lagen. *Da war doch was …* Etwas schlummerte in ihrem Hinterkopf, ohne dass sie es zu fassen bekam.

Kerstin lachte leise. »Die sehen gut aus, nicht? Ich kaufe sie nur hier, bessere findest du nirgends. Holger ist ganz verrückt nach ihnen.«

Rosa schluckte. Plötzlich fiel es ihr wie Schuppen von den Augen. Sie hatte eine spontane Eingebung, ein unbestimmtes Gefühl, dem sie nachgehen musste. Es war eine gewagte Theorie, aber plötzlich sah sie alles so klar vor sich, dass nichts anderes mehr passte.

»Wenn das so ist, sollte ich mir wohl auch ein paar davon holen.« Rosa ging ein paar Schritte auf Keules Tochter zu.

»Haben die Ermittlungen eigentlich etwas Neues ergeben?«, wollte Kerstin wissen.

»Leider nein. Wurdet ihr eigentlich auch zu euren Alibis befragt?«, erkundigte Rosa sich so beiläufig wie möglich.

Kerstin nickte. »Als eine der Ersten.«

»Du und dein Mann konntet euch ja gegenseitig ein Alibi geben, nicht wahr? Ihr wart doch sicherlich beide zu Hause.«

Kerstin trat einen Schritt näher an Rosa heran und sah sich verstohlen um. »Eigentlich war ich allein. Holger ist an diesem Abend später gekommen, weil er noch etwas besorgen musste. Aber das haben wir der Polizei nicht gesagt.«

Fast wäre Rosa die Kinnlade heruntergefallen. Das erzählte Kerstin ihr so ganz nebenbei im Vertrauen? Offenbar hatte Erik recht damit, dass sie etwas mütterlich Verständnisvolles ausstrahlte. Aufregung kribbelte in ihrem Bauch. Es sah ganz danach aus, als wäre sie die ganze Zeit einer falschen Fährte gefolgt. Sie musste Keules Schwiegersohn zur Rede stellen. »Warum nicht?« Rosa hatte Mühe ihre Stimme fest klingen zu lassen. Innerlich bebte sie vor Aufregung.

Kerstin zuckte mit den Schultern. »Holger ist da etwas komisch. Er wollte vermeiden, dass der Verdacht auf ihn fällt. Das ist natürlich völlig überflüssig, ich weiß, wer sollte ihn denn schon beschuldigen? Mein Holger, ein Mörder!« Sie stieß ein kurzes Lachen aus, zückte ihre Armbanduhr und warf einen kurzen Blick darauf. »So, ich muss jetzt leider gehen. Kurz die Lebensmittel in die Wohnung bringen und anschließend habe ich einen Termin beim Augenarzt.« Sie lächelte verschmitzt. »Aber das Gute ist, ich hab's nicht weit, unsere Wohnung liegt direkt über dem Laden.« Kerstin zeigte nach oben.

Rosa folgte ihrem Blick, der auf den Balkon im zweiten Stock gerichtet war. »Dein Mann ist zu Hause?«

»Ja, heut ist doch Samstag.«

Rosa schlug sich lachend mit der Hand vor die Stirn. »Ach, na klar, bin schon ganz durch den Wind. Ich würde gerne noch mal mit ihm reden. Vielleicht kann er mir bei einer Sache helfen.« Sie wünschte, sie könnte sich vorher mit Artus beratschlagen. Andererseits wusste sie, dass sie die Gelegenheit beim Schopfe packen und Holger zur Rede stellen musste, solange Kerstin nicht da war.

»Sicher, Rosa. Komm gleich mit.«

Sie folgte Kerstin durchs Treppenhaus bis hoch in den zweiten Stock. Rosa war ein wenig mulmig zumute. Würde sie das Gespräch mit Schwalbe auch so an die Wand fahren wie das mit Oliver? Das durfte unter keinen Umständen passieren. Im Gegenteil. Sie musste ihren Fehler wiedergutmachen und den Täter endlich überführen. *So und nicht anders.* Wenn Rosa sich etwas vornahm, konnte sie nichts und niemand mehr davon abhalten.

Kerstin drehte den Schlüssel im Schloss und öffnete die Tür. »Holger, da ist jemand, der dich sprechen will«, rief sie in die Wohnung hinein.

Schwalbes Gesichtsausdruck hätte nicht erstaunter sein können. »Rosa, was machst du denn hier?«

»Ich war gerade in der Nähe und wollte mich mal mit Ihnen unterhalten.« Rosa zog es vor, ihn zu siezen. Das machte ihren Plan leichter.

»Waren wir nicht schon beim Du?«

»Waren wir das?« Rosa lächelte.

»Bitte, kommen Sie doch rein.« Er trat zurück und bat sie ins Wohnzimmer.

Kerstin lief an ihnen vorbei und befüllte die Obstschale mit den Pfirsichen. »Bestimmt kommen wir demnächst mal wieder zum Essen«, sagte sie zum Abschied. »Auf Wiedersehen, Rosa.«

Das bezweifle ich ganz stark, dachte Rosa im Stillen, während sie Kerstin hinterher sah, als sie im Flur verschwand. Das Zuschlagen der Tür war das Letzte, was sie verlauten ließ.

Kapitel 24

DER OBSTVERDACHT

»Möchten Sie einen Kaffee trinken?«, fragte Schwalbe, als sie allein waren.

»Nein, vielen Dank.« Rosas Blick fiel auf die Obstschale mit den Pfirsichen. »Wo waren Sie an dem Abend, als Ihr Schwiegervater starb?« Sie hatte sich kurzerhand entschlossen, diesmal forsch an die Sache heranzugehen.

Schwalbes Augen ruhten einen Moment lang auf Rosa, als wollte er abschätzen, woran er bei ihr war. Freund oder Feind? »Wird das jetzt ein Verhör, oder was?« Er schien amüsiert. »Das habe ich doch schon der Polizei erzählt. Hier natürlich, meine Frau kann das bezeugen.«

»Kerstin sagt etwas anderes.«

Schwalbes joviales Lächeln erstarb und seine Züge verhärteten sich. Damit hatte er eindeutig nicht gerechnet.

Rosa nutzte das Überraschungsmoment. »Warum wollten Sie, dass Ihre Frau Ihnen ein falsches Alibi gibt? Sie waren gar nicht hier, sondern in der Schlachterei, nicht wahr?«

»Wie kommen Sie darauf?« Schwalbe wirkte jetzt verärgert.

Rosa lief zur Obstschale. »So einen Pfirsich müssen Sie an dem Abend vor Keules Tod gegessen haben.« Bedeutungsschwer wog sie die Frucht in ihrer Hand und kam sich einen Moment lang dabei vor wie Hercule Poirot persönlich.

Schwalbe starrte auf den Pfirsich zwischen Rosas Fingern. Dann lachte er auf. Es klang eher verunsichert als spöttisch.

»Die Gerichtsmedizinerin hat Fruchtfleischspuren eines Pfirsichs unter Keules Fingernägeln gefunden.«

»Und was hab ich damit zu tun?« Schwalbe schüttelte den Kopf. Seine Stimme hatte einen barschen Klang angenommen. »Nur, weil meine Frau für mich Pfirsiche gekauft hat, verdächtigen Sie mich, meinen Schwiegervater getötet zu haben?«

»Sie lieben diese Pfirsichsorte und haben Sie öfter mit zur Arbeit gebracht«, spekulierte Rosa munter drauf los. Etwas anderes blieb ihr nicht übrig, um ihn in die Enge zu treiben.

Schwalbe antwortete nicht, starrte stattdessen auf einen imaginären Punkt an der Wand. Er fing an, jeden einzelnen seiner Finger lang zu ziehen und ließ die Knöchel knacken, was Rosa etwas beunruhigte. Sie bemerkte den dünnen Schweißfilm, der sich auf seiner Stirn gebildet hatte und wagte einen weiteren Vorstoß. »Und war es nicht so, dass es zwischen Ihnen und Ihrem Schwiegervater zum Streit kam?«

Schwalbes Blick flackerte unstet. Es war offensichtlich, dass er mit sich rang.

Jetzt nur nicht lockerlassen. »Um was ging es in Ihrem Streit?«

Schwalbe bekam einen harten Zug um den Mund. Er bewegte seine Lippen, als wollte er etwas sagen, doch da kam nichts.

»Ich wollte nur wissen, warum er aus der Firma aussteigen wollte«, brach es nach einer gefühlten Ewigkeit aus ihm hervor. »So hat alles angefangen.«

Grundgütiger! Es ist also wahr! Bisher war Rosa nur der eindeutigen Spur nachgegangen, hatte nicht in Betracht gezogen, dass der unscheinbare Schwiegersohn die Tat begangen haben konnte. Schnell besann sie sich wieder auf ihre Aufgabe. Sie musste ihn aus der Reserve locken. »Und was hat er geantwortet?«

»Er hat gesagt, es ginge mich nichts an. Doch ich blieb dran, denn es machte uns allen zu schaffen, wie es weitergehen sollte, wenn Dieter das Geld nicht hätte aufbringen können. Ich fragte ihn, ob es wegen dem Verhältnis zwischen Tatjana und seinem Bruder war …«

Rosa klappte die Kinnlade herunter. »Sie wussten davon?«

»Alle in der Schlachterei wussten davon, es war ein offenes Geheimnis.«

»Auch Ihre Frau?«

Schwalbe schüttelte den Kopf. »Ich wollte nicht noch mehr Zwietracht zwischen ihr und Tatjana säen.«

»Und dann?«

»Dann … ist bei ihm die Sicherung durchgebrannt. Er hat mir den Pfirsich aus der Hand gerissen, ihn in seiner Hand zerquetscht – als wäre er *der Seewolf* persönlich – und hat ihn auf den Boden geschleudert. Da war so viel Hass in seinem Gesicht.«

Rosa konnte fast sehen, wie er die Erinnerung noch mal wie einen Film in seinem Kopf abspulte.

»Er hat angefangen mich zu demütigen.« Schwalbe atmete schwer, starrte fortwährend auf einen imaginären Fleck an der Wand. »Hat mich als Versager und Schlappschwanz bezeichnet.« Er zeigte keine Regung. Sein Blick schweifte zu Rosa, und doch sah er durch sie hindurch. »Genau wie mein Vater als ich ein Kind war. Er hat immer weitergeredet, gar nicht mehr aufgehört. Er sagte, die Firma müsste sowieso verkauft werden und dann würde ich auf der Straße stehen, denn keiner würde mich haben wollen.« Mit gesenktem Blick fuhr er sich über die Stirn. »Zuletzt hat er Kerstin mit ins

Spiel gebracht. Sie wäre genauso wenig zu gebrauchen wie ich, deshalb würden wir auch so gut zusammenpassen. Das hat etwas in mir ausgelöst und ich habe rotgesehen.« Schwalbe ballte die Hände so fest zu Fäusten, dass die Fingerknöchel weiß hervortraten. Sein ganzer Körper war jetzt voller Anspannung, offensichtlich durchlebte er die Situation gerade ein zweites Mal. »Ich habe ihn am Kragen gepackt und in den offenstehenden Kühlraum geschubst, in den er zuvor frisches Fleisch gebracht hatte und vor dem wir die ganze Zeit gestanden hatten. Das ging so schnell, und Harald war so perplex, dass er gar nicht reagieren konnte. Dass ich zu so etwas fähig bin, hätte er mir – einem Schlappschwanz! – wohl niemals zugetraut.« Er stieß ein verächtliches Schnauben aus. »Ich habe mich gegen die Tür gestemmt und sie mit dem Ärmel meines Kittels verriegelt, damit man nicht gleich meine Fingerabdrücke findet. Eine ganze Zeit lang habe ich zugehört, wie er gegen die Tür gehämmert hat. Ich war so voller Hass, ich wollte, dass er endlich Ruhe gibt.«

»Das hat er ja auch irgendwann.«

Schwalbe reagierte nicht. »Dann habe ich den Pfirsich aufgehoben und die Fruchtfleischspuren beseitigt.«

»Und als Nächstes sind Sie gegangen und haben ihn dort drinnen erfrieren lassen.«

»Was?« Plötzlich änderte sich Schwalbes Gesichtsausdruck, als wäre er aus einem tiefen Traum erwacht. Sein Blick irrlichterte auf der Suche nach einem Ausweg im Raum umher.

»Sie geben also zu, dass Sie Ihren Schwiegervater umgebracht haben?«

Schwalbe sah ihr in die Augen. »Ich gebe gar nichts zu.« Seine Stimme klang jetzt eigenartig monoton. Rosa bekam es mit der Angst zu tun. Unauffällig tastete sie ihren Jutebeutel nach dem Pfefferspray ab. *So ein verdammter Käse!* Bei dem ganzen Trubel vorhin hatte sie nicht mehr daran gedacht, es einzustecken.

Holgers Blick wurde stechend.

Während Rosa noch überlegte, ob sie zur Tür laufen oder laut schreien sollte, machte er einen Satz auf sie zu und legte seine Hände um ihre Kehle. »Und Sie werden auch nichts sagen, haben Sie verstanden?« Er übte Druck auf ihren Hals aus und drängte sie bis in die Küche.

Dort ließ er sie für einen kurzen Augenblick los.

Rosa schnappte nach Luft und röchelte. Sie musste jetzt psychologisches Geschick einsetzen. Wenn sie ruhig auf ihn einredete, würde sie ihn sicher zur Vernunft bringen. »Holger, kommen Sie zur Besinnung. Sie sind kein Mörder«, sagte sie, doch so sicher war sie sich da nicht mehr. »Sie tun mir doch nichts. Es gibt für alles eine Lös…«

»Halten Sie die Klappe!« Speicheltröpfchen flogen Rosa entgegen. Im nächsten Moment riss er ihr den Jutebeutel von der Schulter und untersuchte dessen Inhalt.

Einen Moment später förderte er ihr Handy zutage und schaltete es aus. Dann preschte er zum Fenster vor und zog es auf.

Rosa konnte nur machtlos dabei zusehen, wie ihr Handy im hohen Bogen hinaus auf den Hinterhof flog. Vor Schreck hielt sie den Atem an. Jetzt konnte sie nicht mehr geortet werden. Sie musste etwas tun.

Jetzt oder nie. Sie hatte sowieso nichts mehr zu verlieren. Rosa rannte. Rannte so schnell sie konnte zur Tür, drückte die Klinke und …

Eine Hand presste sich auf ihren Mund, heißer Atem schlug ihr in den Nacken. »Das wirst du nicht noch einmal versuchen.« Mit einem Ruck zog Schwalbe sie zurück und drückte etwas Kaltes, Glattes an ihren Hals.

Ein Messer! Rosa wimmerte. *Versuch gescheitert.* Sie hatte sich geirrt. Die Situation war ihr komplett entglitten. Schwalbe würde sehr wohl dazu fähig sein, ihr etwas anzutun. Dessen war sie sich jetzt sicher.

Schwalbe drängte sie zurück in die Küche.

Noch nie in ihrem Leben hatte Rosa solche Angst verspürt. Schweiß drang aus all ihren Poren und sie hatte Mühe ihre Atmung zu kontrollieren. Doch sie durfte jetzt nicht einfach aufgeben. »Lassen Sie uns doch in Ruhe reden. Denken Sie an ihre Frau!«

»Mund auf«, befahl er.

Rosa begann zu zittern, als ihr erneut bewusst wurde in welcher Gefahr sie sich befand. Sie öffnete die bebenden Lippen und hatte im nächsten Moment ein stinkendes Küchentuch im Mund. Ein Würgereiz überkam sie, doch sie zwang sich, ruhig durch die Nase weiter zu atmen.

Schwalbe drückte das kühle Metall tiefer in ihren Hals. »Los, komm mit.«

Rosa tat, was er sagte. In seinem Zustand war er bestimmt zu allem fähig. Wie hatte sie nur so leichtsinnig sein können? Warum hatte sie nur nicht auf Artus gehört? So ein Alleingang in ihrem Alter und ihrer Konstitution war absolut dämlich. Das hatte sie nun davon, dass sie unbedingt Detektivin spielen wollte!

Schwalbe schob sie in den Flur und öffnete die oberste Kommodenschublade. Er suchte nach etwas, fand es nicht gleich.

Rosa fixierte derweilen die Wohnungstür. *Was kann ich tun? Gibt es eine Möglichkeit, ihm zu entfliehen?*

Nein. Mit dem Messer am Hals hatte sie keine Chance. Schwalbe war stärker und schneller als sie und sie konnte noch nicht mal um Hilfe rufen. Wenn sie einen weiteren

Fluchtversuch starten würde, würde sie alles nur noch schlimmer machen.

Schwalbe atmete auf, offenbar hatte er gefunden nach was er suchte. In Windeseile packte er sie und zwang ihre Hände auf den Rücken.

Rosa stöhnte vor Schmerz, während Keules Schwiegersohn Klebeband um ihre Handgelenke wickelte. »Nicht schreien, verstanden? Sonst kriegst du das Messer zu spüren.«

Rosa nickte ergeben.

Schwalbe befreite sie von dem stickigen Küchentuch.

Rosa schnappte keuchend nach Luft, doch schon im nächsten Moment verschloss er ihren Mund mit einem Stück Klebeband.

Er hat keinen Plan, improvisiert die ganze Zeit. Nichts davon, was er tut, hat er sich vorher überlegt. Mit so einer Situation hätte er nie gerechnet. Was wird er als Nächstes tun? Was ist mit Kerstin? Sie wird doch irgendwann zurückkommen. Was hat Schwalbe mit mir vor? Rosas Gedanken schossen wie Pingpongbälle durch ihren Kopf.

Schon im nächsten Augenblick gab es eine Antwort auf ihre letzte Frage.

Schwalbe nahm den Ziehhaken zur Hand, der an der Kommode lehnte, streckte sich und führte den Haken durch die Öse einer Luke, die sich an der Decke befand. Kurz zerrte er daran, dann zog er eine Treppe heraus, die sich automatisch entfaltete.

Rosa schluckte, als ihr bewusst wurde, was gleich geschehen würde.

»Geh da hoch.«

Bitte nicht. Rosa warf Schwalbe einen flehenden Blick zu, doch durch eine kurze Kopfbewegung befahl er ihr, die Stufen nach oben zu steigen.

Sie tat, was er verlangte und begann den Aufstieg. Endlich nahm er das Messer von ihrer Kehle und der Druck ließ nach. Rosa spürte etwas Nasses, das an ihrer Haut klebte und in ihren Nacken lief. *Blut!* Mit ihm war wirklich nicht zu spaßen.

Immer weiter stieg Rosa die steile Treppe empor. Kurz geriet sie ins Wanken, doch es gab nichts, woran sie sich festhalten konnte, ihre Hände waren auf dem Rücken zusammengebunden. Einen Moment lang erfasste sie ein Schwindel. Sie schloss die Augen und atmete tief durch. Dann beugte sie sich ein Stück nach vorne, damit sie nicht nach hinten fiel.

»Los jetzt!« Offenbar ging es Schwalbe nicht schnell genug. Mit einem kräftigen Stoß schubste er sie in den schmalen Zwischenboden.

Er war gerade mal einen halben Meter hoch und etwa zwei Meter lang. Kartons, Fotoalben und durchsichtige Aufbewahrungsboxen mit Weihnachtsschmuck stapelten sich darin.

Rosa konnte gerade noch den Kopf einziehen und ließ sich mit dem Gesicht zur Luke auf die Seite fallen. Ein Geruch nach Staub, Holz und Moder vereinnahmte ihre Sinne und kitzelte ihre Nase.

Im nächsten Moment wurde es stockdunkel um sie herum. Sie hatte kaum Platz, die Treppe stieß ihr unangenehm in Bauch und Beine.

Rosa wimmerte auf. *Hier findet mich so schnell niemand. Und viel Sauerstoff zum Atmen bleibt mir auch nicht.* Sie hörte Schwalbes Schritte unter sich. Eine ganze Weile starrte sie in die Dunkelheit, lauschte auf die Geräusche, die er verursachte. Er rannte hin und her, Türen klappten, etwas scharrte über die Dielen. *Er will die Flucht ergreifen, ganz eindeutig,* ging es Rosa durch den Kopf. Was, wenn er seine Frau abpasste und sie einweihte? Würden sie Rosa hier oben verrotten lassen? Oder in der Nacht an einen anderen Ort verschleppen?

Würde Kerstin da überhaupt mitspielen, um ihrem Mann das Gefängnis zu ersparen? Wie weit würde ihre Solidarität zu ihm gehen?

Rosa wusste es nicht. Die beiden hatten keine Kinder, es gab nur sie beide. Aber Holger hatte Kerstins Vater auf dem Gewissen. Konnte sie in dieser Situation noch zu ihm halten? Rosa hatte die beiden bei jedem Aufeinandertreffen als eine Einheit erlebt. Schwalbe würde seiner Frau die Geschichte sicherlich anders verkaufen als ihr. Dass er ihrem Vater nur eine Lektion erteilen wollte. Und dass das alles ein Unglücksfall war.

Eine Welle der Panik erfasste Rosa. Ihre Atmung ging stoßweise und sie spürte Beklemmungen in der Brust. Sie versuchte ruhig ein- und auszuatmen, aber es war so furchtbar stickig in diesem engen Raum. Mit einem Mal überkam sie ein starkes Schwindelgefühl und ihr wurde flau im Magen.

Wie konnte ich nur so dumm sein, war Rosas letzter Gedanke, ehe die Schwärze sie mit sich riss.

Kapitel 25

SELBSTERKENNTNIS

Der Durst war das Erste, das Rosa bewusst wahrnahm. Und die stickige Luft, die sie umgab. Dann hörte sie aufgeregte Stimmen und Schritte unter sich.

Jemand rief ihren Namen. War das Marie? Was machte sie hier?

Was mache ich hier? Sie versuchte sich zu erinnern.

Rosa stöhnte, öffnete mühsam die Augen. Um sie herum herrschte Dunkelheit. Wo war sie? Etwas klebte über ihrem Mund. Für einen Moment atmete sie hektisch durch die Nase ein und aus, bis ihr alles wieder einfiel. Oliver, den sie sich im Auto zur Brust genommen hatte. Dann sah sie Kerstin vor sich, die eine Einkaufstasche voller Pfirsiche mit sich trug. Und schließlich Schwalbe, wie er alles gestanden und sie bedroht hatte. Er hatte sie in diesem Zwischenspeicher eingesperrt und kurz danach musste sie ohnmächtig geworden sein.

Ihre Arme schmerzten, weil sie die ganze Zeit hinter ihrem Rücken überkreuzt waren.

»Rosa!«

Sie musste sich bemerkbar machen. Schnaufend versuchte sie ihre Füße zu heben und mit ganzer Kraft auf den Boden zu schlagen, was sich in der Seitenlage als gar nicht so einfach herausstellte. *Puh, wie anstrengend.* In diesem Moment verteufelte Rosa sich dafür, ihr ganzes Leben lang so unsportlich gewesen zu ein. Doch sie musste es versuchen. Erneut trommelten ihre Füße auf den Boden, bis plötzlich Licht den engen Raum flutete.

»Hier! Ich hab sie. Ruft schnell einen Krankenwagen.« Das war Maries Stimme. Sie klang ungewohnt aufgeregt, fast schon hysterisch.

Rosa blinzelte gegen die Helligkeit an und versuchte sich ein wenig aufzurichten. Die Erste, die sie sah, war ihre Tochter.

In ihren Zügen stand echte Besorgnis, die Erleichterung wich. »Mama! Gott, bin ich froh! Wir haben uns solche Sorgen um dich gemacht!«

Sie ist gar nicht sauer auf mich, stellte Rosa erleichtert fest.

Im nächsten Moment schob sich das Gesicht ihres Vaters in ihr Sichtfeld.

»Rosalinde, um Gottes willen, was hat er dir angetan?« Artus' Stimme bebte, Tränen glitzerten in seinen Augen. So aufgelöst hatte sie ihren Vater noch nie gesehen.

Marie stieg die Leiter nach oben, mit einem Ruck zog sie ihr das Klebeband vom Mund.

Rosa atmete tief durch, füllte ihre Lungen kräftig mit Sauerstoff. *Grundgütiger, fühlt sich das gut an!* »Schwalbe hat alles gestanden.« Sie war atemlos und klang, als hätte sie Schmirgelpapier geschluckt. Genauso fühlte sich auch ihre Kehle an. »Danach hat er mich hier eingesperrt und ist abgehauen.«

»Nun komm erst mal runter aus diesem Loch«, sagte Marie mit sanfter Stimme. »Du bist weiß wie ein Gespenst. Los, ich helfe dir.« Mit dem von Artus' gereichten Taschenmesser entfernte sie das Klebeband von Rosas Handgelenken.

Rosa fühlte sich völlig entkräftet, aber sie riss sich zusammen und setzte einen Fuß nach dem anderen auf die Leiterholme, immer weiter hinab, bis sie sicheren Boden unter sich spürte.

Marie zog sie in ihre Arme. »Was machst du nur für Sachen?«

»Das war wirklich nicht die beste Idee«, gab Rosa zu und konnte Marie kaum in die Augen sehen, als sie sie wieder freigab.

Artus pflichtete ihr kopfnickend bei. Rosa sah jedoch das Lächeln, das sich um seine Mundwinkel schlich.

»Kannst du ungefähr abschätzen, wie lange du da drin eingesperrt warst?«, wollte Marie wissen.

Rosa schüttelte den Kopf. »Ich muss wohl ohnmächtig geworden sein. Wie spät ist es?«

»Halb neun.«

Rosa brauchte einen Moment, um ihre Gedanken zu ordnen. Ihr war nach wie vor schwindlig. Ihr Magen regte sich. Aber der Hunger war nicht das Schlimme. Der Durst machte ihr mehr zu schaffen. »Gegen zwei bin ich in die Wohnung gekommen.« Sie strich sich über die Stirn. »Also waren es ungefähr … sechs Stunden.«

Marie zog ihr Handy aus der Gesäßtasche ihrer Jeans. »Ich gebe sofort die Fahndung raus. Schwalbe hat ein paar Stunden Vorsprung, ich hoffe, er ist noch nicht allzu weit gekommen und wir kriegen ihn noch.«

Ein Schluchzen erklang. Rosas Blick fiel zur Tür. Erst jetzt bemerkte sie Kerstin.

Tränen standen in ihren Augen und sie hatte die Hand vor den Mund geschlagen. »Ach Rosa, es tut mir so leid! Ich kann mir das alles nicht erklären. Was hat Holger dir erzählt? Hat er etwas mit dem Mord an meinem Vater zu tun?«

279

Rosa ging zu ihr. Noch immer verspürte sie ein Schwindelgefühl, das sie leicht schwanken ließ. Beruhigend legte sie eine Hand auf Kerstins Schulter. Ein Nicken musste als Antwort fürs Erste genügen. »Hast du meine Tochter angerufen?«, antwortete sie mit einer Gegenfrage.

Kerstin schüttelte den Kopf. Vor lauter Schluchzen japste sie nach Luft. »Was ist nur in ihn gefahren?«

Beruhigend streichelte Rosa ihr über die Schulter.

»Frau Schwalbe war im *Onkel Theo* und hat nach dir gefragt, weil du mit ihrem Mann sprechen wolltest und er nicht zu erreichen war«, übernahm Marie das Reden. »Sie kam nicht in ihre Wohnung, der Schlüssel steckte von innen, und Schwalbe ging nicht ans Telefon. Das hat uns in Alarmbereitschaft versetzt. Deshalb haben wir sie hierher begleitet. Wir mussten die Tür aufbrechen. Schwalbe hat ein paar Sachen zusammengepackt. Das sieht ganz eindeutig nach Flucht aus und ist mit einem Schuldeingeständnis gleichzusetzen.«

»Erst dachten wir Oliver hat etwas mit deinem Verschwinden zu tun«, meldete Artus sich wieder zu Wort. »Nach zwei Stunden habe ich mir Sorgen gemacht und hab dich versucht über dein Handy zu erreichen. Aber es war ausgeschaltet. Daraufhin habe ich Marie angerufen und ihr erzählt, dass du zu Oliver wolltest. Wir sind sofort zu ihm gefahren und er hat uns gesagt, dass du da warst, aber wieder verschwunden bist. Wir haben ihm …«

»Das ist jetzt nicht so wichtig«, fiel Marie ihm ins Wort und wandte sich wieder an Rosa. »Du solltest erst mal etwas trinken.« Sie reichte ihr eine Wasserflasche.

Dankbar löschte Rosa mit der kühlen Flüssigkeit ihren Durst.

Draußen war die Sirene eines Krankenwagens zu hören.

Marie legte den Arm um ihre Schulter. »Komm, die Sanitäter sollen dich erst mal untersuchen.«

»Ich brauche keinen Krankenwagen, ich bin okay.«

»Du schwankst wie ein betrunkener Seemann. Dein Kreislauf muss untersucht werden und wahrscheinlich hast du noch einen Schock erlitten. Also keine Widerrede.« Artus schüttelte den Kopf. »So stur wie ein Esel.«

Rosa grinste. »Von wem ich das wohl habe.«

Rosa hatte von einem netten Sanitäter ein Mittel bekommen, um ihren Kreislauf zu stabilisieren. Jetzt, eine halbe Stunde später, fühlte sie sich schon um einiges besser.

Artus war keinen Meter von ihr gewichen, seit sie sie in Schwalbes Wohnung gefunden hatten. So auch jetzt nicht. Er saß links von ihr am Stammtisch. Auf der anderen Seite hatte Marie Platz genommen. Beide sahen Rosa dabei zu, wie sie Freddys Kartoffelsuppe schlürfte. Sie genoss jeden einzelnen Löffel. Die Suppe schmeckte herrlich und mit einem Schlag war ihre Welt wieder in Ordnung.

Nachdem sie ihren Teller leer gegessen hatte, lehnte sie sich zurück und lächelte. Jetzt erst wurde ihr bewusst, was für ein Glück sie gehabt hatte. Das hätte für sie auch ganz anders ausgehen können. »Wo ist eigentlich Erik?«, wollte sie wissen.

»Er hat Kerstin abgeholt und ist mit ihr ins Präsidium gefahren. Vielleicht kann sie uns ja helfen und hat eine Idee, wohin Schwalbe geflüchtet ist.«

»Wie hat sie es aufgenommen, als sie erfuhr, was geschehen ist?«, wollte Rosa wissen.

»Schlecht. Sie war schwer zu beruhigen, hat uns dann aber ihre Kooperation zugesagt.«

Rosa zog ein mitfühlendes Gesicht. Kerstin tat ihr sehr leid, das hatte sie nicht verdient. »Und ihr seid euch sicher, dass sie nicht mit Schwalbe unter einer Decke steckt und ihm folgt, sobald er außer Landes ist?«

»Ihrem Verhalten nach zu urteilen, nicht«, erwiderte Marie. »Sie ist aus allen Wolken gefallen, als sie erfuhr, was er getan hat. Für so eine gute Schauspielerin halte ich sie nicht.«

Rosa stimmte ihr kopfnickend zu und schilderte dann den Ablauf des Geschehens aus ihrer Sicht. »Dieser Alleingang war eine Riesendummheit«, schloss sie ihren Bericht. Dieses Eingeständnis fühlte sich seltsam an. Einen Moment lang lauschte sie dem Nachhall ihrer Worte, die so gar nicht ihrem Naturell entsprachen. Hatte sie doch bisher immer alles selbst in die Hand genommen und war damit auch stets gut gefahren. Aber das hier war etwas anderes gewesen. Sie hatte sich in eine Gefahr begeben, die Situation sogar noch forciert. *Andererseits…* sonst wäre es ihr auch nicht gelungen, die Wahrheit über Keules Tod zu erfahren. *Und wenn schon…* Vermutlich würde sie es genauso wieder tun.

Auch Artus und Marie schienen einen Moment lang irritiert von Rosas Selbsterkenntnis. Sogar ihrer sonst so aufmüpfigen Tochter hatte es die Sprache verschlagen.

Dann tauschten sie einen Blick und mussten alle drei lachen.

»Du bist nicht mehr sauer auf mich?«, wandte Rosa sich an ihre Tochter.

»Meine Sorge um dich war stärker.« Maries Blick war ungewohnt sanft. »Ganz davon abgesehen hätten wir ohne dich den Fall nicht gelöst.«

Rosas Mutterherz wurde weich wie Butter. Sie konnte sich nicht erinnern, wann ihre Tochter so liebevolle Worte zu ihr gesagt hatte. Doch etwas lag ihr noch schwer im Magen. Es stand noch zwischen ihnen. Rosa musste es jetzt endlich loswerden, um ihr Gewissen zu erleichtern. »Da ist noch etwas.« Räuspernd lehnte sie sich vor, stützte ihre Unterarme auf die Tischplatte und faltete die Hände. »Also. Du weißt ja, dass ich vorher Oliver in Verdacht hatte und …« Rosa strich ein paar imaginäre Krümel vom Tisch. Wie sollte sie es ihr nur beibringen?

»Er hat uns erzählt, dass du ein Geständnis aus ihm herauslocken wolltest«, half Marie ihr auf die Sprünge. »Und weil wir dachten, dass er der Letzte war, bei dem du gewesen bist, haben wir ihn auch beschuldigt, etwas mit deinem Verschwinden zu tun zu haben. Das hat er mir sehr übel genommen, und jetzt will er mich nicht mehr sehen.«

Rosa machte ein betroffenes Gesicht. »Das … tut mir wirklich sehr leid, Marie. Ich habe alles kaputtgemacht. So habe ich das nicht gewollt.« Seufzend knetete sie ihre Hände und senkte den Blick. »Aber ich habe mir furchtbare Sorgen um dich gemacht. Ich wusste, dass da was zwischen euch ist und hatte Angst, dass du durch ihn in Schwierigkeiten gerätst. Ich war so überzeugt, dass er mit drinsteckt, dabei war ich auf der völlig falschen Fährte.«

Marie hob einen Mundwinkel zu einem Lächeln. »Ist schon gut, Mama, ich werde es überleben. Mehr als ein kleines Abenteuer war es nicht zwischen uns. Nur der alten Zeiten wegen. Wir hätten sowieso nicht zusammengepasst. Er ist viel zu dominant für mich. Ich brauche keinen Mann, der mir sagt, wo es lang geht. Das weiß ich selbst am besten.«

Ungläubig sah Rosa sie an.

Marie zuckte mit den Schultern und Rosa nickte schmunzelnd. Erleichterung überschwemmte sie, dass ihre Tochter ihr die falsche Anschuldigung nicht übelnahm. Tränen brannten hinter ihren Lidern. Schnell zog sie Marie in eine feste Umarmung. »Bin wohl gerade ein bisschen rührselig«, schniefte sie. »Tut mir leid.«

Marie streichelte ihr den Rücken. »Dafür musst du dich doch nicht entschuldigen, Mama. Das ist ganz normal nach so einem Erlebnis wie heute.«

Das Klingeln ihres Telefons zerstörte den Moment. Marie löste sich aus Rosas Umarmung und sah auf das Display. »Mein Chef. Da muss ich rangehen.«

Sie nahm den Anruf entgegen und hörte konzentriert zu. Ihrem angespannten Blick nach zu urteilen, war etwas passiert. Nur einen Moment später erhellte sich ihr Gesicht. »Ich mach mich gleich auf den Weg.«

»Wir haben ihn!«, ließ sie Artus und Rosa wissen, nachdem sie das Gespräch beendet hatte. »Ich muss ins Präsidium zur Vernehmung«, sagte sie und erhob sich. »Eine Streife hat Schwalbe am Bahnhof Zoologischer Garten festgenommen. Er saß auf einer Bank und hat sich widerstandslos abführen lassen.«

Verdattert schüttelte Rosa den Kopf. Sie konnte es nicht glauben, dass Keules Schwiegersohn ihnen tatsächlich so schnell ins Netz gegangen war.

Kapitel 26

HELDENTUM

Ein paar Tage später lehnte Rosa an ihrem Lieblingsplatz am Rand der Theke und schaute dem jungen Paar entgegen, das triefend vor Nässe ins *Onkel Theo* flüchtete.

Von Minute zu Minute wurden es mehr Gäste, der Laden platzte heute bald aus allen Nähten. Passanten suchten einen Unterschlupf vor dem Starkregen, der sie aus heiterem Himmel überrascht hatte. Manche hatten sich nur mit einem Getränk unter die Markise gestellt, andere warteten mitten im Gastraum auf einen freien Tisch.

Gott sei Dank hatte das gesamte Personal heute Dienst. Freddy und Matze standen hinter dem Herd, alle drei Servicekräfte waren eingeteilt und Han hatte Rosas Posten hinter der Bar bezogen. Trotz des Regens war die Stimmung ausgelassen und hatte etwas Kleinstädtisches, Rosa fand es gemütlich. Die Tür stand sperrangelweit offen und ein leichter Windzug brachte einen herrlich erdig-feuchten Geruch mit sich, den sie tief in sich einsog.

Dicke Regentropfen platschten draußen auf den Asphalt, verwandelten die Bürgersteige in kürzester Zeit in kleine reißende Flüsse.

Rosa seufzte zufrieden. Sie liebte diese Atmosphäre, wenn alle zusammenrücken mussten. *Endlich ist mal richtig etwas los hier.* Nur Artus vermisste sie irgendwie. Selbst seine miesepetrige Art fehlte. Sie hatten sich gut zusammengerauft und waren in den letzten zwei Wochen zu einem guten Team zusammengewachsen. Vorgestern hatte sie ihn zum Arzt gefahren, um seinen Gips entfernen zu lassen. Danach hatte sie ihn nach Hause nach Frohnau gebracht. Von jetzt an musste er wieder alleine zurechtkommen. Wenn es nach Rosa gegangen wäre, hätte er ganz bei ihr einziehen können. Es war schön, jemanden um sich zu haben, der einem nahe stand und um den man sich kümmern konnte. Das fehlte Rosa sehr, seit Marie ausgezogen und Theo gestorben war.

Der geliebte Kirschbaum ihres Vaters war längst verblüht, doch er hatte ihn begrüßt wie einen alten Freund, den er lange nicht gesehen hatte. Minutenlang hatte er darunter gestanden und über seinen Stamm gestrichen. *Sie hatten sich ja auch eine Menge zu erzählen gehabt, Mutter und er.*

»Na Rosa, wie isset so als Heldin?«, riss eine wohlbekannte Stimme sie aus ihren Gedanken.

»Rudi!« Rosa blickte ihn erstaunt an. »Was machst du denn hier?«

»Na ja, ick wollte dir gratulieren. Irjendwie fühlt man sich ja jeehrt, dich zu kennen. Dit hat sich im Kiez schnell rumjesprochen, dass du Keules Mörder überführt hast. Stehst sojar inna Bezirkszeitung.«

Rosa lächelte verlegen. Insgeheim fühlte sie einen unglaublichen Stolz, den Fall gelöst zu haben. »Na ja, von Heldentum kann man da wohl nicht sprechen. Ich lag ja die meiste Zeit ohnmächtig und gefesselt herum.«

Rudi lachte auf. Dabei entblößte er seinen schiefen Schneidezahn, der ihn so sympathisch machte. »Du warst schon immer jut darin, allet wat de machst, kleenzureden.«

Ein Stammgast am anderen Ende der Bar prostete Rosa zu und schenkte ihr ein anerkennendes Lächeln.

Mit so viel Bestätigung konnte Rosa nun auch nicht umgehen. *Sind die etwa alle meinetwegen hier?* Und sie hatte gedacht, es lag an dem plötzlichen Wetterwechsel. Na ja, eine sensationelle Story hatte Menschen seit jeher angelockt und mit sogenannten Helden umgab man sich gern. Rosa zuckte mit den Schultern. Ihr sollte es egal sein, wenn sie ihr die Bude einrannten. Solange es gut fürs Geschäft war.

»Nu lass ma hören, wie kam et, dass du den Fall jelöst hast? Dit wäre doch eijentlich Maries Job jewesen.«

Rosa sah Rudi schräg von der Seite an. Dass ihre Tochter in schlechtes Licht gerückt wurde, gefiel ihr nicht. Dieses Bild musste sie sofort korrigieren. »Marie hat einen großen Teil zur Auflösung des Falles beigetragen. Sie macht einen sehr guten Job. Ohne sie würde ich jetzt nicht hier stehen, denn sie hat mich gefunden und mir das Leben gerettet.« Sie stellte fest, dass ihre Stimme schärfer klang als beabsichtigt und räusperte sich.

Rudi lachte leise. »Dit war doch jar keene Kritik. Ick bin nur neujierich, wie du uff den Typen als Verdächtigen jekommen bist.«

Gut, vielleicht hatte Rosa etwas überzogen reagiert. Das hatte Rudi nicht verdient. Schließlich hatte er ihr noch vor Kurzem mit dem Fleisch aus der Patsche geholfen. »Das erzähle ich dir mal in einer ruhigen Minute. Hat auf jeden Fall etwas mit Obst zu tun.«

Rudi guckte irritiert und Rosa musste lachen.

»Fühl dich bitte als mein Gast.« Sie zog den Hocker neben sich vor und klopfte einladend auf das Sitzkissen. »Was darf ich dir zu trinken bringen? Bierchen?«

»Na eh ick ma breitschlagen lasse.« Während Rudi sich auf

den Barhocker pflanzte, gab er sein sympathisches Lachen von sich und die Welt war wieder in Ordnung. »Aber so einfach kommste mir nich davon. Nun sach schon, wie biste uff den Täter jekommen?« Rudis nicht gerade leises Organ weckte die Aufmerksamkeit von umstehenden Gästen und ehe Rosa sich versah, hatte sich ein kleines Grüppchen um sie gebildet. Sowohl ein paar Stammgäste als auch unbekannte Gesichter schauten ihr wissbegierig entgegen und warteten auf ihre ausführliche Berichterstattung.

Rosa schmunzelte kopfschüttelnd. *So schnell steht man also im Mittelpunkt des öffentlichen Interesses. Ich könnte mich daran gewöhnen.* Und dann begann sie die Neugier ihrer Gäste zu stillen und erzählte, wie sie auf Schwalbe als Mörder gekommen war.

Während die Umstehenden an ihren Lippen hingen, genoss sie es, in aller Ausführlichkeit von den Geschehnissen zu berichten. Bis sie zwei bekannte Gesichter am Eingang erblickte, mit denen sie nicht gerechnet hatte.

Ein enttäuschtes Raunen ging durch die Menge, als Rosa sich kurz entschuldigte. Sie hatte ihren Bericht genau an der Stelle abgebrochen, als Schwalbe diesen stechenden Blick bekommen hatte.

Rosa wieselte den beiden Neuankömmlingen entgegen.

Tatjana senkte gerade Dieters triefende Jacke, die sie als Regenschutz über ihrem Kopf gehalten hatte. Keules Bruder hatte sich ihre Prada-Handtasche über die Schulter gehängt, die eng wie ein Schweißauffänger unter seinen Achseln klemmte, war aber selbst ordentlich in den Regen geraten. Das Wasser tropfte aus seinem Haar und lief ihm übers Gesicht, was ihn aber in keiner Weise zu stören schien. Wie ein Hund schüttelte er sich kurz und wischte sich mit dem Handrücken die Nässe aus dem Gesicht.

»Wir wollten dir gratulieren!«, sagte Keules Witwe gut gelaunt.

»Ach, das wäre doch nicht nötig gewesen.« Rosa schämte sich ein bisschen, ihr unter die Augen zu treten. Schließlich hatte sie Tatjana und ihren Sohn die meiste Zeit über als Mörder verdächtigt.

»Freut mich, dass du meinem Verdacht nachgegangen bist und den Täter überführen konntest.«

Wovon spricht sie? Rosa sah Tatjana verdutzt an.

»Na, Holger. Er ist mir schon immer suspekt gewesen. Und die Karten haben das auch bestätigt – die lügen nämlich nie.«

Jetzt fiel es Rosa wieder ein und sie musste schmunzeln. Die obskuren Tarotkarten hatten also rechtbehalten.

Dieter gab ein kerniges Lachen von sich. »Ach nee! Haste Rosa och mit deene Tarotkarten behellicht?«

»Was heißt denn behelligt?« Gespielt empört schürzte Tatjana die Lippen. »Ich habe sie zu Rate gezogen. Das mache ich in allen Lebenslagen so. Auch, als wir uns zum ersten Mal heimlich getroffen haben.«

»Und, wat is dabei rausjekommen?«, neckte er sie.

»Na siehste doch. Ohne die Zustimmung der Karten hätte ich mich nie auf dich eingelassen.«

»Na da hab ick ja noch mal Glück jehabt.« Dieter rammte Rosa belustigt seinen Ellbogen in die Rippen und zwinkerte ihr verschwörerisch zu, ehe er sich wieder an Tatjana wandte. »Nee, jetzt ma im Ernst, meene Schöne: Ick bin froh, dass wir unsere Liebe nu nich mehr verstecken müssen.« Er bedachte sie mit einem zärtlichen Blick.

»Ich doch auch, *moy lyubimui*.« Tatjana krönte ihre Worte mit einem geräuschvollen Schmatzer auf Dieters Mund, der einen knallroten Lippenstiftabdruck hinterließ, doch er machte keine Anstalten, ihn zu entfernen. Stattdessen schlich sich ein entrücktes Lächeln auf seine Züge.

Rosa sah die beiden zum ersten Mal als Paar auftreten. Es war ungewohnt, aber Tatjana wirkte in Dieters Gegenwart richtig gelöst. Von ihrem vornehmen Gehabe war nichts mehr zu spüren. Sie freute sich für die beiden.

»Kommt erst mal mit an die Bar. Da zapfe ich euch ein kühles Blondes.«

»Dagegen hätt ick nischt einzuwenden«, sagte Dieter belustigt.

Die neugierige Menge hatte sich derweilen aufgelöst, und Dieter und Tatjana quetschten sich in eine freie Lücke an der Theke.

»Eine Zeitlang hast du geglaubt, dass ich etwas mit Haralds Tod zu tun hatte, nicht wahr?«, nahm Tatjana den Faden wieder auf, als Rosa das fertig gezapfte Bier vor ihr auf den Bierdeckel stellte.

Rosa nickte betreten. »Und ich möchte mich von ganzem Herzen dafür entschuldigen. Vor allem, dass ich Oliver so ins Kreuzverhör genommen habe. Das hätte ich nicht tun dürfen.«

Tatjana winkte ab. »Lass mal, der steckt das schon weg. Mein Sohn hat ein dickes Fell und lässt sich so schnell nicht unterkriegen.«

Rosa hob schuldbewusst die Achseln. »Ich war einfach zu eingefahren auf ihn als Mörder.«

»Na ja, nach deiner Theorie deuteten ja auch alle Anzeichen darauf hin. Allerdings habe ich die Wahrheit gesagt. Nur am Anfang habe ich geflunkert, weil ich nicht wollte, dass jemand von unserer Beziehung erfährt.« Tatjana sah kurz zu Dieter, der zustimmend nickte. »Harald hat mich nie auf das Verhältnis mit Dieter angesprochen, auch wenn er davon wusste, wie ich jetzt erfahren habe. Die ganze Belegschaft hat sich wohl darüber das Maul zerrissen. Wir waren Gesprächsthema Nummer eins.«

»Leider war dit so jewesen«, pflichtete Dieter ihr seufzend bei und lächelte halbseitig.

»Das war bestimmt nicht schön für ihn und tut mir im Nachhinein sehr leid«, fuhr Tatjana fort. »Das habe ich nicht gewollt. Natürlich hat dieses Reden hinter vorgehaltener Hand auch seinen Hass geschürt. Und als Holger ihn auch noch darauf ansprach, ist er ausgerastet.« Seufzend schüttelte sie den Kopf. »Ich hätte gleich am Anfang mit Harald sprechen müssen. Er wollte zwar für unsere Beziehung kämpfen, aber erpresst hat er mich nie.«

Dieter runzelte die Stirn. »Mit wat sollte er dir denn och erpressen?«

»Das musst du Rosa fragen. Die hatte da so eine Theorie.« Unauffällig warf Tatjana ihr einen konspirativen Blick zu.

Rosa spürte, wie ihr Hitze in die Wangen stieg. Jetzt war Einfallsreichtum gefragt. Tatjanas Vertrauen in allen Ehren, aber gerade fühlte sie sich etwas überfordert. Um etwas Zeit zu gewinnen, räusperte sie sich umständlich. »Na ja, also … Ich wusste zu dem Zeitpunkt noch nicht, dass Tatjana Oliver schon gebeichtet hatte, dass Keule nicht sein Vater war. Und da dachte ich, er sollte das unter keinen Umständen erfahren.«

»Der Junge war doch sogar janz froh darüber.« Dieter lachte leise und leerte sein Bierglas in einem Zug.

Rosa nutzte den Moment, um erleichtert aufzuatmen. Keules Bruder hatte ihre erfundene Theorie geschluckt.

»Entschuldicht mich, ick muss ma kurz für kleene Jungs«, sagte Dieter und zwängte sich an Rosa vorbei. Kurz blieb er stehen und drehte sich noch mal zu Tatjana um. »Und mach ma keene Dummheiten, während ick weg bin, wa?« Mahnend wackelte er mit dem Zeigefinger, der Schalk blitzte dabei in seinen Augen.

Tatjana kicherte.

Rosa rührte es, dass die beiden so glücklich waren. Sie hatten sich offenbar gesucht und gefunden.

Sobald Dieter außer Reichweite war, klopfte Tatjana ihr anerkennend auf den Rücken. »Das hast du sehr gut gemacht, Rosa. Ich wusste, dass dir ein anderer Erpressungsgrund einfallen wird. Mit deinem messerscharfen Verstand gibst du wirklich eine gute Detektivin ab.«

Rosa schüttelte beschämt den Kopf. »Ach, das war doch nur improvisiert.«

»Eben, das kann nicht jeder. Auf dich!« Tatjana prostete ihr zu und nahm einen großen Schluck von ihrem Bier. Nachdem sie ihr Glas zurück auf den Bierdeckel gestellt hatte, lehnte sie sich vertraulich zu ihr rüber. »Konntest du mit Maries Kollegen sprechen? Ich meine, dass er über meine Vergangenheit schweigen soll.«

Rosa nickte. »Das habe ich. Du musst dir keine Sorgen mehr machen. Und was mich betrifft, bleibt es unser kleines Geheimnis. Im Notfall einfach alles abstreiten.« Rosa kniff verschwörerisch ein Auge zu.

Auf einmal drängte sich Rudi von der anderen Seite neben sie. »Sach ma, wie lange lässte uns denn noch uff heißen Kohlen sitzen?«, fragte er mit gespielt verärgertem Unterton in der Stimme. »Ick will endlich wissen, wie de den Typen zum Singen jebracht hast.«

Epilog

ROSAS KLEINES GEHEIMNIS

Rosa saß am Frühstückstisch und pellte ihr weich gekochtes Ei. Sie trug den dunkelblauen Frottee-Morgenmantel ihrer Mutter, der an den Ärmeln bereits Fäden zog. Aber weder Artus noch sie hatten es bisher übers Herz gebracht ihn wegzugeben. Zu viele gemeinsame Erinnerungen hingen daran.

Gestern hatte sie sich den halben Sonntag freigenommen und war zu Artus nach Frohnau rausgefahren. Gemeinsam hatten sie einen schönen Nachmittag im Garten verbracht. Na ja, genau genommen hatten sie sich die ganze Zeit im Gewächshaus aufgehalten. Rosa wusste jetzt, was die Entwicklung von Pilzkrankheiten und das Auftreten von Schädlingen begünstigte und wie man bestäubende Insekten anlockte. Artus hatte sie über die Pflege und Aufzucht jeder einzelnen Gemüsesorte aufgeklärt und am Abend hatten sie zusammen eine Ratatouille nach dem Rezept ihrer Mutter gekocht. Sie war über Nacht geblieben, da das *Onkel Theo* sowieso am Montag geschlossen hatte und Marie zum Mittagessen vorbeikommen wollte.

»Reich mir mal das Salz«, sagte Artus.

Rosa rührte sich nicht. »Die Wurst ist schon salzig genug. Das ist nicht gut für deinen Blutdruck und deine Nieren werden ebenfalls belastet.«

Verärgert schüttelte Artus den Kopf. »Du bist ja schlimmer, als deine Mutter es war. Ich bin alt genug, um selbst zu wissen, wie viel Salz für mich gut ist.«

»Das bezweifle ich«, murmelte Rosa und steckte sich schnell den Eierlöffel in den Mund.

Artus warf ihr einen finsteren Blick zu, während er seine dick mit Butter bestrichene Schrippenhälfte mit drei Scheiben Corned Beef belegte. »Es liefert Elektrolyte. Und wenn man bei dem Wetter viel schwitzt, sinkt der Salzgehalt. Das wussten schon die alten Ägypter.«

»Wichtig ist aber auch, den Wasserhaushalt wieder mit Flüssigkeit auszugleichen«, antwortete Rosa trocken. »Das wussten schon die alten Araber.«

»Ich trinke schon genug.« Flink erhob er sich vom Stuhl und lehnte sich über den Tisch, um nach dem Salzstreuer zu greifen.

»Aber stilles Wasser und nicht Weizenbier, Vati.«

»Ach!« Mit einer Handbewegung wischte Artus ihren Einwand beiseite und streute sich extra viel Salz auf die Wurst. Dann biss er herzhaft in seine Schrippe. »Mein Körper sagt mir schon, wie viel Wasser er benötigt.« Ein paar Krümel stoben aus seinem vollen Mund, doch er sprach unbekümmert weiter. »Mehr als ein Liter ist auch nicht gut, sonst werden die ganzen Mineralstoffe ausgeschwemmt.«

Rosa schüttelte über sich selbst den Kopf. *Warum tue ich das eigentlich immer wieder?* Sie wusste doch ganz genau, wie empfindlich Artus auf Belehrungen reagierte und es brachte sowieso nichts, denn er war uneinsichtiger als ein Sack Reis. Wenigstens hatte sie ihn dazu überredet, einmal die Woche eine Putzfrau kommen zu lassen, damit das Haus nicht vollkommen verwahrloste.

»Das Wetter heute scheint perfekt zum Grillen«, lenkte

Rosa das Gespräch rasch in eine andere Richtung. »Wir können schön auf der Terrasse sitzen, bis die Fledermäuse über uns flattern. So wie früher.«

»So wie früher.« Artus nickte und konnte sich zu einem kleinen Lächeln überwinden. »Eigentlich wollte ich noch Hartmut und Erwin einladen, aber dann habe ich es mir anders überlegt. Wenn ich ehrlich bin, bleibe ich viel lieber mit meinen beiden Mädels allein.«

Rosa lächelte gerührt, bevor ihre Gedanken zu ihrem Bruder wanderten. »Was ist mit Paul? Er gehört doch auch zur Familie.«

Artus seufzte. »Ich werde ihn nächste Woche anrufen. Versprochen.«

Ein paar Stunden später kam Rosa mit einem Tablett, vollgestellt mit allerlei Köstlichkeiten, auf die Terrasse. Während ihr bereits das Wasser im Mund zusammenlief, verteilte sie Ofenkartoffeln, italienischen Nudelsalat, Knoblauchbutter, Tsatsiki und die Reste der Ratatouille auf dem Tisch. Ein herrlicher Frühsommerhimmel spannte sich über ihr und ein verführerischer Geruch nach gegrilltem Fleisch stieg ihr in die Nase, vermischt mit dem unbeschreiblich süßen Duft nach frisch gemähtem Rasen.

Schritte wurden laut und einen Moment später tauchte Maries Kopf am Treppenabsatz auf. Bei so einem Bilderbuchwetter klingelte niemand aus der Familie. Man ging einfach durchs Tor ums Haus herum, durch den Garten und direkt hoch auf die Terrasse.

»Hey, habt ihr etwa schon ohne mich angefangen?«, fragte Marie gespielt empört.

»Würde uns nie im Traum einfallen, mein Schatz.« Rosa zog sie in eine herzliche Umarmung.

Artus sah von seinem Tischgrill auf. »Pünktlich bist du ja, das muss man dir lassen.«

»Was soll das denn heißen?« Marie hob abschätzend eine Augenbraue.

»Na ja, was Ordnung betrifft, können wir uns von deiner Mutter wohl noch eine Scheibe abschneiden.« Artus lachte.

Als eine dicke Qualmwolke aufstieg, ging sein Lachen in ein Husten über. Rasch wedelte er sich den Rauch aus dem Gesicht, ehe er damit fortfuhr, die Würstchen zu wenden.

Rosa schnaubte amüsiert. »Das solltet ihr wirklich.«

»Mama, ich bin nicht mehr die pubertierende Sechzehnjährige. Mittlerweile weiß ich sehr wohl, wie man Ordnung hält.«

Rosa musste sich auf die Zunge beißen, um nicht zu widersprechen. Erst vor kurzem hatte sie sich in Maries Wohnung vom Gegenteil überzeugen können, aber das war ja ihr kleines Geheimnis, von dem ihre Tochter auf keinen Fall erfahren durfte. Und wenn sie Marie jetzt mit vor der Brust verschränkten Armen und rollenden Augen so vor sich stehen sah, konnte sie keinen Unterschied zu der Sechzehnjährigen von damals erkennen.

»Setzt euch schon mal, die Rostbratwürste sind gleich fertig«, sagte Artus und nahm einen Schluck aus seiner Bierflasche.

Marie zog sich den Stuhl zurück und tat wie ihr geheißen.

»Es fehlen noch die Getränke«, bemerkte Rosa und flitzte los in die Küche. Während sie eine Flasche Selter und zwei Bier aus dem Kühlschrank holte, fragte sie sich, ob Marie noch mal auf den Fall zu sprechen kommen würde. Da war noch eine ungeklärte Frage, die ihr die ganze Zeit im Kopf herumschwirrte. Aber die musste sie wohl oder übel für sich behalten, wenn sie nicht erneut Maries Ärger auf sich ziehen wollte.

»Eine Sache würde mich noch interessieren«, sagte Artus,

als Rosa auf die Terrasse zurückkam. Er war gerade dabei, Rostbratwürste auf die Teller zu verteilen. »Warum hat der Optiker gelogen, als wir ihn fragten, wann er zum letzten Mal von Keule gehört hat?«

Gütiger! Das war genau die Frage, die Rosa auch beschäftigt hatte. Jetzt würde Marie also doch noch erfahren, dass sie weiterhin auf eigene Faust ermittelt hatten. *So ein Käse!*

Marie sah ihn verwundert an.

Unauffällig versuchte Rosa ihrem Vater zu signalisieren, dass das Thema unangebracht war. Doch Artus setzte einen begriffsstutzigen Gesichtsausdruck auf und ging wieder zum Tischgrill zurück.

Rosa schloss kurz die Augen und seufzte. Warum musste er jetzt dieses Thema aufgreifen, wo Marie auf ihre Alleingänge doch sowieso nicht gut zu sprechen war?

»Sagt bloß, ihr habt euch Lehmann auch zur Brust genommen?«, kam es auch prompt von Marie.

Artus vermied es, seiner Enkelin ins Gesicht zu sehen und fuchtelte geschäftig mit seiner Grillzange herum. »Eigentlich sind wir rein zufällig an seinem Laden vorbeigekommen. Rosalinde brauchte eine Sonnenbrille und ich wollte mich nach einer neuen Lesebrille umschauen. Da lag es doch nah, das eine mit dem anderen zu verbinden.«

Marie verengte die Augen. »Und das soll ich dir jetzt glauben?«

»Das hoffe ich doch!«

»Opa, du bist ein verdammt schlechter Lügner.« Ein Lächeln zuckte um Maries Mundwinkel. »Aber da der Fall nun sowieso abgeschlossen ist, Schwamm drüber. Lehmann hat die Wahrheit gesagt. Es war seine Frau, die Keule angerufen hat. Sie wollte ihn zu einer Überraschungsparty zu Lehmanns Geburtstag einladen.«

Rosa und Artus tauschten einen verwunderten Blick.

»Lehmann konnte Keule doch aber gar nicht leiden. Das war nicht schwer herauszuhören, so abwertend wie er über ihn gesprochen hat.« Rosa konnte jetzt nicht mehr länger warten. Der Duft der Rostbratwurst war einfach zu verführerisch. Sie schnitt sich ein ordentliches Stück ab und steckte es sich in den Mund, ehe sie genüsslich kauend Maries Erklärung lauschte.

»Die beide verband wohl so etwas wie eine Hass-Freundschaft. Sie haben gegenseitig kein gutes Haar aneinander gelassen, aber es bereitete beiden diebische Freude, den anderen zu piesacken und im ewigen Wettstreit miteinander zu stehen.«

Artus nickte und ließ sich nun auch endlich mit einem Stück Nackensteak auf seinem Platz nieder. »Muss wohl so gewesen sein.«

Nach einer kurzen Pause, in der alle drei ihr Essen genossen, ergriff Marie wieder das Wort. »Ihr beide hattet viel Spaß als Detektiv-Duo, was?« Amüsiert sah sie von einem zum anderen. »Opa ist richtig aufgeblüht. Seine Augen haben jetzt wieder denselben Glanz wie früher.«

»Das stimmt«, pflichtete Rosa ihr bei und sah lächelnd zu Artus hinüber. Mit seinem frisch rasierten Gesicht und den ordentlich geschnittenen Haaren sah er obendrein endlich mal wieder gepflegt und nicht wie ein Landstreicher aus. »Er ist fast wieder der Alte.«

»Was heißt denn fast?« Artus war die Empörung selbst.

»Wenn man von den Hämatomen und den blauen Flecken mal absieht«, ergänzte Rosa schmunzelnd.

»Ich bin froh, dass mein Chef nichts von euren eigenmächtigen Erkundigungen mitbekommen hat«, nahm Marie den Faden wieder auf. »Das hätte ganz schön Ärger gegeben.«

Rosa tätschelte die Hand ihrer Tochter. »Da bin ich auch froh.« *Ich verspreche dir auch hoch und heilig, mich nicht mehr in deine Ermittlungen einzumischen,* lag ihr auf der Zunge, doch sie überlegte es sich anders. *Man soll nie etwas versprechen, was man nicht halten kann.*

Wer wusste schon, was alles noch kommen würde.

Danksagung

Ich möchte all jenen Menschen danken, die mir bei der Entstehung dieses Romans so tatkräftig und kritisch zur Seite standen. Ein großer Dank gebührt meiner Alpha-Leserin Katharina Münz, die mir seit vielen Jahren mit Rat und Kritik im Schreibprozess zur Seite steht, sowie Anna Becker, die mir als Testleserin wichtige Hinweise gab und die ersten Stolpersteine im Plot entdeckte. Ebenso danke ich meiner fachlichen Beraterin Britt Reißmann, die mir weiterhalf, wenn Fragen im Polizeibereich aufkamen. Sollten Fehler im Text auftreten, dann geht das auf meine Kappe!

Ebenso danke ich meinen Testlesern Daniela Abels und Silke Günther für ihre ehrliche Kritik und ihre hilfreichen Anmerkungen. Nicht zu vergessen Sarah Menzel und Jenni für ihre Begeisterung und das Bekämpfen des Fehlerteufels.

Stephanie Schilling danke ich für ihre Plotredaktion, die letzten Schönheitsoperationen an meinem Manuskript und die großartige Zusammenarbeit.

Großer Dank gilt besonders der leitenden Lektorin Daniela Peter, die diese Veröffentlichung erst möglich machte. Ein ebenso großer Dank geht an das Team von HarperCollins und an meine Agentin Sarah Knofius.

Zu guter Letzt möchte ich mich bei meinen Lesern bedanken. Ich hoffe, dass euch Rosas erster Fall gut unterhalten hat und sie euch das eine oder andere Mal ein Lächeln ins Gesicht zaubern konnte. Mein Dank gilt außerdem allen Bloggern und Rezensenten, die Rosa auf ihrem Weg begleitet haben. Ich freue mich über jede Buchvorstellung, jedes Feedback und jedes Foto und bin euch jetzt schon von ganzem Herzen dafür dankbar!